庫

誘拐

本田靖春

筑摩書房

目次

誘拐

発端

1

公園の南のはずれに、このところようやく成木の風格をそなえて来た公孫樹《いちょう》があり、根元を囲んで円型にベンチが配列されている。その中の南向きの一脚が、いつの間にか、里方虎吉の指定席みたいになった。

老妻と二人暮しの虎吉にとって、公孫樹の下の日溜りほどふさわしい場所はない。彼の独り決めだと、公園は自分の屋敷なのであり、用を足すにも、いちいち公園の中の公衆便所へ出向いて行くのである。

その日の夕方も、虎吉はいつものベンチにいて、一服つけていた。終《つい》のすみかになるであろう間口一間半の店舗併用住宅は、六間幅の道路をはさんで、目と鼻の先である。

地下鉄日比谷線の入谷駅から、彼の足だとゆうに十分はかかるこの奥まった小さな靴屋に、注文客どころか修理の客もめったにこない。それでも、虎吉の視線は、自然に店番をする格好になっている。

その中へ一人の男が現れて、一瞬、客かと思わせたが、真っすぐ公園に入って来て、虎吉の前で方向をかえると、築山へと歩いて行った。

六十の声をきいてから、とみに記憶力の薄れた虎吉だが、男の顔かたちは、はっきり脳裡にとどめた。その歩き方に特徴があって、ずっと目で追っていたからである。

日曜日にあたっていた昭和三十八年三月三十一日の夕方五時から六時にかけて、東京都台東区の入谷南公園に足を踏み入れたものは、地取り担当の捜査員が作成したリストによると、学齢前の幼児を除き、三十九人となっている。

どういうものか、他のだれよりも公園を頻繁に利用する虎吉老人の名前が、そこには挙げられていない。この欠落は、何かとつまずきの多い捜査について語ろうとするとき、たいへん暗示的である。

捜査員の聞き込みに容易にひっかかったのは、一帯を流し歩く夜泣きそばの売子、米津穂豊であった。彼は、その日の午後五時ごろ、公園西側のベンチにいて、そろそろ荒川区南千住五丁目の親方のところへ屋台を取りに行かなければなるまいと、十八歳の自分にいいきかせていた。

彼の出足を鈍らせていたのは、何となく気だるい春の陽気と、隣のベンチに先にいて、寝そべったまま一向に動く気配を示さない三十男の存在であった。この男は、やはり捜査員の聞き込みによって、入谷町のアパートに住む野呂武志と判明する。

彼は墨田区押上二丁目のプラスティック加工業者に使われていたが、単純な型抜きの作業に飽き、三月限りで辞めたいと雇主に申し出て、失業の身になったばかりであった。

次の働き口について、ベンチで思案をめぐらせていた彼は、自分の寝そべった姿が米津の勤労意欲に水を差していようとは、もちろん気づいていない。

鈴木章平は、住いを台東区根岸町に持っていて、毎日、公園の東側口へ屋台を引いてくる。彼が商うのは、飴類や駄菓子の他に、おでん、焼そば、お好み焼と多種多様であり、そのためには、小さな屋台を効率よく活かさなければならない。鉄板の使い方一つにも、手際のよさが要求されるのである。

だが、彼の顧客の主力は公園に集まってくる子供たちなので、夕飯が近い時刻になると、客足が跡切《とぎ》れる。

五時から五時半にかけて、鈴木は東側口を入ってすぐのベンチでひと休みしていた。そのかたわらのベンチを、土工風の三人連れが占めていたというが、彼らの身元は未確認に終った。

鈴木が見たもう一人は、便所に行ったとき、その近くのベンチに腰を下していた三十歳くらいの片腕の男である。だが、鈴木は刑事に尋ねられて、男の失われた腕がどちらであるのかを、答えることが出来なかった。その男の身元も確認されていない。

五時半ごろ、台東区三筋町で医療機器の販売会社を経営する田中浩司は、公園北側の通りにセドリックを停めた。そのナンバーから、彼の身元は割れたのである。

田中の駐車は、息子二人に用を足させるためであった。彼は捜査員に、便所のかたわらで築山を眺めて立っていたという、三十歳から四十歳のあいだの、汚れたダスター・コートの男について語った。だが、この男の身元も突き止めることが出来なかった。

セドリックに戻った田中は、この他に、フロント・グラスの先の公衆電話ボックスに一緒に入っていた男女を目撃している。

彼らは本人たちの届出によって、同区千束二丁目のアパートに世帯を構えたばかりの、山本俊一・幸子だとわかる。二人して、新婚旅行の報告を、お互いの家族、知人にしていたのである。

墨田区向島四丁目の千葉葉子は、同時刻ごろ、近くの丸石家具店から戻ってくるタクシー運転手の夫を待って、長女の咲子と公園をぶらぶらしていた。

月がかわると小学校へあがる咲子のために、明番のこの日を選んで、勉強机の品定めに来た彼は、自分だけ支払いに残って、二人を公園にやったのである。

後日、自分から届け出た葉子は、印象に残った二人の男について、刑事に語った。

一人は六十歳くらいで、登山帽をかぶり、カーキ色の作業服を着て、竹箒を手にしていたといい、もう一人は三十代半ばの年格好で、広い肩と厚い胸を黒い背広に包んでいたという。

台東区竜泉町の会社員、福崎文雄は、五時四十五分から小一時間、三歳になる長男の晃を滑り台で遊ばせていた。聞き込みに対して彼は、煉瓦台のあたりに立っていたという二人連れの男について、見るからに不良っぽい感じだったと述べた。

しかし、彼らの様子をそれ以上くわしくは観察していない。晃がしきりに乗りたがったブランコを、一組のアベックがずっと占領しており、むずかるわが子をあやしながら、彼の注意はどうしてもそちらの方へ向きがちだったからである。

そのアベックは、入谷一丁目のそば屋に勤める二十三歳と二十歳の店員同士であった。彼らは、北側のベンチにいた五十代前半と思われるジャンパー姿の男が、晴天にもかかわらずゴムの半長靴をはいていた点に言及し、その道の専門家に素人推理をしてみせた。男は水を扱う商売についているに違いなく、たとえば、魚屋とか、飲食店とかを経営しているのではないかというのである。

買物に一緒に行こうといいながら、なかなか三面鏡の前を離れようとしない母親にしびれを切らして、先に家を飛び出して来た、地元大正小学校五年生の悦子は、五時ごろ、公園の西側口でいらいらしていた。

彼女は公園を抜けるとき、テレビ台の前のベンチで仰向けに眠っている男に目をやった。顔にかけた男のタオルが、半分ずれ落ちそうになっていたからである。男は垢じみたレインコートを、夜着のように上に掛けていた。

この少女にせめて二倍の人生経験があれば、ベンチで取り戻しつつある男の睡眠不足は、家庭放棄といった生活の破綻にその遠因が求められたであろうことを察したに違いない。

入谷南公園は、製造業、卸業が軒を接する下町の密集地帯に辛うじて確保された空間であり、そこの緑が乾いた周囲の風景を干涸《ひから》び上る一歩手前に踏みとどまらせている。緑といったが、上野の山の桜も満開にはまだ間がある頃合で、新緑には早い。人々は穏やかな日和に心をゆるめかけては、また肌寒い日を迎えるといったふうで、いまひとつはっきりしない季節の谷あいに身を置いていた。

この時期、社会の方も、一つの変り目にあったといってよいのであろう。高度経済成長政策を浮揚力に上昇を続ける企業群は、そこに連なる都市生活者にようやく分配をもたらしつつあった。彼らには春が訪れたのである。

急速に払拭されて来た「戦後」に、はっきりした線引をつける意味合をこめて、官民の手で東京に誘致されたオリンピック大会の開会式は、翌三十九年十月十日に迫っていた。

他方、工業優先の日陰に取り残されることになった農村の人たちは、実りの少ない耕作に見切りをつけて、底辺の労働力としての都市集中を始める。田畑を完全に捨て切れない農民は、季節労働を現金収入の道に選んだ。

神宮外苑に輪郭をあらわして来たメインスタジアムを筆頭とするオリンピック関連工事は、主として、これら出稼ぎ農民の手で下から支えられていたのである。

入谷から直線で一キロの距離にある山谷の簡易旅館街は、彼らの主要な生活の拠点となって、憩《いこい》がピースに、焼酎がビールにかわるという、いわゆるオリンピック景気にわいていた。

しかし、郷里に放置された彼らの妻子から見る社会は、まだ冬の季節であった。

一人がひきずる人生を一本の糸として、下町の小公園の一時間が紡ぎ出した人間模様も、当然のこと、時代の色調を織りなしているはずのものである。

梅沢照代が次男の菊雄を連れて、言問橋を越えた先の金美館通りへ出掛けたのは、その日の午後五時ごろである。行きつけの洋品屋で、新学期から三年生へ進む菊雄のために、春らしい柄のシャツを一枚選んだ。

その足で引き返して来たから、大して時間はかかっていない。公園の北東の角まで帰りかかると、菊雄は一人で築山の方へとかけこんで行った。夕飯までのあいだ、ちょっと寄り道するつもりになったのであろう。

寄り道といったところで、家は里方靴店の並びだから、二階の窓をあけて呼んでやれば、その声が公園の菊雄に届く。

照代が万之助とここに世帯をもったのは、昭和二十二年であった。ラバウルから復員したあと、下谷神社のわきの実家で、長兄の照明器具製造を手伝っていた万之助は、結婚をきっかけにいまの土地を求めて独立し、梅沢電気商会の看板を上げた。

新宿の西のはずれで育った照代は、空襲を知らなかったわけではないが、新居が建つあたりの焼跡には、ながいこと馴染めなかった。周囲で人家と呼べるものは、裏手の秋葉神社は数に入らないだろうから、ただの四軒であった。

家の前を東へたどり、合羽橋《かっぱ》の大通りを突っ切ってなおも行くと、七百メートルほどで浅草国際劇場にぶつかる。夜、照代は、この劇場の灯に慰められた。そこが、当時は、「隣」だったのである。

一面の焼野原というのは、いささかも誇張ではなく、それに該当しないのは、家の北側を占める一劃だけであった。だが、これは、空襲の際の延焼を防ぐために執行された強制疎開の跡地だから、見た目に焼跡と何のかかわりもなかった。たった一つの違いは、取り壊された瓦礫が山と積まれていたことである。

その瓦礫をはさんだ反対側に、村越与・すぎ夫婦が疎開先の与野から移り住んで来たのは、照代たちの少しあとであった。彼らは、そこに家を建てるについて、都へ一札入れた。何かの場合には、立ち退きに応じるというものである。

村越家は、まだ、与の代で、長男の繁雄はこの父について、大工を修業中であった。すぎの思い出に深く刻みこまれているのは、焼跡に転がっていたおびただしい金庫の数々である。下町が焼夷弾に焙《あぶ》り立てられた日、それぞれの家の中で、ただ一つ燃え残ったこれら鋼鉄製の箱は、避けられないままに灰となってしまった生活の単位を、戦いが終って、まだ多いとはいえない新米者たちに告げようとしているかのようであった。そういう目で見渡すと、焦土を点綴《てんてい》する金庫の残骸は、共同墓地に立ち列ぶ墓標を思わせたことであろう。

だが、すぎの感想は、もう少し即物的であった。

「それにしても金庫っていうのは、随分あるものだわねえ」

新米者のすべてが、屋根の下にいたのではない。瓦礫の山に住みついて、進駐軍放出物資の空罐で炊飯する人たちの姿もあった。ここに色濃くかげを落していた「戦後」がどうやら薄まり始めたのは、瓦礫の山が取り除かれて、その跡地がグラウンドに転用されたあたりからである。

しかし住民は、台東区の手掛けた事業を喜ばなかった。そこから吹き上げてくる砂ぼこりが、掃いても掃いても、家の中をざらざらにしたし、サンフランシスコ・シールズの来日ではずみのついた野球熱が、彼らをしょっちゅうガラス屋へと走らせたからである。

とりわけ砂ぼこりに泣かされた彼らは、印刷屋の市川らを先頭に、署名運動を起こした。権利意識の芽生えは、取りも直さず、耐乏がただ求められた一つの時代が、やっと終りかけていることを意味していた。

そうした地元の意向も反映して、グラウンドが公園につくりかえられたのは、村越家に初孫が出来た翌年だったから、昭和三十四年のことである。

はからずも公園の縁に住むことになった人たちは、何の目印もない焼跡の中から、そこを住いの場所に選び出した幸運を喜んだ。その喜びのもっとも大きかったのは里方虎吉だが、梅沢家にとっても、村越家にとっても、それにかわりはなかったのである。

「倫理研究会」という修養団体がある。顔見知りの主婦から熱心に勧誘されていた村越豊子は、とうとう断り切れなくなって、下谷小学校で開かれる会合に参加する約束をしてしまった。

三月三十一日は、その当日である。朝から豊子には、約束を悔いる気持があった。高校を終えて二年で嫁いで来たこの二十七歳の若妻は、そのあたりの主婦とは違って、毎日、何かと忙しい身体である。家族は自分たち夫婦に子供が二人、あとは夫の両親の都合六人だが、住み込みが六人、通いが三人と九人の使用人がいて、彼らの面倒も見てやらなければならない。

工務店という仕事柄、日中は、全員、現場へ出てしまうことが多いから、その間のこまごました連絡なども、豊子の役目になってくる。しかも、その日は、もう一人新しい同居人を迎えていて、とても「倫理」どころではなかった。

だが、行くと返事してしまったからには、断るのも気がひける。豊子は、吉展と美子に着替えをさせた。子供を二人とも一緒に連れて出るつもりだったのである。この着替えが、数時間後にはあだになるのだが、豊子は知るよしもない。彼女にはただ気ぜわしいだけの午後であった。

出掛ける段になると、いままでいた吉展の姿が見当らない。

「よっちゃん、行くわよ」

声をあげた豊子に、姑のすぎがいった。

「置いて行きなさいよ。あの子は私が見ているから」

吉展は初孫である。それでなくても、席の暖まるひまのない嫁に代って、すぎが手を出す場面が多い。いくぶん、おばあちゃん子に育っている。姑がいうので、あとを任せて、豊子は二歳になる美子だけを連れて出た。そして、講演会もそこそこに戻って来たのは、午後四時半ごろである。

そのとき吉展は、隣家の茂と階下にいて、玩具箱をひっくり返していた。豊子はそれを横目に二階へ上り、新しい同居人のために、いつもより念入りな掃除に取り掛かる。

新たに村越家に加わることになったのは、その春、千葉県下の高校を卒業して千葉銀行に就職が決まった、すぎの姪の栄子である。彼女の職場として、都内の秋葉原支店が割り振られた。そこで、村越家に寄宿して、通うことになったのである。

翌四月一日の入社式には、すぎが親代りとして、栄子に付き添うという。豊子の外出と前後して美容室へ出掛けて行った栄子は、それまでの三つ編を社会人らしい髪形にかえて、急に大人びた風情で帰って来た。

「あら、素敵ね。よく出来てるわよ」

と声を掛ける豊子は、階段の拭掃除に移っていた。栄子は従兄の嫁に心遣いを見せて、美子を公園の砂場へと連れて出る。

バケツの水を表の溝へ流しに出ようとした豊子のところに、吉展がやって来た。見ると、顔も手も汚れているので、洗場に連れて行って拭いてやった。

「ねえ、茂ちゃんと公園に行ってもいい？」

吉展にいわれて、いったんは思いとどまらせようとした豊子だったが、公園には栄子がいることだし、まだ表も明るいことだし、と考え直して、許しを与えた。

それから三十分ほどたって、美子を連れた栄子が戻ってくる。

「よっちゃんは？」

そのとき豊子は台所にいて、夕飯の仕度のかたわら、小豆を水に浸していた。栄子が田舎から持って来た餅がある。翌日は彼女の門出を祝って、汁粉をこしらえようと考えていたのである。

「ずっと砂場にいたんだけど、私たちんとこには一度もこなかったわよ」

いわれて豊子は、手の水をエプロンで拭きとり、腕時計に目をやった。時刻は六時になろうとしていた。


ちょうど同じころ、そろそろ家へ帰ろうとして、便所のところまで来た菊雄は、その前の水飲場に吉展の姿を認めた。あと半月ほどで五歳になろうという吉展だが、年齢の割に小柄で、身長はやっと一メートルである。

その身体には不釣合に大きい水鉄砲を、吉展は水飲場にかざして、下から噴き上げる水をタンクに受けとめようとするのだが、持て余している様子であった。

「それなら、こっちの方がいいよ」

そこは四つ年上の菊雄の知恵で、少年は吉展を便所の中の手洗場へ誘った。蛇口からの水は、たちまちタンクを満たした。

ところが、いくら引金に指をやっても、銃口から水が飛び出さないのである。長さ六十センチもあるこの水鉄砲は、アメリカ製の輸入品で、前の年の暮に、豊子が近くの主婦からもらい受けた。

「壊れているので失礼かも知れないけど、うちの子はもう大きいから、よければおたくのよっちゃんに」

という断りがついていたのを、菊雄は知るはずもない。豊子は、それが水を使う鉄砲だということさえ気づかず、もらったままにしておいた。

それを吉展は、玩具箱の中から引っ張り出して、初めて表に持って出たのである。壊れていると早目に見切りをつけた菊雄は、吉展に水鉄砲を返して、便所を出ようとした。

そのとき、背後で、吉展に話しかける男の声がした。

「坊や、何してんだい?」

2

その四日前の三月二十七日、小原保は上野駅を朝の九時過ぎに出る鈍行列車で、郷里、福島県石川郡石川町へ向った。最寄りの駅は国鉄水郡線の磐城石川で、常磐線を利用する場合、水戸から三時間二十分ほどディーゼルカーに揺られなければならない。

石川は阿武隈山系が形づくる丘陵地帯にあって、全体に起伏の多い町である。平坦地として挙げられるのは、わずかに阿武隈川と社《やしろ》川にはさまれたあたりで、石川町のそもそもは、その一帯であった。昭和三十年、これに周辺山間部の五カ村が合併されて、人口二万二千の現在の姿になる。

その翌年に行なわれた調査によると、全町の土地面積八、八一六町歩のうち、山林が六三パーセント弱を占めていて、田は一五・一パーセント、畑は一八・五パーセントでしかない。そうした地勢を頭に描いて、そこに次の数字を重ね合わせると、人々の暮し向きのおおよそが浮かび上ってくるはずである。

一反歩以上三反歩未満一六三戸、五反歩未満二三八戸、一町歩未満七五九戸。農業人口は一六、三六一人（二、三三三世帯）と同じ統計にあるから、農家の半数が一町歩にも満たない田畑を耕していることになる。専業農家が成り立ちうる経営規模は、大ざっぱにいって、二町歩からである。

過去に、貧農をあらわすのに五反百姓という言葉があった。ここでは、昔もいまも、農民の大方のありようがそれなのである。

町の六割以上を占める山林のほとんどが、ナラ、クヌギ、ヤマザクラ、ヌルデなどの雑木に覆われていて、スギ、ヒノキなどの美林は、あまり見られない。

ひと昔前まではこの地方でも、薪炭づくりが細々と行なわれていた。石油に押されて、それが消えて行ったあと、山からの現金収入といえば、シイタケ栽培のために、ナラの原木を伐り出すことくらいである。だが、それも、道路際まで下して来て一本七十円というのでは、手間にもならない。

石川の山林は、いくらあっても、人々の暮しを助けはしないのである。そこで、ご多分にもれず、ここでも出稼ぎが、何にもまさる現金獲得の手立となっている。

石川町の中心部にあたる中央商店街は、駅から北東へ約一キロずれていて、繁華街というには遠い、ただの町並にしか過ぎない。その裏手を流れるのが北須川で、左岸沿いに走る須賀川街道は、そこから北へ約三キロの地点で流れと分かれ、小橋にかけられた「母畑《ぼばた》温泉郷」のアーチをくぐる。

温泉郷といっても、旅館の数は大小合わせて六軒だけであり、観光旅館を名乗るものも、それだけでは採算がとれないのか、裏に「湯治部」を設けている。

その湯治部というのは、中央に通した廊下の両側を等分に仕切って小部屋とし、行きどまりに共同炊事場をしつらえていて、一時代前の都会地のアパートを思わせる造りになっている。つまりは湯治場なのであって、安直さが利用客には何よりのことなのであろう。

朝の六時には、自炊客相手に野良着姿の女が物売りにあらわれる。客もまた、福島県南から北関東にかけての農民であり、ラジウム鉱泉の湯気の中できく民謡にも、鄙《ひな》びた味わいが漂うのである。

「秘められた東北の魅力」を町当局がうたうこの温泉郷の歴史は古い。母畑の名のおこりは平安朝末期だと郷土史家はいう。

永承六年（一〇五一）、陸奥に勢威を張る豪族、安倍頼時が乱を起こした。朝命を奉じた源頼義とその子義家は、鎮撫のため軍勢を率いて奥州に下向する。これが前九年の役と伝えられるものである。

そのとき義家は河内国石川郡石川庄多田満仲の曾孫、源（石川）有光らを従えて、いまの母畑付近で戦ったが、彼の乗馬が脚を負傷したので谷間に敵を避けた。数日を過すうち馬の傷口が癒えていることに気付く。蹄がかき荒した岩間から泉が湧出しているのであった。

その卓効に驚いた義家は「奇の至りなり。我に味方する山神の霊ならん」と、泉のかたわらに自分の母衣《ほろ》と旗を奉献して山神を祭った。母衣というのは鎧の背中につけて矢を防いだ袋のようなものである。いらい、この土地は「母衣旗《ほろはた》」と呼ばれるようになった。それが後世、転訛して、いつの間にか「母畑」になったというのである。

よくあるていの話だが、乱平定のあとの康平六年（一〇六三）に論功行賞があり、有光にこの地方が与えられたのは史実に明らかである。石川氏は二十五代昭光に至るまで五百二十八年にわたって、仙道七郡にまたがる領地を支配した。

だが、母畑について語られなければならないのは、そうした権力者の歴史ではない。

保は昭和八年の一月に、父末八が五十二歳、母トヨが四十二歳の年の第十子として生まれた。このとき、三男、三女、五女の三人はすでに世を去っていたので、五男の彼に、兄と姉が三人ずついたということになる。そして、翌々年に、弟が出来た。

その生家は石川郡旧母畑村の法昌段という集落にあって、そこへ行くには、須賀川街道を母畑温泉からさらに北へ二キロほど進み、隣村、玉川村との境を、東へ登らなければならない。山一つを越えて裏側の県道へと抜ける、延長二キロのこの間道は、いまでもリスが走り回る自然の中にあって、南側に四軒、北側に三軒の人家を点在させている。それらをひっくるめたのが法昌段なのだが、厳密には集落とはいえないであろう。

ここには、その昔、法昌坊という僧の修行場が組まれていたといわれ、それにまつわる言い伝えが残っている。

寒い冬の夜、法昌坊から火が出て、若い修行僧が逃げ遅れそうになった。彼は、かたわらの桶の水を頭からかぶり、火勢の中を飛び出してくる。だが、あまりの寒さに、たちまち凍てついて、一体の地蔵に化身した。

その地蔵というのが、保の生家の裏山に立っている。幼いころの保は、その前を通りかかるとき、あわてて両手を懐《ふところ》にしまいこんだ。地蔵にさわると風邪をひくときかされて、それを信じていたからである。

小原家は急斜面を削りとったわずかばかりのところにうずくまるようにして建ち、屋根を間道の南側に沈みこませている。そして北側が、いまにもそれを押し潰そうとする格好でのしかかる裏山である。そこからの連想は、重い荷を背負って立ち上ろうとしたものの、ついにしゃがみこんでしまった運搬人か何かの姿につながって行く。

斜面に家が建つからには、せめて眺望の広がりくらいは許されてもよいであろうに、前庭からの視界は、両手で目隠しするように東と西から迫った山裾のために、どれほどのこともなく遮られてしまう。

上から見下すと、抱えこめそうなくらいの扇形が、畦一本ごとに段々と落ちて行く田んぼになっているが、どれをとっても小さく、一枚として整った短冊型はない。

地形の制約に従わされた開墾者たちは、はからずも、微妙に入り組んだ造形の制作者となった。だが、それを楽しむゆとりとは、別のところにいたと思われる。

小原家が法昌段に入ったのは、保の祖父安三郎の代である。彼は旧須釜村（現石川郡玉川村）の農家に生まれた。成人したが、耕す土地はない。それで、法昌段に開墾地を求めたのである。

この地方には似たような集落が、山間部の至るところにある。農家のいわゆる次・三男坊は、山あいにわけ入って行くのが、永いあいだのならわしであった。

田んぼの一枚、一枚が狭いから耕作機械を入れられず、能率が上らない。日照時間が短く、灌漑用水が暖まるひまもないから、冷害に見舞われやすい。こうした悪条件が重なって、奥地の人々は貧に泣かされて来た。

同じ石川でも、町ではこんなことをいう。

「谷地と坂路に犬は育たず」

ここに名を挙げられた集落は、石川からいわき方面へ十キロほど入った、やはり山間部にある。そこでは犬が食用に供されるから育つひまがない、という町の人たちの彼らを見る目は冷たい。

雷管を肉にくるんで仕掛ける。輪切りにした大根の周囲にカミソリの刃をぎっしり埋めこんで、これをひたひたの牛乳に沈める。そういった犬の捕獲法が、それを見たわけでもない人たちの口から口へと恐ろしげに語られて行くうち、いつしか事実として定着してしまう。

町場の人たちにとって、山間部の重いハンディキャップを背負いこんで入って行った非被分配者と、その子、その孫は、うとましい存在ではあり得ても、同じ地域社会の成員として受け入れられていないのかも知れない。別種の人間を語るような口ぶりが、そこにある。

手近なだれかを別け隔てして、自分たちの小さな輪を守るという図式は、古くに為政者が仕向けたものだが、それによって閉鎖性、排他性をいっそう助長された地方の人々は、一度おぼえた麻薬を手放せない中毒患者のように、実は自分自身を貶《おとし》める陰口の快楽から、いまなお脱け出せないようである。

「農民を素朴に見ては間違いますよ。忍従の一枚裏は残忍、残虐であり、いまもって彼らは他人の失敗をよしとし、他人の死を自分の幸福と感じている、徹底したエゴイストなのだから」

「百姓には一鍬でも他人の畑に食いこもうとするところがありましてね。両側から切りこんで行って畦が狭くなる」

そういうふうに農民の性格を規定してきかせるのは、町に生まれ育った地元の教育者で、彼はそこに加えて、母畑の特殊性をこう指摘する。

「あそこでは、年に三べん下駄をはく。これといった作物もとれない、やせ細った粘土質の土地で、一雨降れば泥んこだから、年中、長靴なんです。地域の人間性の土壌も、きっと、そういうものでしょう」

安三郎から末八の代へと引き継がれた耕地は、法昌段の一人の老人によると、次のようなことになる。

「家の前に二枚か、三枚。県道から五十メートルのところに一枚。山小屋の入り口に二枚。自分の田んぼは五畝くれえのものだと思うんだけんど。あど、小作が二反くれえか。畑もあったんだが、よくはわかんね。七反くれえはあったかな」

保が物心ついたころ、末八は荷馬車をひいて駄賃をとっていた。主な行先は石川の町で、あとは須賀川である。

当時、石川地方は、須賀川街道を通じて、この小都市と強く結ばれていた。法昌段の人たちは、何かというと早起きして須賀川に出掛け、「往復八里」を平気で日帰りした。行きも帰りも、歩きである。

「村長さまの息子ででもなければ、自転車なんか持ってねえ。あどは郵便屋さんくれえのもんだ。歩くほかないわ」

といった時代で、街道にはバスも走っていなかった。いまでもどうかすると、ここの古い人たちは、磐城石川駅から、七キロ、八キロの道を、歩いて帰ってくる。

駅前を出る終バスの時刻は、須賀川行が夕方の五時半、郡山行が六時半といったように、滅法早い。七時を過ぎると、須賀川街道で車とすれ違う場面は、まずないといってよい。その暗い道をタクシーの世話にもならず、黙々と歩き通す人たちは、別段、倹約を美徳だと考えているわけでもなさそうである。それが身についた生活の仕方なのであろう。

学齢に達した保は、地元の母畑小学校にではなく、隣村、玉川村の須釜小学校に通い始めた。これは須釜出身の小原家がずっととって来たやり方であって、そこに、彼らも捨て切れない地縁、血縁の意識がのぞいている。

須釜小学校へは片道三キロに近い道のりで、子供の足には一時間かかった。まして、一雨くると、粘土をこねたような山道である。通学は難儀であった。

保が三年生のときに担任をつとめた緑川程造の思い出にも、やはり「日本で二番目に悪い」泥んこ道がある。入梅の時季など、街道でさえ膝から下が埋まるのであった。

子供たちの履物は、ほとんどが藁草履であった。これをつくるのは冬場の父親の仕事で、家族の一年分を編み上げてしまう。雨が降り始めると、子供たちは父親のつくってくれた草履を脱いで懐にかき抱き、裸足でかけ出して行くのであった。

洋服を着ているのはかなりの家庭の子供だけで、普通は四つ身の着物の肩上げをして、パンツは、はいていたりいなかったりであった。ランドセルなどというものは、だれも目にしたことがない。全員が風呂敷を斜めに背負っていた。

後に福島県の職員になった緑川には、たった一年間の教員生活が忘れられない。三年生までは、早生まれと遅生まれの二組にわかれていて、彼が受け持ったのは、三年生の早生まれであった。

栄養の行き届かない時代である。彼のクラスの子供たちは、年長組にくらべて、明らかに体格で劣っていた。何をやるにも幼かった。叱ると、立てた本のかげに隠れて、頭をかいたりした。そういう「がんぜない」子供たちを、緑川は「本当にかわいい」と思った。放課後の掃除が終ると、机を隅に寄せたまま、彼は床の上に大の字になる。そうしておいて、子供たちに飛びかからせるのである。彼は子供たちと別れがたくなることをおそれた。

緑川はそのとき、学法石川中学校を出たての十八歳で、資格は代用教員であった。失敗した上級学校の入試にもう一度挑戦するまでの間、一年と自分で年限を切って、教壇に立っていたのである。

振り返ってみて、肌に受けとめた子供たちのぬくもりが、ますます得がたいものに思えてくる。緑川はあの交流にまさる通じ合いを、その後、経験していない。思い出によみがえる教え子は、たとえばもんぺ姿の保である。「いたずらをするわけでもない。おとなしくて素直な子供」であった。

その年の十二月、日本は太平洋戦争へと踏み出して行く。時代は東北の寒村の子供たちにも暗いかげを及ぼして来た。

緑川が教壇を去るのと入れ違いに入学した森清重の記憶に残る小学校生活は、戦時色に染め上げられている。

一、二年生のときの教科書は、それでも製本されていて挿絵が入っていた。だが、三年生に進むと、教科書とは名ばかりで、粗悪な再生紙に小さな活字が印刷された何枚かを、手渡されためいめいが綴じて使うようになった。

持たされる弁当は、麦やいも類が多く、おかずといえば梅干か、白菜漬か、大根の味噌漬であった。卵焼は最高級に属した。

勤労奉仕と称して、木炭や薪の山出しにたびたび狩り出された。クラスで身長が一番大きかった森は、二俵を背負わされて歯をくいしばった。増産の掛け声もかかった。校庭や通学路の両わきを耕して、豆やいもを植えた。

二十年の新学期、森たちの四年一組にズック靴が二足だけ配給になった。といっても、一足は片方だけ二つで、もう一足は左右の文数が合わない片跛という、ひどい代物であった。それでも子供たちは、教師のつくったクジを大騒ぎで引いた。森は「その日から春の遠足が待遠しくなった」という。彼は片跛の一足を引き当てたのである。

当日、小さい文数の方の足に血マメが出来た。それでも彼は、自分の幸運を噛みしめて、終日、上機嫌であった。ズックをはいているのは、一人だけだったからである。

そうした貧しい小学校生活の中で、保だけが引き当てた不運を、いってみたところで、いまさら何が始まるわけのものでもない。始まりか、終りかを問題にするのであれば、保の終りは、小学校四年生に始まっていたというべきなのであろう。

3

その発端は、些細なあかぎれであった。

満足な靴を一足も与えられない須釜小学校の子供たちに、冬場のあかぎれはつきものであった。十七年十二月、四年生の二学期にいた保の右足がひび割れたのも、突き放していえば、当然の成行である。

小指のつけ根のちょっとした裂け目は、繰り返して冷たい泥道に漬けこまれているうち、広がり、深まって行って、赤黒い肉質をのぞかせるようになった。だからといって、藁草履ばきか裸足では、施す手当てもない。

例年、子供たちは、その治療を自然にまかせるのであった。寒さがゆるみ、雪が溶け、やがて通学路に白い砂ぼこりが舞うころ、盛り上ってくる新しい組織が肉の亀裂に蓋をしてくれる。いつものことで、保はあかぎれをそのままにしておいた。彼の不運は、そこから黴菌《ばいきん》が入りこんだことである。

右足のくるぶしから下が大きく腫れ上った。トヨに連れられて、保は「大野医者」に通う。法昌段から下って行った須賀川街道のカーブ沿いに、仰ぎ見るほどの石垣を積み上げ、その天辺から睥睨《へいげい》するかたちの大野医院は、幼い目に城のようであった。

医師、大野長治の初めの診断によると、その腫れは筋炎であったが、手当てをしてよくなるどころか、かえって骨髄炎へと進み、手術をする羽目になった。術後、自宅で回復を待っていたところ、今度は左の股関節が痛み出す。この病気は一カ所が治っても、化膿の箇所が次々に移動して、完全によくなるには一年も二年もかかるという大野の説明であった。

トヨは夫に相談して、思い切りよく市立須賀川病院に保を入院させることにする。ゆとりのない家計の中から思いもかけぬ失費だが、両親としてつくすべき手はつくしたということであろう。

ここでは左股関節の手術に加え、右足首の再手術も行なわれた。二カ月で退院するのだが、そのあとも大野のいった通り、下肢のあちこちが化膿して、往診してもらう日が続いた。そして、やっとそれがおさまったとき、保に重い障害が残された。

左の股関節がまったくいうことをきかず、右のそれは動くには動くのだがわずかだけで、二度の手術を受けた右足首は、上下に動いても左右には曲らないのである。これではとても立てない。立てない保に向って末八は、歩行練習をいいつけた。

この父親について、息子の受けとめ方は、「厳格できびしかった」（次兄・弘二）、「厳格で責任感が強かった」（四兄・千代治）と一致している。

買い与えられた松葉杖にすがって、立ち上ろうとしては崩れ落ちる保を、末八はひきずり上げてまた杖に向わせる。父親の執念は、ついに六カ月で実った。保は杖を両腕に抱えこんで、やっと歩けるようになったのである。しかし末八は、保に次の目標を課した。杖なしで歩けるようになれという。

支えがないのだから、それまでに倍する難行である。あきらめかける保に末八の叱咤が間断なく飛んだ。松葉杖を持たずに保が歩けるようになったのは、さらに一年後であった。

「初めて杖を手から放したとき、うれしくて大声で泣いた」

と保は告白している。彼には不可能を可能にかえたほどの歓びがあったのではないか。二年間の休学のあと、昭和二十年の新学期に保は五年生に進んだ。しかし彼の通信簿は、休学期間をはさんで前と後に、歴然とした相違をあらわす。

学業の成績に関しては、とり立てていうほどの変化はない。ちなみに四年生では全(十)科目中、音楽だけが「良上」で、あとは全部「良」であり、概評には「各科とも普通なり。授業中は熱心にしてまじめなり」と記入されている。

五年生になると、武道と体操が「可」に落ちた。これは致し方のないことであろう。かわりに国語が「良上」に上って、他はすべて「良」である。概評に「知能余り良好ならずも努力す。熱心に学習するために成績向上す」とあるところを見ると、むしろ上向きというべきなのであろう。

問題は、五、六年生を通じての、異常な欠席日数にある。三年生のとき、保のそれは八日であった。四年生では六十七日になっているが、これは治療のためだから比較の対象にはならない。そこで復学後の欠席日数だが、五年生では百二十三日、六年生では百九十九日にも及んでいる。これでは復学といっても名ばかりである。

いったい何がそうさせたのであろうか。考えられるのは歩行の困難である。歩けるようになったとはいっても、やはり不自由であって、ついつい学校に出るのが億劫になってしまったのか――。

実際には、そうでもなかったらしい。

「歩くときには右側は小指の外側しか下にはつきません。しかし練習したおかげで、普通の人と同じくらいの速度で歩くことが出来ます。ただ、長い距離を歩くと疲れますが」

後に本人がそう語っている。父親が課したきびしい訓練のおかげで、通学には不自由のない足腰になっていたのであろう。そうだとすると、欠席日数は、保の中に鬱積して行った感情の指数として受け取るべきではないのか。

学校の行き帰りに、友達がぼくの真似をして、そしてぼくのわきを通るときは、わざと走り抜けたりして……。

肩身の狭い思いはありました。そういうことは子供のころからありましたし、大きくなってからも、そういうひがみ根性を直そうという気持はあったのですが、外を歩いてもですね、ショーウインドーに映った自分の姿を見ては気にしたりですね。

仕事に自信がついてからは、そういう気持はいくらか少なくなって来ましたけれども。

こうした保の言葉から、彼を見る周囲の目がどういうものであったかがうかがえる。松葉杖なしに歩けるようになった歓びも、たちまち、どこかへ消し飛んだことであろう。彼は人を避けるようになった。

学校に残された指導要録は、そこのところを十分に見ているとはいいがたい。

〈性温和にして明るさあり。学業に熱心なり。但し人に動かされ易く、一時非行をなせるも直ちに改悛し、その後はまじめなり。不具になりたるもひねくれず、ただ若干の劣等感を持ち、発表を控へる傾向あり。二ヶ年の年長のせゐか考へが大人びてゐる点あり〉

学校に戻ったあとの保が「ひねくれず、ただ若干の劣等感を持つ」程度にとどまっていたのであれば、年に二百日もの欠席はしなかったのではないか。六年生になってからは、学校をやめたも同然である。

一つだけ、記録は、目につく指摘をしている。それは「一時非行」で、四年生のときのものである。当時の担任、縫節子は次のように記している。

〈盗癖あり。厳重に訓戒するに改悛を誓へり。それよりそのやうなる行為一度もなくなりたり。その改悛を喜ぶも尚注意を要す〉

盗癖というからには、一度や二度の盗みではなかったのであろう。気にかかる箇所である。だが、保の五、六年生の記録には、盗癖については一言も触れられていない。改悛したのであろうか。

その二年間を通じて保と同級生であった北須釜の雑貨店主、関根資郎は、こんなふうに話す。

「保かい？　どういう生徒かといえば、まあ暗いかげのある生徒だったな。手は器用だった。いろんな機械をいじくるとか、他人のものをとるとか。三十年も前だべ。あの当時の生徒、何も持ってないから、エンペツとか、消しゴムだとか、あと帽子のモンとったり、そういういたずらはしたな。他人の服のボタンとったりな。それから小刀だとか。あのころは買いたくても買えなかったしね。五十銭親にもらうたって、容易じゃない時代だったから」

この昔の同級生は、保に対して、明らかに好意的ではなかった。そう思わせられる言辞を多く吐いた。それにもかかわらず、彼の目に保の行為は、「盗癖」ではなく「いたずら」に映っていたのである。あるいは、その行為も、同級生たちに対する屈折した感情の吐け口になっていたのかも知れない。

4

下谷北警察署から警視庁捜査一課に応援の要請があったのは、三十八年四月一日午後二時三十分である。四歳の幼児が前夜から家に帰ってこないのだという。

事件当番として待機していた第二係の主任以下十二名が十分後に出動、下谷北署で所轄の刑事課員十名と合流して、その幼児、村越吉展の行方を追うことになった。

前日の午後六時四十分、村越豊子の届出を受けた同署入谷町東派出所は、その旨を本署に報告、そこからの連絡で警視庁は隣接各署に迷子の手配をした。同署管内の捜索が行なわれたのはいうまでもない。だが、吉展の姿はどこにもなかった。

こうした場合、まず考えられるのは事故死である。しかし、付近に川やドブはなく、はまりこんだ可能性は薄い。該当する交通事故も起こっていない。とすれば、残るのは迷子か誘拐だが、初動捜査の段階で捜査陣のだれもが、難事件にかかわることを予想していなかった。

そのような空気が支配的であった中で、初めから強く「誘拐」を主張したのは、帰ってこない吉展を待って、眠れない一夜を過した繁雄であった。三十四歳のこの父親は、一般に想像される大工職のイメージとは打って変って物静かであり、第二係の部屋長、堀隆次部長刑事の事情聴取に少しも取り乱したところを見せず、こう言い切った。

「うちの吉展はまだ四歳ですけど、住所も私たちの名前もはっきりいえる子供ですから、迷子になるわけはありません」

堀長《ほりちょう》の愛称で親しまれている堀は、「鑑」を担当することになる。一課切ってのベテランであるこの部屋長が、被害者の身辺関係の洗い出しにあたるというのは、捜査の指揮者が営利誘拐の線を強く考えていなかったことの一つのあらわれである。

いなくなった子供の親が、広く知られた人物であるとか、相当の資産家であるとかいうのであれば、事情は異っていたであろう。村越家は、決してみすぼらしくはないが、かといって、ことさら人目を惹くわけでもない、二階建の工務店である。金が目的の営利誘拐犯が、わざわざ狙いをつけるであろうか。捜査陣は、万一、誘拐事件に発展するとしても、変質者か村越家に恨みを持つ人間による単純誘拐を予想していたのである。

堀が捜査の手始めに訪ねたのは、千葉県の浦安である。漁師町の面影を残す江戸川河口のこの町に、つい三日前、村越家をやめた女中の実家があった。彼女は帰って来たあと、一歩も外に出ていないことが判明する。

その夜のうちに堀は房総半島の大多喜に向った。その目抜通りで豊子の実家は金物屋を開いており、姑のすぎも同じ町の出である。だが、堀の聞き込みにひっかかってくるものは、何一つなかった。

村越家の人々は、捜査陣の疑惑の目が自分たちの方へ向けられているらしい気配を察して、吉展を案じる不安に加え、不快感も味わわなければならなかった。

繁雄もその一人である。彼は四月一日、下谷北署に正式な捜査願を出す一方で、知り合いの印刷所に依頼して、吉展の手配書をつくった。そして、二日の昼過ぎには、下職の電気屋を使って、新しく買いこんだテープレコーダーを、自宅の電話機に取りつけたのである。

その手際のよさが、捜査陣には不審に映る。専門家である彼らが、営利誘拐だと決めたわけでもない段階で、犯人からの脅迫電話を想定して、録音の準備をすませてしまうなど、先回りしすぎではないか。そういう意見をのべる刑事もあった。彼にすれば、おろおろと落ち着かないのが、こういう場面での父親なのであり、そうでない繁雄は、何か事件のカギを隠しているように見えるのである。

だが、不審の目にさらされながら繁雄のセットした録音機が、その日の午後五時四十八分、早くも役割を果たすことになる。

電話のベルが鳴って、反射的に手を伸ばしたのは、内宇田恒雄であった。彼は繁雄の妹松枝の夫で、村越工務店の使用人でもある。

「坊主を預ったのはオレだ」

取り上げた受話器の奥で、わざと押し殺したような、低い男の声がした。

「預ったのはおたくなんですね」

「ああ」

「ああ、そうですか、それでいま、どこにいるんですか？」

「五十万」

「もしもし、もしもし」

「五十万揃えておいて下さい」

「五十番？」

「ええ」

「五十番？　五十番？」

テープの録音は、このあとわずかの間、中断している。いったんは収録されたのだが、電話が切れたあと、テープを巻き戻して男とのやりとりをきいているところに、一一〇番を受けた警視庁指令室からの問い合わせが入り、その声を間違ってかぶせてしまったため、その部分が消えたのである。内宇田は、機械の操作に不慣れであったし、たいへんあわててもいた。録音の残りはこうである。

「その、何ですか？」

「ああと、競馬場んとこ」

「駐車場ですか？」

「競馬場」

「新橋駅前の競馬場ですか？」

「そう」

「そこではどういうふうに、目印は何でしょうか？」

「ええ、週刊誌《しゅ》持って」

「はあ？」

「週刊誌」

「週刊誌？」

「ああ」

「週刊誌たって何ですか？　いっぱい数はあるけど」

「いやあ、何でもいいよ」

「何でも……ね」

「うん、何でもいいから」

「はあ、はい」

「じゃあ、お願いします」

「ちょっと待って下さい」

この間、五十五秒である。東北訛りとわかる声の主は、かなり酩酊している様子であった。

上から抑えつけるような物言いをするこの男が、真剣に身代金を奪い取るつもりでいるのであれば、場所だけではなく、日時の指定をしなければおかしい。だが、居合わせた人たちに、それを考えるゆとりはなかった。堀が急いで古新聞を持ってこさせ、それを一万円札大に切り揃えて、札束らしい厚さに重ね合わせた。

六名の刑事を率いた堀が、あわただしく新橋に向ったのは、電話が切れた十数分後である。

繁雄は偽札束を包んだ風呂敷の一端を紐で右手首にゆわえつけ、その上で全体をしっかり握っていた。それはちょうど、獲物を誘う擬餌鉤《ぎじばり》のようであった。さりげないふうを装いながら、その実、いつでも飛びかかれる態勢の七人が、やや遠巻きに彼の周囲を固めていた。場外馬券売場のある新橋駅西口広場は、まだ宵の口だというのに閑散としている。繁雄に近づくものは一人もいなかった。

翌三日午後七時十五分、同一人物からの二度目の電話に出たのは、都内に住む野崎静江である。村越家とは母親同士が懇意で、彼女自身も十年ほど前から同家に出入りしている。だが、この日は東京放送に勤めている夫にいわれて、やって来たのである。

その日の午後六時半から、豊子はＴＢＳの電波を通じて、誘拐犯に呼びかけをすることになっていた。夫は、放送が終ったあとの豊子を村越家まで送り届けるといい、静江と落ち合う約束をしたのである。

時刻を見はからった静江が村越家に着くと、階下は報道陣に占められていて、身を置く場所がない。そこで勝手を知っている彼女は二階へ上る。そのときちょうどベルが鳴った。電話機は奥の八畳間の中央を占める座卓の中ほどに置かれていた。この部屋はまた、捜査員たちの詰所でもあった。

豊子はまだ戻っていない。繁雄を初め男たちはいたが、対応は吉展の母親を思わせる女性の方が相手を刺戟しないでいいだろうといわれるままに、受話器を受け取った。静江が豊子に代って、直接の「呼びかけ」をすることになる。

「村越です」

「坊やはね」

「はい」

「明日か明後日に返しますからね」

「はい」

「ええ、金を用意しておいてくれませんか」

「ああ、そうですか、それじゃ、用意しますけれどね。それは、あの、どちらへ持って行ったらよろしいんです？」

「それは、後でね、ええ、指定しますからね」

「ああ、そうですか。と、またお電話いただけるわけですね」

「いやあ、あのう、電話でなくてもね」

「はい」

「別な方法でも連絡しますからね」

「あ、そうですか」

「だから、あのう……元気でいますからね」

「はい」

「ああ、心配しなくていいです」

「あ、そうですか。ありがとうございます。何とか、あの、無事で返していただくようにお願いしたいんですが、そうすると、明日か明後日になるわけですね」

「ええ、ああ……ここ三日以内にね」

「三日以内にですか？　すいません、ぜひお願いしたいのですが。よろしくどうぞお願いします。すいません。どうぞ、お願いしますね」

「うん……」

「すいません、どうも」

男は前日の新橋の件については、一分と二秒の間、一言も触れていない。現場で様子をうかがっていたのであれば、何かしらいいそうなものである。やはり、いたずらなのであろうか――。捜査陣は、彼を犯人だとは決めかねていた。

吉展の行方不明が伝えられてから、連日、村越家にかかってくるその関係の電話は十数件にのぼっている。中身は吉展らしい子供を見たというのが主だが、自分が犯人だというものもある。大半は、明らかにいたずらだとわかるていのもので、そこに混って、どこかシリアスな感じを与えたのが、問題の男であった。

彼が三度目の接触をして来たのは、四日午後十時十八分である。この電話には豊子が出た。

「村越さん?」

「それでね、坊や、いま無事ですか?」

「え?」

「坊やっ」(涙でつまる)

「ううとね、ええ、元気でいますよ」

「そうですか、あのう」

「写真見したら……うちへ帰りたくなってね」

「ええ」

「お母ちゃんが心配してるから帰るといって」

「ええ、是非ね、坊や、あの、電話が好きだったんですよ」

「ううん」

「ひとつ、声だけでもいいですから、きかしてもらいたいんですけど……。それでね、あの、あたし、持って行きます。お金」

「うん」

「確実にお渡ししますからね」

「だからね、場所なんだよ」

「ええ、場所をね、教えてもらいたいんですよ」

「いろいろ考えたんだけどね、なかなか適当な、そのう……ところがないもんでね」

「ああ、そうですか。あのう、本当にお金はお渡ししますから、坊やをね、あの、すいませんがね、ちょっと声だけね、おたくの方から、いま、これ、切ってからでも結構です。声を……ちょっと出して……」

「いま、場所が離れているかんね」

「は？」

「場所が離れてんだよ」

「離れてるんですか？」

「うん、だからね、いまここに連れて来てないけどもね」

「ええ、でも、……それ、ちょっと……電話か何かで連絡してね……」

「ああ」

「ちょっときかして下さい。あの、ほんとに坊やの声きかないと、あの、ほんとにあれなんです。いろいろ電話がありますからね」

「うん」

「申しわけありません」

「だからね、うう、あのう、子供は無事に返すからね」

「はい、どうもありがとうございます」

「だから、あのう、場所をね」

「はい」

「よく選んでやるからね」

「はい」

「ええ、もうちょっと後で、また連絡するからね」

「あのう、もし、もし」

「うん」

「今晩、確実にお願いします」

「……（ききとれない）連絡するからね」

「あのね」

「新聞紙包《すん》んでね」

「ええ」

「用意しといてよ」

「はい、あのう、お金はね、もう用意して待っているんですよ。あたくし、もうほんとにね、もう、どうしていいかわからないわ」

わが子の安否を知りたい一心で、懸命にくい下っていた豊子だったが、男が何の手掛かりも与えないので、こらえていた涙が、どっと溢れ出た。そのさまを電話回線を通して感じ取っているに違いない男は「金を受け取ったら子供を返す」を繰り返すばかりである。気を取り直した豊子は、なお男に迫った。

「でも確実に、おたくさんですか？」

「（強い語調で）まつげえねえよ」

「間違いないですか？」

「うん」

「そうですか、でもねえ、もし、あのう、じゃあ間違いないですか、おたくさんに」

「まつげえねえよ」

やりとりは、なおも続いた。豊子は必死であった。その彼女はさらに、出来るかぎり通話をのばしてほしいとの捜査陣の要請を受けていたのである。

しかし、三分五十秒にわたる長電話を、彼らは逆探知していたわけではない。日本電信電話公社が法律をたてに主張する、「通話の守秘義務」にはばまれて、それが出来なかったのである。

警視庁の強い要請で郵政大臣通達が出され、逆探知に公社が全面的に協力するようになったのは、それから一カ月後のことである。そのころになって、やっと、受話器を上げると自動的に録音装置が作動する本格的なレコーダーもセットされた。

それまでは、脅迫電話に出たものが手をあげて合図をし、他のだれかが機械のスイッチを入れると、それを確認してやりとりを始める段取りになっていた。その機械というのは、コードの先についた吸盤で電話機の本体と接続する、きわめて幼稚なものであった。

この事件と前後して上映された『天国と地獄』では、捜査陣の手で大型のテープレコーダーが被害者宅に持ち込まれ、誘拐犯人からの電話をこれで録音する一方、同時に、イヤホーンを耳にした複数がそれをきいている場面があった。現実の捜査では、とてもそういう芸当は出来なかったのである。

だが、幼稚だとはいっても、被害者自身が捜査陣の白い眼の中で取り付けた機械は、男とのやりとりをほぼ完璧にとらえた。これを検討した警視庁は、男を吉展営利誘拐の犯人と断定、翌五日、下谷北署に特別捜査本部を設置した。

5

その夜、村越家は事件発生いらい六日ぶりで静かな時間を取り戻した。特別捜査本部の設置により、捜査員の大半が下谷北署二階のその本部に移って行き、報道陣は村越家及び周辺の取材自粛を申し合わせて、引き揚げたからである。

戻った静けさは、予想された中での最悪の事態がもたらしたものであった。もっとも可能性が薄いとされていた営利誘拐が、現実になったのである。

それにしても、犯人の要求する五十万という金額は、庶民の生活感覚からは大金であるに違いないとしても、大きなリスクをおかさなければならない彼の危険の報酬にしては、あまりにも少額に過ぎるように思われた。最初の電話を受けた内宇田が、犯人のいう「五十万」を「五十番」とききちがえたのも、無意識のうちに、同じことを考えたからである。

その点で、電話の主が完全に犯人であると確定されたわけではなかった。身代金受け渡しの日時、場所の指定もまだである。捜査陣は、今後、男からの電話に出るとき、彼が犯人であるたしかな手掛かりをきき出すようにと、家族に言い含めた。その機会は早くも午後十時十八分にやってくる。

「今夜はおれが出るぞ」

そういってテーブルの中央に陣取っていた繁雄が受話器を耳にあてた。男は、地下鉄入谷駅の入口に、吉展の靴下の片方を置いたと冒頭に告げ、そのわけをこう説明した。

「何も証拠にするものないと、不審に思われると思って、靴下片方置いて来たんだよ」

こちらから改めて要求するまでのこともなく、犯人が自分の方で身の証《あか》しを立てたのである。そして、また、身代金の額についての疑問にも次のような形で答えた。

「それでね」

「はい」

「新聞紙にくるんでね」

「はい」

「(雑音)」

「あの、新聞紙にくるむんですか?」

「うん」

「そうですか」

「ぼろっ紙みたいにしてね」

「はあ、ボール紙のようにして――」

「うん、ぐちゃぐちゃにして」

「はあ、きちんとしないんですね？」

「(雑音)用意しておいてよ」

堀は再生された録音をきいて、男が真犯人に違いないと確信した。身代金の包装についてまで、これほどこまごまとした指定をするからには、いたずら電話ではない。彼は、身代金を奪い取った後のことを考えているのである。新聞紙にボロでも包んだように、ぐちゃぐちゃに入れろ、というのは、逃走の際に身代金がそれとわかるのをおそれているからであろう。

しかし、五十万円という金額は、千円札で揃えたとしても、七センチの厚みにしかならず、コートのポケットにおさまってしまう嵩《かさ》なのである。これは一万円札で五十枚なら、上衣の内ポケットに入れて、いくらかふくらんで見える程度でしかない。

それを、犯人は、どれほどのものだと想像しているのか。おそらく、大金を扱った経験を持たない男であろうと推定された。奪取に成功すれば、それが彼の初めて手にする大金なのであろう。

当初、捜査陣が村越家について、営利誘拐の対象とは考えにくいとした予測は、この電話で完全に否定された。

翌六日、といっても午前一時四十分ごろだから、夜の続きのような時間である。犯人は五回目の電話をかけて来た。「地下鉄の入谷はやめた。また連絡する」というごく短いもので、録音のいとまを与えずに切れた。

それでも、犯人は自分の胸の内を明かしたようなものである。

軽く出された左のショートが、次に叩きこまれるであろう右ストレートの前触れであるように、この短い電話は捜査陣に、本格的な犯人のアプローチが迫っていることを予感させた。


六回目の電話が、果たして、犯人の具体的な要求をもたらした。ベルが鳴ったのは六日午前五時三十五分、霧の深い早朝であった。繁雄が受話器を取り上げた。

「これからね、あの、ちょっと、あの持って来てくれない?」

「場所を教えてくれますか?」

「うん」

「場所どこでしょうか?」

「あのねえ、う、上野駅前のね」

「上野駅？」

「うん……前のね、正面のね、もしもし」

「はい」

「上野駅正面のね」

「正面？」

「ええ、正面の都電通りんところにね、住友銀行のとこにある、電話ボックスがあっからね」

そこへ五十万円をいますぐおけというのである。それを手にしたら、一時間半後に、吉展をしかるべき場所へ一人で行かせるといい、次のようにつけ加えるのを忘れなかった。

「あ、おれも、追われている身だからね、んだからあのう、つまんない了見起こさないようにね」

内宇田恒雄と同じく村越工務店の使用人である弟の三美が、店の小型トラックを運転、助手席に豊子をのせて、指定の場所へ向った。ひどい濃霧で、ヘッドライトをつけても、せいぜい、二、三メートル先しか見えない。銀行わきのボックスに豊子を降したとき、六時になっていた。

偽の札束を抱えて中に入った豊子は、ボックスを見回したが何も置かれていない。彼女は、近くの路地にトラックを停めていた三美のところへ行ってボールペンと紙を受け取り、犯人への伝言を書いた。証拠の品が見当らないので、いったん引き揚げて連絡を待つという趣旨のものである。一人でボックスへ戻った彼女は、もう一度、内部を確認してから、伝言を電話機の上に置き、三美と一緒に家へ帰った。

どうやら犯人は、住友銀行わきをリハーサルの場所に選んだようである。観察のために見通しがよく、しかも人混みにまぎれることの出来る上野駅正面というのは、これ以上ない打ってつけの地の利である。捜査陣は、犯人がかなり周到にことを運んでいるという印象を持った。

最初は新橋で、次は入谷、三番目が上野である。いったい、最終的な場所はどこになるのであろうか。村越家は入谷と上野のほぼ中間に位置している。新橋をはずして考えると、犯人はそのあたりに土地鑑のある人間であろうとは見当がつくのだが。

獲物の足音に耳をすませる猟師のように、彼らは、姿をあらわすと見せてひそんだままの犯人に、いら立ちをおぼえた。この場合の違いは、罠を仕掛けてくるのが、獲物の方だということである。

豊子の落胆ぶりは、見ていてあわれであった。今日こそは吉展を取り戻せると勢いこんで行ったところが、手掛かりも置かれていなかった。警察さえついていなければ犯人と取引出来るのに――と、こうした被害者にありがちな考え方へ、彼女は傾いているかも知れない。捜査陣に対する信頼を、ここでもう一度、しっかりつなぎとめておく必要があると判断した堀は、こう話しかけた。
「犯人にしてみれば、今日のことは大失敗ですからね。かならず次の手を打って来ます。そのときは、むしろ、こっちから攻めるように高飛車に出ることです。それに、証拠の靴下もなかったといってやりなさい。もっと証拠品をどんどん出させることです。かならず、どこかでしっぽを出すから――」

その夜の十一時十二分、犯人からの七回目の電話に出た豊子は、堀の助言をすぐ実行に移した。気丈な母親と新聞記者たちはいうが、彼女は子供を取り戻すためだったら、きっと何でもしたであろう。犯人に対して強く出たのも、その一心からである。受話器の奥で犯人の声は、明らかに気圧《けお》されていた。

「けさね」

「はい」

「行ったんだけど(雑音)、向うへ指《さ》すんだろう?」

「え?」

「けさね、坊や、話したんだろう?」

「坊や、何ですか?」

「坊やのことね、向うへ話したんだろう?」

「いいえ、絶対にいいません」

「けさ行ったんだよ。そいでねえ。じかに、その、塀の陰の方にねえ」

「ええ」

「いた人があったよ」

「あの、あたくしも行ったんですよ。あのねえ、霧がだいぶ深かったでしょう。けさ」

「うん」

「それですからね、あの、行ったんですよ。それでね、証拠品の、お金あたし持って行ったんです」

「うん」

「で、証拠品があればね、かならず置いて来ます。置いてこようと思ってね」

「――」

「もう行ったんです。それで、あの、ボックスあけて見ていただきました?」

「うん?」

「見ていただきましたの? 後で」

「見ない」

「ああ、そうですか。ボックスの中にね、あの、持って行ったんですけれどねえ、何もなかったんですよ。ですからね、あの中に証拠品があればね、かならず置きますと書いておきました」

「うん」

「ですから、あの、坊やのね、あの上衣でも、上衣がいけなければね、靴でもいいですから、かならず置いてくれればね」

「きのう、あったんじゃない？」

「どこにですか？」

「入谷のね」

「いいえ、そんな、全然ないんですよ」

「そう？」

「ええ、間違いばっかりなんですよ」

「じゃあね」

「あの、ですからね」

「上衣じゃね、寒いからね」

「ええ」

「だから、あの……」

「上衣寒ければ靴でもいいです」

「裸足じゃ困るよ」

「そうですか、あの、坊やは元気ですか？」

「うん元気だよ」

「そうですか、あの、子供好きなんでしょ？　おたくさん」

「うん」

「そう、どうもすいません」

豊子にしてみれば、すまないどころか、憎しみの丈《たけ》をぶつけたいところであろう。人質をとられていたからこその「すいません」であって、それも彼女が本当にいいたかったのは、「お願いだから」であったに違いない。お願いだから殺さないでいて欲しい――。

犯人はこのあと、たいへん言訳めいて来て、入谷駅に靴下を置いたことを繰り返し、それを受けつけようとしない豊子に、材質から色柄までことこまかに説明して、信じてもらうための努力をするのである。そして最後には、きかれもしない靴のことを持ち出した。

「あの、ビニールのやつでね。バンドのついたやつだよ。尾錠《びじよう》のついたね」

捜査本部は、この男を本ボシと絞っていても、他の捜査を進めないわけには行かない。村越家へのいたずら電話は、相変らず続いている。

これより早い同じ日の午後八時ごろ、一本の脅迫電話が入った。自分こそ真犯人だという声の主は、午後九時二十分を指定して、品川駅の東海道線プラットホームへ五十万円を持ってこいと要求した。堀が時刻表を調べると、ちょうどその時刻に、大阪行の急行列車が品川のホームへ入ってくることがわかった。

早朝から上野駅前に引っ張り出された豊子が、また偽札束を手にした。堀が六人の刑事を率いて、現場へ向った。豊子には護衛として、付き添いを装う私服の婦人警官、村田巡査が同行した。

予想していた通り、それらしい人物はあらわれなかった。堀は村田に豊子を送り届けさせることとし、部下には解散を命じた。それが本部を出てくる前に幹部から言い渡されていた行動予定であった。

堀は一人だけ八ツ山派出所に立ち寄って、本部に電話で結末を報告、タクシーを拾い自宅へ帰った。彼は三晩も家をあけていたのである。風呂に入って寝つこうとしたが、事件のあれこれが頭にひっかかっていて、どうにも眠りに落ちない。それが永年の習性で枕元に引いてある電話のダイヤルを回した。その先は村越家である。

「あ、長さんですか。五分ほど前にホシから電話がありましてね。今度は靴だの、尾錠だの、新しいことしゃべってんですよ。こら、いよいよ近いかも知れませんね」

「うん、いよいよだな」

「はい。それじゃ、またホシから電話が入るといけませんので、これで失礼します」

「じゃ、頼むぜ」

部下との短いやりとりが終って、今度こそ寝ようと思ったが、こんなときにかぎって、眠気はこないものである。やっとまどろんだのは、日付けがかわってかなりたってからであった。

いくらかは眠ったつもりで、腕時計を見ると、まだ四時半である。虫が知らせるというのか、もう一度、村越家を呼んでみる気になった。しかし、徹夜組の同僚や部下が、神経を張りつめて、犯人からの電話を待っている姿を思い浮かべると、寝つけない自分の気休めに、そこへダイヤルするのは憚られる。かといって、いったん気になりはじめたら、とことんやらないとおさまらない性分だから、ひと思いに起き上った。

「あら、とうさん、何です？　いま時分に」

心臓の持病で健康のすぐれない妻の末子が、背広に着替えはじめた堀に気づいて、寝巻きの前をかき合わせながら、自分まで起き上って来た。それには答えず、裏庭に突っこんである、古い年式のブルーバードにキーを入れた。

暗い中を走って下谷北署に着いた堀は、二階の本部のドアを開いたとたん、「いかん」

と心の中で叫んだ。つい前日の夕刻まで張りつめていたものが、まるで感じられない。

「どうしたんだ！」

怒鳴る堀に、若い刑事がぼそっと答えた。

「やられました」

6

犯人からの最後の電話がかかったのは、七日午前一時二十五分である。豊子が受話器を取り上げた。

「もしもし、もしもし」

「あの、村越さん？　あのね」

「はい、そうです」

「あのね、いま金持って来てくれねえか」

「えッ？」

「金持って来い」

「ええ持って行きます」

「お母さん一人でね」

「はい」

「あと、よその人は、あの、来ちゃ駄目だからね」

「はい」

「それでね」

「はい」

「場所はね、おたくさんとこ真っすぐくるとね」

「はい」

「ええ、あの、昭和通りの方へ向って来ますね」

「はい、昭和通りを向って行くと——ええ」

「うう、突き当りに品川《すながわ》自動車っていうのがあるからね」

「品川《すながわ》自動車ですか？」

「品川自動車」

「ええ、品川自動車ね、はい」

「そこの横にね、車が、あの、五台ばかりとまっているからね」

「ええ」

「その前から三台目の車に」

「品川自動車のところに車ありますか？」

「うん」

「あの、小さい車ですか？　そこにあるのは」

「そ、あのう、小型四輪ね」

「小型自動車が」

「うん」

「品川自動車の前に」

「五台ばかりあっからね」

「はあ、五台あるんですか」

「前から三番目」

「あ、前から三番目ね」

「後の荷台に、あの品物、のっかっていっかんね」

「後から二台目ね、はい」

「そいでね、あの、おたく以外にはね」

「はい」

「うちの人でも表に一切、一歩でも出ちゃあ、駄目だかんね」

「あのうちの人でもいけないんですか？」

「うん」

「運転手、あたしと運転手だけ村越の車で行って、その……うちの人たちは、知らないから、まあね、お金を出すんですからね」
「うん」
「ただ、あの、うちでは子供だけ帰って来てもらいたいんです」
「ああ、そう」
「え、ですからね」
「じゃあね」
「うちの車で行きますよ」
「うん、おたくの車でね」
「村越工務店の車で」
「それでね、そこ真っすぐ来てね、置いたらね」
「え」
「また来たとこを真っすぐ、すぐに家に帰るようにね」
「え」
「そして、うちに帰って待ってるように」
「あ、家でね」
「うん」

「じゃあ、子供は、どこに置いてくれるんですか」

「約一時間くらいたってから」

「ええ」

「あの、子供を置く場所を指定しますからね」

「場所をね、ああそうですか」

「うん」

「その中にいるわけですか？　おたくさん」

「え？」

「その中にいますか？　あのう、自動車の中に。ま、それはわかんないですけどね」

「ああ、それはね、ああ、すぐそこでは渡せねえからね」

「ええ」

「それでお金をもらって、一時間くらいたってからね」

「はい」

「ほれで、ええ、子供の置く場所を指定します」

「はい、そうですか。それでねえ、その靴下あります？」

「ああ？」

「靴下。証拠になるもの」

「置いたよ」

「え？」

「ああ、置く」

「その場所に置いてあります？」

「ああ、これから置くから」

「で、あたくし、わかりますね？」

「うん、わかる」

「見ればね」

「うん」

「そうですか」

「ほれでね」

「ええ」

「あの、絶対、警察なんかに連絡しないように」

「ええ、しません」

「もし、したら、ね、あの……」

「はい」

「それでもう、おしまいだからね」

「はい、そうですか」「あの、もしもし」

「うちの人は一歩も出ないようにね」

「はい」

「ええ、われわれの方は、もう一人、見張り立てたからね」

「はい。もう一人、あの、車を、あの運転してもらう人はいいでしょ？」

「ああ、いいよ」

「あの、夜、真夜中でしょ。一人でこわいですからね。村越工務店のね、あの、車で行きます」

「ああ、それで真っすぐね、来た道をうちへ帰るように」

「そのまま、真っすぐ家へ帰るんですね？」

「うん。それで家へ帰って待っているように」

「ああ、そうですか」

「わかりましたね？」

「はい、わかりました」

「ああ、いますぐにね」

「はい、どうもすいません」

二分五十五秒間のやりとりである。犯人には長く、豊子には短い時間であったろう。

堀が帰宅して手薄になった村越家を、本部につめていた鈴木公一警部補がのぞいたのは、最後の脅迫電話がかかる十五分ほど前であった。

村越家の前に立つと二階には皓々とあかりがついていて、捜査員たちの話し声が路上にまで伝わってくる。鈴木が上って行くと、テーブルの電話のわきにスシのおけが出されていた。

「いただくのなら早くいただいて、用意をしなければだめじゃないか」

鈴木の口調はつい叱責のそれになる。犯人の最終通告が迫っていることを予感していた彼には、捜査員たちがいささか緊張を欠いているように思えたからである。同じ気持を、鈴木に変装用の衣類の提供を求められたすぎも味わう。

彼女は、いわれるままに、職人たちのジャンパーやら半纏《はんてん》やらを二階へ運び上げてやった。捜査員たちは、めいめいに品定めをして、着替えをはじめた。そのざわめきは、学芸会の楽屋に弾むあの調子に通じるものがあった。

「あんなに賑やかな声を出して大丈夫なんだろうかね。犯人が様子をうかがいに来てたら、みんなわかっちゃうじゃないの」

とすぎは懸念を言葉にあらわした。

繁雄も思いはまったく同じであった。午後十一時十二分の犯人からの電話を受けたとき、彼はしきりに胸騒ぎをおぼえていた。「明日が最後だな」と直感するものがあったからである。

一時間足らずで日付けがかわって七日になる。吉展が誘拐されたのが三月三十一日の日曜日で、明けて四月七日も日曜日である。この父親はそこに「因縁めいたもの」を感じていたのであった。

彼は自分からすすんで、玄関に脱ぎ捨てになっている捜査員たちの靴を二階へ運び上げた。変装を終った彼らは、ごろ寝をしたり煙草をふかしたりしていた。

その出動にそなえて、公園に面した玄関からでは目立つというので、裏の里見方にあらかじめ協力を求めてある。二階の若い衆の部屋のすぐ前が里見の経営するアパートの物干台だから、窓越しに捜査員たちを送り出し、そこから裏道へ下させてもらおうというのである。

犯人は犯人で切羽詰っていようが、繁雄も彼との対決を目前にして懸命であった。配置につく捜査員たちの足として、店の軽トラックに加え、近所のガラス屋からそのために借り受けた乗用車を北側の路地に隠しておいたのも一つのあらわれである。

こうした家族と捜査員の微妙な隙間をつくようにして、犯人は勝負を挑んで来た。

鈴木警部補はいわば見回り役であって、本来そこでの指揮官ではない。その彼が上級者として、現場での全責任をになう羽目となる。

当夜、村越家に詰めていたのは、捜査一課員三人、地元署員二人の計五人であった。決して少ない人数ではないが、鈴木にとっては直属の部下ではない。一人一人の気質も能力も、彼には未知数なのである。

これが、ふだんから捜査活動をともにしている手兵であれば、適材適所の配備が可能であるし、こまかい指示をいちいち与えなくても、彼の意をくんで、それこそ手足のように動いてくれるであろう。

その期待を持てないのだとすると、このにわか指揮官に必要なものは、考えるための時間であった。だが、犯人は、それを彼に与えなかったのである。

犯人が指定して来た品川自動車は、鈴木らのいる場所から三百メートルの距離にある。村越家の北側は、かなりゆったりした幅の通りになっており、これを西へ向い、四つ角を二つ越えると、上野駅前を通って入谷から三ノ輪方面へ抜ける昭和通りにぶつかる。その位置から見ると真正面、つまり通りの向う側が品川自動車である。

最終通告が近いであろうことは、前でのべたように、鈴木も予想していた。しかし、こうした至近距離に犯人が身代金受け渡しの場所を設定してこようとは、考えてもいなかった。

犯罪者の心理として、捜査員のもっとも稠密《ちゅうみつ》な現場からは、遠くに身を置きたいのが通常であろう。だが彼は、危険に満ちているはずの第一現場のすぐ先に、わざわざ第二現場を設けたのである。そして、ただちに金を届けろという。

鈴木は完全に意表をつかれた。とっさの対応を迫られて、彼は狼狽した。

犯人の選択が、そこを見越した上でのことであるとしたら、かなりの緻密さと相当の胆力を彼に認めないわけには行かない。

冷静を取り戻そうとしている鈴木に豊子は、切り揃えた新聞紙の束ではなく、本物の一万円札五十枚を犯人に渡すことについての同意を求めた。

彼女は、繁雄が新橋に出掛けるときから、偽の札束が気になっていたのである。もし、犯人を取り逃してしまったとき、身代金が実は一円の値打ちもないただの紙切れだと知った彼は、吉展に危害を加えかねない。その事態だけは、母親として、どうしても避けなければならなかった。

かたわらの繁雄も同じ意見をのべた。犯人は早朝とか深夜とか、まともではない時間帯ばかりを選んで電話をかけて来ている。声から受ける印象もそうなのだがとてもまともな男とは思えない。

吉展の身の安全をひたすらねがうこの父親は、電話の対応にあたって犯人を刺戟しないよう、自分も極力心掛けたし、豊子にもくどいほど念を押して来た。土壇場で最悪の刺戟材料をぶつけることには、強く反対であった。

村越家では、すでに五十万円を用意していたのである。四日の午前中、上野信用金庫合羽《かっぱ》橋支店の預金口座からこれをおろして来たのはすぎであった。五十万円を他人が身代金と呼ぼうが、懸賞金と呼ぼうが、彼女にはどうでもよいことで、それを自身で考えてみたことはない。犯人であれ、世間のだれかであれ、無事な吉展を彼女の膝にもう一度戻してくれるのであれば、その人物に喜んで差し出すつもりの五十万円なのである。すぎは何度もそのことを報道陣に向っていい、記事にして欲しいと、そのたびに頭を下げた。

鈴木警部補は肉親のこうした強い意向を、のべられるままに受け入れた。だが、彼はきわめて初歩的なミスを、そこでおかす。札のナンバーを部下に控えさせなければならないところ、そこまで神経が回りかねたのである。彼がそれをしなくても、だれかが前もってやっておかなければならなかったことではあるのだが。

そのときの彼は、極端に限られた時間の中で、本人としてはもっとも重要だと思われる決定を下そうとしていた。部下を現場に張り込ませるにあたって、車を使うか、あるいは徒歩にするか。二つの道が、それぞれの利、不利をちらつかせながら、彼に判断を迫っていたのである。

身代金の話を鈴木に納得させた豊子は、そこでにわかに尿意を催し、階下の手洗へと降りて来た。すぎは美子を寝かしつけていた。

「おかあさん、あのお金、持って行くことになったわよ」

声をかけて手洗に入り、用足しもそこそこに出てくると、二階からあわただしく内宇田三美が降りて来た。

「ぼくが行くことになりました」

彼の手には、すでに、表通りにとめたトヨエースの鍵があった。すぐに、エンジンをふかす音が、豊子にきこえて来た。

三美は自分でその役割をかって出て、鈴木に承認されたのである。彼は急いでいた。住友銀行前へ豊子を運んだとき、濃霧のせいで遅れたにもかかわらず、捜査員から叱言をいわれたのが頭にあったからである。電話が切れて、運転席に乗りこむまで、せいぜい五分くらいしかかかっていない。トヨエースは、最後のときのために、表通りにとめておいたのである。

ふかしたエンジンを、かけっ放しにしていると、すぎがかけ出して来て、

「刑事さんが一人、乗って行くことになったから、ちょっと待ってて」

と二階からの伝言を囁いた。

手洗を出た豊子が三美と階段の下ですれ違ったあと、追いかけるようにして二階から降りて来た野崎静江の母が、五十万円を彼女に渡した。それは、すぎが新聞紙にくるんで、さらに風呂敷に包み、簞笥《たんす》の抽出しにしまっておいたものである。

受け取った豊子は、トヨエースの助手席に乗った。同乗する刑事は、まだ姿を見せなかった。

トヨエースは品川自動車の方向に車首を向けている。一台のタクシーが対向線を来て、前方の公園のわきにとまった。降りて来たのは里見のアパートに住むホステスで、男が一緒であった。二人はアパートの路地に消えた。

その二人と入れ代りに六人が一斉にかけ出して来て、五人は裏手に回り、一人だけがトヨエースの荷台に乗りこんだ。下谷北署の佐々木安雄刑事であった。刑事になって日の浅い彼は右手を三美に向ってあげると、伏せの姿勢をとった。それを発進の合図と見た三美は、車を出した。

豊子の記憶はあまりはっきりしないのだが、電話を切ってからここまでは、五分から十分のあいだであったような気がする、と後にのべている。

繁雄は、捜査員六人をアパートへ通じる部屋へ案内し、彼らが裏道から表通りへとかけ出して行くのを、二階で見届けた。裏道といっても、一旦、表通りへ出ないことには、どこへも行けないようになっているのである。電話の終りとこの間が、六、七分であったという。

そこからすぐ引き返して、階下に降りたとき、走り出したトヨエースを見ている。この間は、かかったとしても三十秒程度のものである。彼は、にわかに不安になった。ト

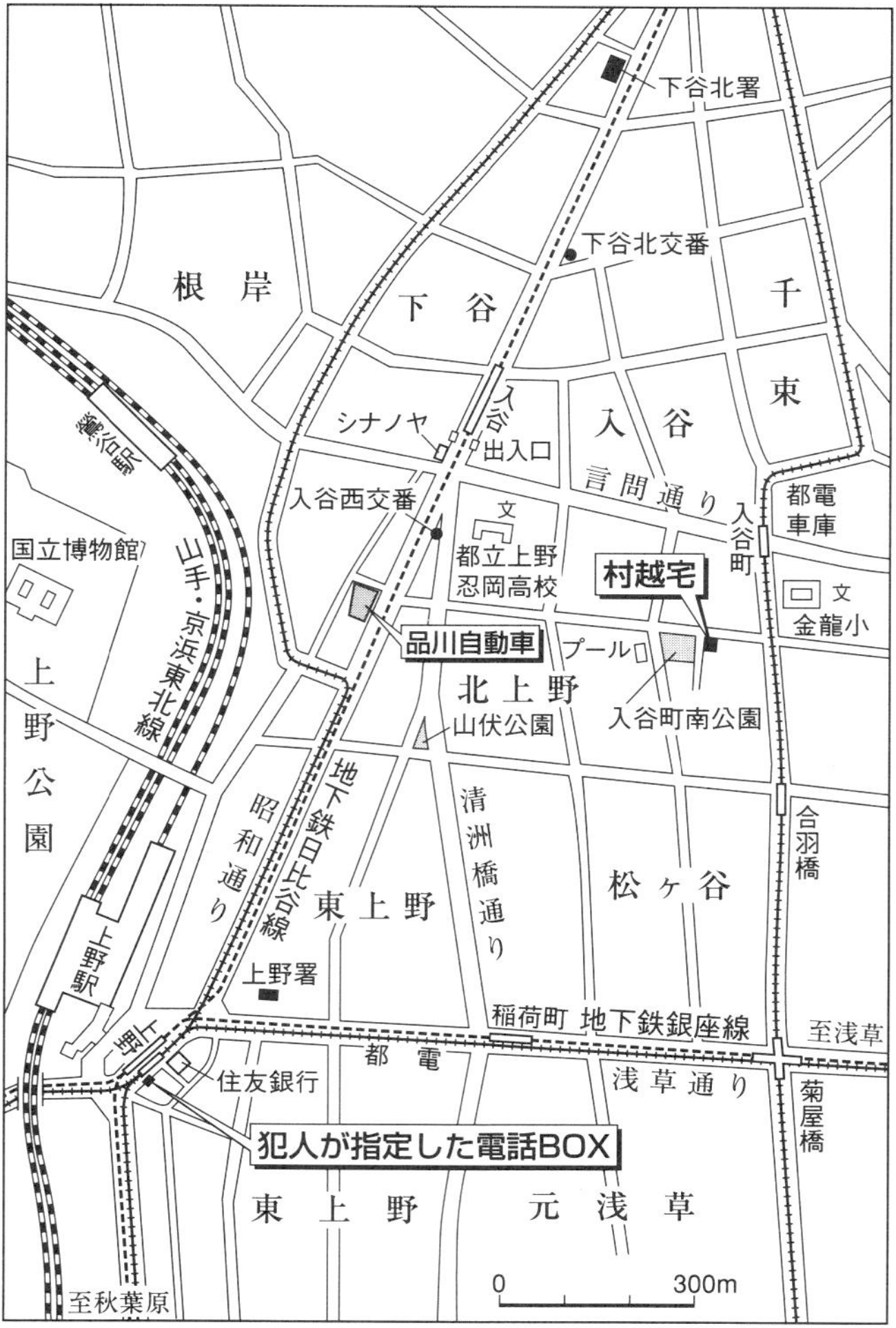
下谷北署
下谷北交番
根岸
下谷
千束
鶯谷駅
入谷
入谷出入口
シナノヤ
入谷西交番
言問通り
入谷町
都電車庫
文
都立上野忍岡高校
国立博物館
山手・京浜東北線
村越宅
文
金龍小
品川自動車
プール
北上野
上野公園
山伏公園
入谷町南公園
昭和通り
地下鉄日比谷線
清洲橋通り
合羽橋
松ヶ谷
東上野
上野駅
上野署
稲荷町
地下鉄銀座線
至浅草
上野
都電
住友銀行
浅草通り
菊屋橋
犯人が指定した電話BOX
東上野
元浅草
0
300m
至秋葉原

ヨエースが現場に着くまでに、捜査員がそこへたどりつけるのだろうか、と。

一瞬、彼は考えた。捜査員たちのために用意した車二台は使われずに残されている。彼らは佐々木を除いて、どういうつもりなのか、かけ出して行ってしまったのである。自分で二台のうちの一台を運転して、トヨエースの後を追うのはどうだろう。

だが、踏みとどまった。他の五人がかりに間に合わないとしても、荷台の刑事が一人、豊子にはついている。警察は警察の考えがあって動いているのだろうから、勝手な行為に出て、それをぶち壊しにしてはならない。そう自分にいいきかせたのである。

三美は昭和通りにぶつかると、いったんハンドルを左へ切り、次にUターンして、品川自動車の正面玄関にトヨエースを横付けした。そこにとまっていた車は五台ではなく七台で、犯人が指定した品川自動車横とは場所も違うのだが、やはり、あわてていたのである。

豊子だけが降りて行って、一台、一台あたってみたが、それらしきものは見当らず、犯人のいった台数とも合わない。それで、正面に向って右横の路地をのぞいた。

彼女の動きを追ってトヨエースも前進し、路地に蓋をする格好で停車した。

その路地には、昭和通りにうしろを向けて、ちょうど五台の車がとまっている。犯人のいう前から三台目は、うしろから数えても三台目であるのだが、彼の意に逆らわず、吉展の無事な帰りに一縷《いちる》ののぞみをかけている母親は、無意識のうちに前から一、二、三と目で追って、三台目の荷台に近づいた。盛り上がった後輪の覆板のうしろに、靴があった。

取り上げて見て、吉展のものに間違いないとわかったが、豊子はそれを三美にも確認してもらいに行った。彼女にはそれだけ慎重に運ぶべき事柄だったのである。

靴があった位置に、きっちりと風呂敷包みを置いた豊子は、あたりを見回すゆとりもなく、こわばった足をトヨエースに運び、助手席に乗った。三美は昭和通りを右折して、村越家へ通じる道へ入り、最初の四つ角を左へ曲ったところで停車した。終始、荷台の底にはりついていた佐々木刑事が、ここで飛び降り、細い路地を昭和通りへと走って行った。

三美のとったこの処置は、だれにいわれたわけでもなく、自身の判断によるものである。トヨエースはバックして、ふたたび村越家に通じる通りへ戻り、そこからは真っすぐ帰って来た。

自分も部下たちと一緒にかけ出した鈴木警部補の最終判断はこうであった。

品川自動車と村越家は一直線に結ばれている。夜のことだから、三百メートル先のこまかい動静を見究めるのは無理だとしても、複数の車がいちどきに動き始めれば、待ち受けている犯人に気づかれてしまうのではないか。そう考えた彼は、用意されていた二台の車に背を向けて、走る道を選んだのである。

もう一つ、犯人が見張りの存在をにおわせたことも、表立った行動をとらせない方向に働いていたといえる。

だが、ここでもう一つ、鈴木は手痛いミスを重ねている。

車を使わないと決めたのであれば、トヨエースの出発を遅らせなければならなかった。彼はそのための処置をきちんととらないまま、あたふたとかけ出していったのである。

村越家がある一劃の裏通りを走り、入谷南公園の南東の角をかすめ、秋葉神社のわきを抜けて、トヨエースが走った通りの二本南寄りの道を昭和通りへ向おうとした佐藤助雄刑事は、たむろしていたバタ屋の一団に行手を遮られた。深夜、血相をかえて全力でかけてくる、身なりも自分たちと大差のない男を、彼らはてっきり、追われている泥棒だと思いこんだのである。

「ちょっと通してくれ。おれは急ぐんだ」

佐藤のいった言葉は、切実であった。

だが、あまりにもその急ぎ方が異常なので、彼はとめられたのであり、この説明は相手を納得させるのに、何の効果もなかった。

次に彼はいった。

「おれは警視庁のものだ」

これが、かえっていけなかった。

「じゃ、警察手帳を見せろ」

いわれて胸に手をやると、これが、ない。変装のとき、つい、自分の服に入れたままにしてしまったのである。

「この偽警官、交番に行こう」

そういう一幕に出くわしたものだから、昭和通りを渡って、一本先を右へ曲り、下谷保健所の裏をかけ抜け、品川自動車の横の道にたどりついた彼が、もっとも遅い現場到着であった。

もっとも早かったのは、途中まで大和田勝刑事と同じ道を来た所轄の亀井孝巡査である。若い彼は下谷北署のマラソン選手だから、いちばんダッシュよく飛び出した。もちろん、そこから先も断然速い。

その亀井が上野児童相談所の角まで来たところ、右手にエンジンの音をきいた。視線をそちらへ向けると、東京富士ラビットのある四つ角を一台のトラックが村越家の方向へ走り抜けようとしていた。ほんの短い瞬間だったが、そのトラックが村越工務店のトヨエースであることを、はっきり確認している。

亀井が見通した四つ角は、佐々木が荷台から降りた地点である。三美が、車をバックさせ、方向を村越家に取り直して走り抜けるのを、亀井は目撃したことになるのであろう。いちばん足の速い彼にしてこれだから、佐藤も、どの道、間に合いはしなかったのである。

それでも、五人は、それぞれ分担の位置について張り込みの態勢に入った。これに佐々木も加わるのだが、後の祭とはいえ、六人のうちの五人までもが、品川自動車の横ではなく、正面を見張っていたのだから、この前線部隊は、最初から最後まで混乱を重ねていたということになる。

現場は静まり返っていた。全員が物陰に息を殺していたが、三十分たっても動きはない。鈴木が公衆電話ボックスから村越家に電話を入れた。犯人を取り逃したと知った豊子が、わっと泣き出した。

捜査陣が、豊子の置いた身代金が荷台からなくなっているのを確認したのは午前三時である。いても仕方がないようなものだが、六人は現場に午前七時三十分まで張り込んでいた。

後日、堀は、この失敗の真相を知るため、張り込みにあたった刑事たちを、当夜と同じ経路、同じスピードで、前後三回、走らせてみた。

表通りを真っすぐ品川自動車へたどれば三百メートルだが、迂回して行った彼らにとっては、人にもよるがだいたい五百メートル以上の距離になる。

実測の結果、五人全員が配置につき終ったのは午前一時四十一分であろうと推定された。出発を一時三十三分としての計算である。これに対し、豊子の場合は、同三十六分に身代金を置いて現場を離れたものと思われる。捜査陣が品川自動車を包囲するより五分ほど早い。

犯人はトヨエースが動き出したあと、すぐ飛び出したわけでもないであろう。走り去ったのを見届け、周囲にも警戒の目を配ってから、荷台に歩み寄ったに違いない。

また捜査陣の方も、全員が四十一分に現場に着いたわけではなく、早いものはもっと豊子の時間に接近している。

そうすると、この五分間は、さらに縮められるのだが、あれやこれやを考え合わせても、三分より短くはならない。そこで、「空白」は三分間であろうと結論づけられた。つまり、鈴木が三美の発進を三分だけ抑えておけば、現場で犯人を逮捕出来たということである。

7

犯人を取り逃したという報告を受けた警視庁首脳は色を失った。内部にも非難の声が渦巻いた。

「そういう張り込みなら中学生にだって出来る」というのから、「警視庁始まっていらいの大失敗だ」というものまで、声は種々雑多だが、現場指揮の判断の誤りを指摘する点では、どれも一致していた。

　部内に報道陣に対する厳重な箝口令《かんこう》が敷かれる。この失態をカバーするには、世間にそれが知れ渡らないうちに、逃した犯人を取り押えることである。

　玉村刑事部長は翌八日、あらたに第一、第二機動捜査隊、捜査一課七号室、上野署、浅草署から捜査員を大量投入、総勢百六十一名という異例の捜査体制を自ら陣頭指揮して、事件の早期解決に乗り出した。

　捜査本部は録音テープを仔細に検討した結果、脅迫電話の主は四十歳から五十歳くらいで、東北訛りの強いところから、かなりの年齢になって上京したものであろうと推定した。

　これをもとに、管下一斉手配により、都内各旅館に事件直後、男児を連れて泊った客の調査を行なう一方、七日以後、姿をくらましたものや、急に金使いの荒くなったものの洗い出しに全力をあげた。併行して、公園周辺の地取り捜査を最初からやり直し、犯人の目撃者や土地鑑のある東北訛りの男を探し出すことにした。

　その被害を受けたのが、三月三十一日の午後六時ごろ吉展と別れた梅沢菊雄である。少年は吉展を最後に見たというだけでなく、この段階での唯一の容疑者の目撃者でもあった。

「坊や、何してんだい？」

水鉄砲をいじくっていた二人に背後から声をかけて来たその男は、どうやらそれまで、便所のボックスにいたようであった。菊雄は手洗場に吉展といて、人が入ってくるのを見ていないからである。

水鉄砲が故障しているらしいと見切りをつけた菊雄は、自分だけ先に一人で出て来てしまった。そのとき男は、吉展に「すごい鉄砲持ってるな」というようなことを話しかけていた。

男について菊雄は、その翌日から入れ代り立ち代り、同じ質問を受けた。どういう顔をした、いくつくらいの男で、どんな格好をしていたか、というのである。

ごく短い時間しか一緒にいなかった菊雄に、くわしいことが答えられるはずもない。しかも八歳の少年である。彼はこういう表現で印象を語った。

「うちのヤスオちゃんによく似てるよ」

ヤスオちゃんというのは梅沢家の同居人で、年齢は三十歳、身長が五尺三寸弱というところである。

録音された声から捜査陣が導き出した犯人の年齢は、四十歳から五十歳ということになっていて、菊雄がいう三十歳とはかなりの開きがある。ともかく、少年を警視庁に連れて行って、前科者の写真の中から、似ている男を選び出させることにした。

その日、母の照代に付き添われた菊雄は、午前九時に始まって夕方の五時まで、昼食に休んだだけで、数え切れない男たちの写真を見せられた。

「ぼく、いやになっちゃうな」

いわれた母親にしても、うんざりさせられる。一日かかって、菊雄は三枚の写真を選び出した。そこに写された男は偶然に、三人とも東北出身者であった。係官はさかんに首をひねった。

「不思議だな。不思議なことがあるものだ」

その夜、菊雄はうなされた。真夜中に飛び起きて、そこいらを何やら捜し回っている。

「どうしたのよ。菊ちゃん」

声をかける照代に、ねぼけ声とも思えないはっきりした口調が返って来た。

「たいへんだ。よっちゃんがいなくなった」

捜査本部が展開した未曾有の人海戦術も、犯人逮捕はおろか、そこにつながる端緒の一つすら引き出すことが出来なかった。

八日には早速、公園を中心とする三千戸に、「お願い書」を配布した。そこには、吉展の特徴がこまかく記されてあった。

〈身長一メートルくらい、坊ちゃん刈りで、身体の割に頭が大きく見える。左耳上に十円玉大のはげがあるが、髪の毛に隠れてちょっと見えにくい。裸になると右下腹に脱腸の手術跡があり、右目が軽い斜視のため寄り目のように見える。……〉

吉展が公園から連れ出されたのは、間違いない。それが深夜とか早朝であるなら別としても、人通りの多い夕方である。当然、犯人と吉展が二人でいるところを見たものがあるはずではないか。

しかし、ただ一人の目撃者もあらわれてこない。八日、九日、十日と、三日間の懸命の捜査は、菊雄の証言を得ただけで、まったくの無収穫であった。

事件記者たちは、にわかにふくれ上った捜査陣に、つねにないものを感じ取り、その裏に隠されているものを、熱心にかぎ回り始めていた。彼らの職業語でいうと「どうも臭う」のである。そこで、夜討ちに、いちだんと熱が加わった。

捜査員が一日の締めくくりとなる捜査会議を終って自宅へ帰り着き、ひと風呂浴びたあたりが、夜討ちの頃合である。

心を許し合う間柄となって、お互いに時間にも気持にもゆとりのあるときであれば、捜査員が記者を招き上げて、晩酌のお相伴ということもあるが、だいたいは玄関先での立話に終るのが普通である。

いくら箝口令を敷いても、「ホシに飛ばれたらしい」という情報は、記者たちのもとへ続々と入ってくる。そのための夜討ちなのである。

十日には記者クラブを含めて、品川自動車における一件は、庁内で公然の秘密となった。

その日の午後の記者会見で玉村刑事部長は、犯人を取り逃した事実を公式に認めた。だが、席上、失敗に至る責任は被害者側に求められるというニュアンスで経過をのべた。豊子がもっぱら犯人の要求する線で動いたため、捜査陣の態勢がととのわずに彼を取り逃し、彼女の強い希望で偽の札束を現金にかえたため、渡さずにすんだはずの身代金を奪われてしまう結果になった、といわんばかりであった。

こうした当局の責任回避が、マスコミの一部に無用な誤解を及ぼすことになる。捜査本部の秘密捜査から公開捜査への切りかえにともなって、四月十九日夕刊からふたたび事件の報道をはじめた各紙は、一斉にことの顚末を伝えた。その中には、あたかも豊子が、捜査陣の指示に反して現金を持ち出し、その制止を振り切って飛び出して行ったかのような記述をし、犯人は彼女と意思を通じる男性でありかねないとの憶測を紹介するものがあった。

これが火種となって、醜聞に深い関心を示すいくつかの週刊誌が、豊子の実際にはありもしない異性関係に、もっぱら焦点をあてて記事を組んだ。

村越家の人々は、犯人が逃げたあとも、彼がいう「一時間後」を信じて、吉展の帰りを待っていたのである。だが、結局は返されず、そのときから、だれも口には出さない、一つの暗い思いにとりつかれた。

その翌日、村越家を見回りに来た鈴木文雄下谷北署長は、繁雄や若い衆のいる前で豊子にこういった。

「警察の指示に従わないようじゃ困るじゃないか。奥さん」

この署長は、彼女から見て、気性のさっぱりした好人物である。部下から真相を伏せた報告を受けているのだろうと、彼を憎む感情は湧かなかった。

かわって温厚な繁雄が、見せたことのない激しい口調で、吐き出すようにいった。

「鈴木のバカヤロー」

すぎが、かたわらから、年寄らしい言葉で息子をなだめた。

「上になってたら仕様がないのね。学問で、試験でなるんだから」

鈴木は、その後、村越家には姿を見せなくなった。

この家の人々に、もっとも溶けこんでいるのは、殺人専門の部長刑事というより、田舎の小学校教師の方が似合いそうな、温顔の堀である。額に深い横じわを五本ばかり刻み、頭のゴマ塩を丁寧に七三に分け、心持ち背中を丸め、細い目をなおのこと細めて、噛んで含めるような物言いをする彼は、豊子にとっても、心安い相手である。

「ねえ、堀さん、警察ってひどいわね」

「うん、今度のことは謙虚に反省すべきだな。私も警視庁の一人として、申しわけなく思う」

「堀さんのせいじゃないけど、警察は卑怯ですよ。私、そう思いました。今度ばかりは」

十七日、村越家は吉展の満五歳の誕生日を迎えた。一年前の同じ日、一家揃って後楽園に遊びに出掛けたことを、豊子は思い出さないわけにはいかなかった。

乗り物好きの吉展は、豆自動車に取りついたきり、「もう一度」、「もう一度」と離れたがらなかった。

その帰途、すぎは祝いに子供用の自転車を買った。小柄な吉展に補助つきとはいっても二輪車はまだ無理で、乗りこなせなかった。「むらこし　よしのぶ」と書かれた白いエナメルもそのままに、自転車は庭の片隅に残されている。

この日、豊子は、バナナ、イチゴ、オレンジ・ジュース、うどんと、吉展の好物を買いこんで来て、一つのテーブルに並べた。そして、写真に語りかける。

「よっちゃん、一人で起きてお便所に行くんですよ。オネショすると、おじさんに叱られるでしょう。もう五つになったのだから、しっかりしてね。来年のお誕生は、きっと一緒にしましょうね」

日がたてばたつほど、この母親は、わが子に降りかかった災厄が、どうにも納得出来ない。

〈一億人も人がいる中で、どうして――〉

誘拐などというのは、お汁粉をこしらえようとしていたあのときまで、映画か小説でのことであった。

〈どうして、うちの子が——〉

これが説明出来る人がいるというのであろうか。

すぎは、嫁を納得させるというよりも、自分自身のためにいう。

「そういう運命の子なんですよ、吉展は。NHKだって、あの女子大生だって、そうじゃないかい？」


前年の十月、NHKのカメラマンが入谷南公園に来てアイモを回した。このときのフィルムは間もなく『子供の広場』で放映されたらしいのだが、村越家ではだれも見ていない。その中に、偶然、吉展の姿が三カット入っていたという。

そのことを知らされたのは事件が起こってからで、NHKの記者が印画紙に焼きつけたものを三枚届けて来たときである。二枚は吉展が三輪車を乗り回しているところで、一枚は築山を下りて来た吉展に豊子が手を差し伸べている場面である。昼食の仕度が出来て、呼びに行ったときのものであろう。

「女子大生」というのはこうである。

これも事件が伝えられたあと、女子大に行っているという若い女性が村越家を訪ねて来た。問わず語りに話すには、写真展への出品を控えていて、入谷南公園で子供の動きをねらったのだという。ネガが上ってしばらくたつと、事件が起こった。もしやと思って調べて見たら、吉展を写したものが何齣《こま》もある。何かの役に立てばと思って、不躾《ぶしつけ》なような気もしたが持って来た——というのである。それだけ話すと、引き伸ばした三枚を置き、名前も告げずに帰って行った。

写真は築山にいる吉展をとらえていて、滑り下りてくるところなど、生き生きととれている。左の十円玉大のはげもうつっており、全体によく特徴がとらえられていた。そこで、次に手配のポスターをつくるとき、三枚を組写真にして使った。

「吉展は、ほんとに人懐っこい子で、利発だから動きも機敏だし、多勢の中にいても、一人だけ目立ってしまうのね。そういう子なんですよ、あの子は。つい、人の目についてしまうのよ」

不意に突き落された悲しみと苦しみのどん底で、すぎは、せめてもの慰めをそういうところに見出そうとしているのである。

ポスターが貼られてから、女子大生の葉書が届いた。駅に行っても、どこに行っても、自分の撮った吉展がいて、それを見るのが辛い、と書かれてあった。

ふっくらしていたすぎが、めっきり瘦せた。朝から深夜まで、いたずら電話が絶えない。犯人がいつ、何をいってくるのかわからないので、受話器をはずすわけにも行かず、ずっと睡眠不足なのである。もっとも、それがないとしても、眠れないことにかわりはないのかも知れない。表で、裏口で、物音がすると起きて行く。吉展が帰って来た。そういう気がしてならないからである。髪の毛の腰も全部抜けてしまった。

豊子も無惨にやつれた。両目が腫れ上って、ついには新聞はおろかテレビまでもが見えなくなった。精神的苦痛が視力さえも奪ってしまうことを、彼女は自身を被験体として知ったのである。

展開

1

私は父成田又次郎と、岡田きみゑの子供として横浜で出生しました。聞くところによれば、母は父と生活をともにする当時、男三人、女一人の連れ子があって、お腹の中にもすでに一人身ごもっていたということです。

父は道楽したようで、私が九歳のとき母は私と父を残し別居してしまい、十三歳のとき父が死亡したので、それからは、叔父のいた保土ヶ谷に生活するようになって、煙草屋の店番などしておりました。

私は小さいときから中耳炎を患ったり、胃が悪かったとかいうことで、小学校も満足に行けなかったような始末でした。

十八歳のころ品川で芸者になって水商売に入り、最近まで水商売をしておりました。

そんな関係で昭和二十八、九年ごろ、中野の料亭につとめていたときに富森康市さんと知り合い、同人のお世話を受けるようになりました。

しかし私自身も働いておりましたので、いつまでもそんな生活をしていても仕様がないということから、富森さんの骨折りで、昭和三十六年十二月ごろ、都内荒川区荒川一丁目三十一番地に家を借り、簡易料理店清香を開業することになりました。

富森さんには妻子もあって、将来、一緒に暮すわけにも行きませんし、同人自身も結婚するのに適当な人があったら遠慮しないでそうするようにといってくれていました。

富森さんは一週間に一度、来てくれていましたが、くるときは三日に一度くるときもあり、足が遠のくと半月ぐらいも来ませんでした。日中か夕方くるときが多く、泊って行くことは一度もありませんでした。

私は若いころから心臓喘息で、異性との肉体交渉もあまり持てない方で、肉体の関係時など息苦しくて長続きしないような状態で、富森さんとの肉体の関係が精一杯の状態でした。

性欲も弱いと思いますし、避妊の手当てもしたことがないのに、妊娠したことが一度もありません。

小原保と知り合ったときの事情から申し上げます。

同三十七年二、三月ごろ、同人が私方へ飲みに来てからのことですが、約半月ぐらいのあいだは、数日に一回程度、来ておりました。ところが、その後、毎日のようにくるようになったのです。

同人は不具者ということでとくに気にしているようなところも見受けられず、狭い店の中で立って歩くとすれば便所へ行くときぐらいなもので、多少、身体がふらついても、酒を飲んだときのことであれば、とくに気にもしませんでしたので、あのような跛であることは、半月ぐらい気づきませんでした。それが毎日くるようになって、やっと気づいたような次第です。

保は、兄弟にも面倒を見てもらえず、苦しい生活をして来て、血を売って生活したこともあるといい、私の生い立ちも考えれば同情するところもあり、私自身、健康に恵まれませんし、保の不具者であることも考えれば、似たもの同士というか、何か好意が寄せられたのです。

そんなこともあって、毎日通いつめるようになってから後は、何度か数千円の金を貸してやったこともあり、同年九月ごろからの飲食代もある程度もらっただけで、強い請求もしないようになりました。

このようにして、同年十二月初めごろには、保と肉体の関係を持つようになりました。

同月下旬ごろ、保は同人の父親が病気だから福島の実家に帰るといい、飲食代の支払いは当分待っていてもらいたい、ということがありました。私も好意を寄せていたので、強い催促はしていなかったのですが、年末でもあり、保としても何とかしなければならないと考えてそんなことをいったものと思います。

同三十八年一月になって保が店に来たとき「おばさん、親父がおばさんを一度、田舎に連れて来てみろといった」といいますし、私のことを親に話すぐらいですから、保自身、私と将来、生活をともにする気があるのではないかと感じ取りました。

それでその後は、肉体の関係を持つことも多くなって行きました。

同年一月末ごろまでは、保も松屋時計店に勤めていたので、泊ることはほとんどなかったと思います。

ところが、そのころ、面白くないからやめる、といい出し、私はとめたのでしたが結局やめてしまって、当時住んでいた豊荘も引き払って、いくつかの家財道具を処分し、着替えを持って来て、おばさんのところへ置いてくれ、といって来ました。

私は好意を持っていて、出来ることなら結婚してもよいと思っておりましたが、富森さんにも、また、力になってくれる知人にも相談もしておりませんでしたし、ずるずると入りこまれてはいけないと思い、はっきりしてからにしよう、ということで、最初の数日間は私が旅館代をやって、家には泊めませんでした。

しかし、結局は私も好意を持っていた弱みもあり、ずるずる入りこまれてしまいました。

保は時計関係の新聞など読んで、職を探していたようでしたが、金がなく、千円だ、五百円だといっては私から持ち出し、職を探す間、約二万円ぐらいの金は引き出して行っているのではないかと思います。

その間、私のつくった物を喰い、私に洗濯させていました。

ところが三月中ごろ、新宿の時計店に勤め貴金属を扱うようになったから保証人になってくれる人がないと雇ってくれないといい、

「保証人になってくれ」

といって、印鑑証明を持って行きました。それで私としては、それ以後、その時計店に勤めているものとばかり思っていましたし、保自身、毎朝七時に目覚時計をかけて、出掛けて行っておりました。

ところが同月二十七日の朝、

「横浜で仕事のことで友達と会うことになっているから金を貸してくれ」

といい、千円か二千円貸してやったのですが、午前七時ごろ出たきり、四月三日午後八時か九時ごろまで、所在がわからなくなってしまったのです。

警察の方にも話しましたが、保は非常に性欲の強い男で、自分自身で、

「朝鮮料理は一日一回食べる」

といっていたほどで、二月上旬から三月二十六日ごろまで、私と一緒に寝ていたときは、ほとんど全部といっていいほど、寝るたびに肉体関係を要求して来ました。

それに保は、前戯というか、私の身体をいろいろといじりまわしまして、私の陰部を舐めたりすることが度々ありました。

しかし私は前に申し上げました通り、普通の人よりはこの関係では弱いので、いやなときは断るようにしていたのですが、そうすると自分でせんずりをかいていたほどです。

ところが四月七日、金を持って来た後というものは、肉体の関係を要求してくることが非常に少なくなり、しつこい前戯をしないばかりか、せんずりをかくようなことは一度もなくなりました。

清香の経営者、成田キヨ子は大正十二年三月の生まれだから、保のちょうど十歳上である。本人が右の検事調書の中でのべている通り、生い立ちは暗い。

母の岡田きみゑは、宮城県志田郡志田村の出身で、旧姓を木村といった。早くに横浜へ出て来たらしいが、関係者がほとんど死に絶えたいま、当時を知る手掛かりは、戸籍関係くらいのものである。

大正六年六月、きみゑは岡田弁蔵と結婚し、その届出の際、彼女の私生児である三人の男の子と一人の女の子が認知、入籍された。これらの子供は、男が五男、六男、七男、女が五女となっているから、少なくともきみゑはそれまでに、十二人の子供をもうけていたことになる。

長男から四男までと、長女から四女までの計八人については、手元の写しには記載がないので、一切不明である。ただ、きみゑにとって弁蔵との結婚が初めてのものであるから、これら八人も私生児であったことに間違いない。

明治十三年生まれであるきみゑは、三十七歳にして、初めて正妻の座についたのだが、それも束の間、二年四カ月後の大正八年十月、弁蔵に先立たれた。そして翌九年三月、捨造を生む。

きみゑが岡田姓のまま成田又次郎と生活を始めたとき、身ごもっていたというのがこの捨造である。投げやりな名前を授かったこの子は、弁蔵、又次郎いずれの血を引いたのであろうか。

生まれるとすぐ又次郎が認知、庶子として入籍しているところからすると、彼の子であるように思えるのだが、はっきりいえるのは、きみゑが戸籍上、まだ弁蔵と夫婦でいた間に身ごもった子を、弁蔵が死んだ五カ月後に、又次郎のもとで生み落したということである。

正式な妻の座にいたのは人生のうちのごく短い期間だけで、亡夫の喪があけるかあけないかのうちに、ふたたび身重な身体を婚姻外の共同生活へと運ぶきみゑという女性は、明治から大正にかけての貧しい時代を背景に、すさまじい生きざまを想像させずにはおかない。

その上にまた、彼女は捨造に続く十四人目の子を生むのである。これがキヨ子であり、捨造と同様、庶子として入籍された。

しかし、キヨ子が九歳の年に、きみゑは又次郎との生活を解消して、単身、大阪へ移る。奔放さがさせた出奔《しゅっぽん》なのか、反対に、打ちひしがれた末の逃避なのか、いまとなっては知る人もいない。だが、ここまでくると、あわれというより凄絶である。

きみゑに去られた後の又次郎は、昭和十年十月、捨造とキヨ子の二人だけを連れて、叔父成田重次郎の家籍に入った。現存する重次郎の三女敏枝は、きみゑについて何の記憶もとどめていない。その名前を耳にするのも初めてだという。だが、又次郎については、鮮明な思い出がある。

「あの人は怠け者で、うちの父が散々、面倒見たんですよ。金魚屋とか古着屋とか、行商をやっていました。何をやるにも長続きしない人で父が何かいわれるたびに材料を買ってやってましたけど、どれもすぐ投げ出しちゃいましてね」

昭和十一年一月、重次郎は病気で逝った。その後を追うようにして、一週間目に又次郎が交通事故で死亡する。実父と養父をいちどに失った捨造、キヨ子兄妹は、やがて、東京の品川で二人きりの生活を始めた。

しかし、現役で陸軍にとられた捨造は、大陸を転戦するうち、やがて太平洋へと拡大した戦火を追って南方に移送され、二十年七月、フィリピン方面で戦死する。兄の入隊の後、自活のため品川の鈴千代という置屋から芸者に出ていたキヨ子は、これで天涯孤独の身となった。

戦争が終って、ただでさえ生きて行くのが困難な時代に、女一人の生活は、いっそう心もとないものであった。浅草千束、新井薬師と流されて行くキヨ子に、この世界にはつきものの庇護者があらわれた。

その男は、三十歳も年齢のひらきがある中野の家具製造業者で、四人の子供がある家庭をあけて、キヨ子と同棲に近い毎日を送るようになる。彼女もまた、母親がたどったと同じ道を歩き出したのである。男との関係は富森と出会うまで続いた。男の世話を受けながら、キヨ子は勤めをやめなかった。それは、自立を計画していたからである。

富森と知り合ったのは中野の料亭だったが、その後は座敷との縁を切って、浅草の百万弗、有楽町のダイナ、上野池之端の春といったように、もっぱら椅子席の店ばかりを勤め先に選んだ。自分の店を持つには、座敷で限られた客を相手にするよりも、不特定の多数が出入りするバー、キャバレーでの接客術を身につけた方がプラスだと考えたようであった。

三十六年の正月、キヨ子は念願の店を浅草六区に持った。京子という小さな一杯飲み屋である。店名は自分の名前をもじってつけた。だが、開店二カ月で、立ち退き要求にあう。彼女はあいだに入った不動産屋に、そのことを知らされていなかった。

同じ年の暮に清香を開くとき、富森が四十万円だけ助けてくれた。前の経緯を気の毒に感じたのであろう。

底辺に生み落された女児が、王子電車の三ノ輪橋終点に近く、踏切の点綴音《てんていおん》が伝わってくる密集地の路地裏に、間口一間の城を構えるのに、四十年の歳月を要したのである。

三月二十七日の朝、横浜へ行くといって清香を出たまま、何の連絡も寄越さなかった保が、ひょっこり帰って来たのは四月三日の午後八時過ぎであった。

保の顔を見るなり、キヨ子はいった。

「きのうのいまごろ、沢田さんが来て、物凄く怒ってたわよ。今度こそ警察問題にするとかいって――。すぐ連絡した方がいいんじゃないの？」

浮かぬ表情の保は、

「ああ、わかってるよ」

と、その話題には触れたがらない。彼はたいへん疲れている様子であった。

2

川口市幸町三の〇〇、銀座第一時計店経営者、沢田信三の供述によると、保との貸借関係は次の通りである。

昭和三十八年一月下旬ごろのことでした。当時私は上野御徒町の松屋時計店と取引があり、小原はそこの時計修理工をしておりました。

たぶん一月二十日ごろのことと思うのですが、私は松屋からの注文で時計を十個また は一ダースほど松屋に届けたことがありました。全部同種類のものであり、十四型の金色のものでした。値段にして六、七万円くらいのものだったと思います。いま申した値段は卸価格であります。松屋に届けたところ、松屋の主人が不在だったので、小原に頼んで帰って来ました。

それから三日くらいして松屋に行ったところ、小原は店に出勤しておらず、頭が痛いということで休んでいるといいますし、松屋の主人は品物は受け取っていないといって、

「私は直接受け取っていないから、責任は持てないよ」

ということなので、私としては小原をつかまえてきいて見なければならないと思い、

松屋で小原の住所をきいて、小原の住んでいたという三ノ輪の豊荘に小原をたずねて行きました。

しかし、何回も小原をたずねて行ったのですが、小原は豊荘に戻っていないようでした。

そこでいろいろ調べて行くうちに、小原が三ノ輪公園近くのマツモト時計店のそばの飲屋でのんでいたという話をきいたので、その飲屋を探し回り、清香という店を見つけました。

この清香で小原をつかまえて小原にきいてみたところ、小原のいうには、「時計は売ってしまった。自分が責任を持つから自分に売ってくれ。金は出来しだい払う」といいますので、小原との話合いで時計の代金を六万五千円、小原が私に支払うということになりました。

しかし、小原はその後もいっこうに時計の代金を支払ってくれませんので、私も意地になってしまい、二日おきに小原に催促に行きました。

小原はいつ行っても豊荘にはおらず、小原をつかまえるには清香に行かなければならないという状態であり、それも午後十時過ぎにならなければ、清香にも顔を出さないというありさまでした。

小原は催促の都度、待ってくれというだけでした。何回も催促に行くうちに、小原と清香の女将の成田が普通の仲ではないと思いましたので、私は成田にも小原に時計を横領された話をして、誠意を見せてくれなければ警察に訴えるといっておきました。

昭和三十八年二月ごろのことと思いますが、何回か小原に催促に行っていた当時、豊荘に行ってみたら、小原が引越荷物をつくっているのにあいました。

そこで私は借金を踏み倒されて逃げられてはたいへんだと、驚いてすぐ荒川警察署に相談に行きました。

すると、警察の人は、民事事件か刑事事件かはっきりしないから、といって、私の一方的な話だけをとりあげるわけには行かないということで、松屋の主人に警察へ来てもらったりして、事情をきいてくれましたが、結局、警察の人のいうには、

「一回、松屋の主人が仲に入って小原と話をしてごらんなさい。話合いがつかなければ、また来なさい」

ということでした。

そこで、その帰りに、松屋の主人と二人で小原を清香から連れ出し、みどりとかいう喫茶店で、三人で話合いをしました。

小原は、

「実は今日アパートを引き払ったので、山谷の旅館に泊るんだ。血を売っている状態だから、いまは一銭もない」といって、私に金を払ってくれそうもないので、私は、

「警察に連れて行こうか」

といいますと、小原は、

「三千円くらいなら都合するから、なんとか勘弁してくれ」

というので、小原に三千円都合させて小原に対する借金の一部として受け取りました。その三千円は小原が、清香の女将から借りようとして借りられず、清香の裏の方に住んでいる若い男から借りて、私に払ったものでした。

その後、残金を催促しても小原はなかなか払ってくれないので、私としては、だれかちゃんとした人に立ち会ってもらって、小原との約束をはっきりさせておこうと思い、昭和三十八年三月八日ごろ、川口の警察へ連れて行く心算で、小原を川口の私の自宅までいったん連れて来たのですが、自宅の前でパトカーに会い、ちょうど知り合いの高橋という警察官が乗っていたので、この人に立ち会ってもらって、私の自宅で話をしたことがあります。

高橋さんはそのとき、小原が住所不定ではないかということで、職務質問しておりました。すると、小原は成田キヨ子の印鑑証明を見せて、現在は芝白金三光町の弟の小原満の家に住んでおり、

「今度、新宿にある松田時計店に就職することになったので印鑑証明書を持っている。成田からはこのように信用されているんだし、今度、松田時計店に勤めるのだから、逃

げも隠れもしない」

といっており、借金のことについては、

「松田時計店に勤めれば、一カ月分の給料を前借り出来るから、三月十五日までには、内金を一万五千円払う」

というので、高橋さんたちも帰って行き、私もそのつもりでおりました。

昭和三十八年三月十五日に私の留守のところに、小原から電話があり、借金が返せないというようないいわけをして来ましたが、私は約束だったので、その日の午後九時か十時ごろ清香に行きました。

すると小原が出て来て、表口のところで一万円を私に出して、

「これで勘弁してくれ」というので、私は、

「冗談じゃない。一万五千円という約束じゃないか」

といいますと、小原はさらに五千円を出して私に渡し、

「これだけしか金はないんだが、どうしても三千円は必要だから」

といいますので、私は三千円の釣をやりました。

結局、この日までに六万五千円のうちの一万五千円の支払いを受けたわけで残り五万円は小原が、「三月三十一日までには必ず払う」

といいますので、私は小原に、

「その日までに払わなければ刑事事件にする」

と念を押して帰って来ました。

その後、昭和三十八年三月三十一日のことでした。その日は月末で、私は方々を集金して回り、午後三時ごろ帰宅しましたが、帰宅したところ私の妻が私に、

「今日午後二時ごろ、小原から電話があって、小原のいうには、田舎へ行って家を売って、ちょうどいま帰って来たところだが、現金化するのにはもう二、三日かかるから、警察沙汰にしないで待ってもらいたい。二、三日中には必ず払うから」

ということだった、という話をききました。そこで、私は妻に対して、

「馬鹿野郎。実際、小原はどこにいるんだ。小原に、いいわけのいい口実を与えてしまったじゃないか。子供の使いじゃあるまいし、いつ、どこで払ってくれるのかということを、はっきりきいておくものだ」

と怒鳴りつけたことがありました。

3

二カ月ものあいだ、十万という数字が保の頭にこびりついて離れない。

三十八年三月二十七日、上野を出るときのもくろみは、すぐ上の兄千代治に同道して

もらって二番目の姉オトの連れ合いである大沢克巳に頭を下げ、十万円の融通を受けるというものであった。彼の頭上の網棚には、カステラと羊羹の包みが一つずつのっている。

上野駅構内で売子に品物を指定するとき、彼は、千代治と、克巳を頭に浮かべていた。どちらをどちらへとはまだ決めていないが、ともかく二つは、この二人への土産のつもりである。

早くに家を出た長兄の義成は、都内の建設会社に勤めているが、そこは下請けのそのまた下の孫請けといった規模で、彼は現場要員である。保の頼みを聞き入れるだけの余力はないだろうし、かりにあったところで、二十五歳も離れているこの長兄は、保と一つ屋根の下に暮した時期が皆無にひとしく、ほとんど没交渉の関係であってみれば、そこに顔を出すこと自体、保には気が進まないことなのである。

同じことは、次兄の弘二にもいえた。彼も高小を終えると同時に東京へ出て、いまは洋服の仕立業をしているのだが、自分の店舗を構えるには至らず、下請けの賃仕事でその日を糊塗《こと》している。義成は、それでもまだ、長男だという意識があるせいか、正月など、兄弟揃っての帰省を呼びかけたりするのだが、次男の弘二にはそういうこともなく、保にはむしろ他人に近い。

千代治は保のすぐ上の兄にあたる。といっても年が九つ離れていて、この兄も上二人の後を追うように、数えの十六で家を出てしまった。保は小学校に上るころまでしか一緒にいなかったことになる。茨城県の大津港で魚問屋に住み込んだ千代治は、戦争の時期を海軍で過したが、復員してくると、元の勤めに戻って家にはいなかった。

　年老いた末八が、その千代治に無理矢理、跡を継がせたのは、昭和二十六年であった。長男と次男には、跡を取る意思がまったくなく、三男は幼いころに死んでいるので、お鉢が四男の千代治に回って来たのである。

　兄たちを生家から遠ざけたのは、都市生活者の下位に属する彼らの暮し向きにも釣り合わない、その経済状態であった。小原家には、これを継ぐに値するものが、何一つそなわっていなかったというべきなのであろう。かわって、そこの人々は、父祖から受け継いだ血脈に潜む、暗い宿命の予感とでもいったものに、いつも脅かされていなければならないのである。

　生家からどれだけ遠のいたところで、怯えが自分の体内に根ざしている以上、そこから解放されるわけはないのだが、少なくとも身を遠方に置けば、忌《い》まわしい記憶から一時的にせよ逃れることが出来た。兄たちが生家を忌避した理由は、そういうところにもあったのかも知れない。

　末八の父、つまり保たちにとって父方の祖父にあたる安三郎は、元々が隣村の大里家の人である。保がまだ幼かったころ、その本家に、異常に肥った老人がいて、世間から白痴呼ばわりされていた。このあたりの記憶は、うっすらとしている。はっきりおぼえているのは、祖父の妹だというカメ婆さんで、いつも赤い着物を着て、ふわふわとそこいらを歩いていた。学校帰りの子供たちは、カメ婆さんを見つけると、手に手に石を投げた。保も何度かそこに加わったことがある。そのときはまだ、彼女が自分の血縁者だとは知らなかったからである。

そのような血を父から受けたせいか、保のいちばん上の姉であるイサヨは、年中「頭が痛い」といっている。その連れ合いの草刈正直は、父の姉の子だから、イサヨとはいとこ同士で、彼もしょっちゅう頭痛を訴え、夫婦して「頭が痛い」と言い暮していたが、精神病関係の専門書を山と積んで読みふけっているうち、血を吐いたのが最期となった。

父方の叔父の伍助は、歯がまったくない。抜けたのではなく、生まれてこの方、一本も生えたことがないのである。

母のトヨによれば「大里には悪い血が流れている」ということになる。それをいわれたとき、末八は「お前の方だって同じだっぺ」と言い返すことがあった。

母の従姉に癲癇《てんかん》持ちのソノというのがいて、人のいないとき、囲炉裏端で発作を起こしてひっくりかえり、そのまま焼け死んだ。

その長男の栄造は、子供を背負って農薬をあおり、水溜りに首を突っこんで自殺している。

地方では、どうしても、通婚圏がせばめられる。狭い範囲内で血の交りを重ねているうちに、弊害が生じてくることは、多くの事例で証明されている。それが、小原家につながる一族に、濃くあらわれたのであろうか。

千代治は、大沢克巳の妹サクエを嫁に迎えた。前で見た通り、克巳には千代治の姉オトが嫁いでいる。

婚礼の夜、満座の中で新郎の千代治が、突然、ひきつけを起こした。根が小心で、興奮しやすいたちである。そうしたとき、急に頭痛が始まって息苦しくなり、悪い夢でも見ているような気分に引きこまれるのだという。婚礼の席で、その発作が出た。意識を失った千代治は、昏倒したのである。この出来事は、格好の話題となって、人々のあいだを走り回った。

合わせて、戦時中、軍曹の地位にいた義成が、上官を二階から階下へ投げ飛ばして軍法会議にかけられ、兵に降等されたという古い話も、いまさらのように語られた。

千代治夫婦は、間もなく女児に恵まれる。だが、この梅子は、誕生日を過ぎても口をきこうとはしなかった。生まれついての聾唖者で、しかも重度の精神薄弱児だったのである。

夫婦には、この子を遠隔の教育施設へ預けるゆとりもなく、家の中だけで育てた。十五歳になるが、彼女が社会へ巣立って行くのぞみは、まったくない。その下の和子も、梅子と同じ宿命を背負って生まれた。

保によると「呼んでは感じない状態で、床を叩くと感じる」知覚をしか与えられなかった和子は、四歳の冬、囲炉裏に倒れこんで、死んだ。

跡取りになるはずの八歳の利昭は、やや知恵遅れだが、どうにか学校は続けられそうで、千代治夫婦に希望をつながせている。

保がきょうだいとして、もっとも身近な感じを抱いていたのは、三つ違いの四姉ツネである。その下のトシが、生後間もなく死んだので、彼にはすぐ上の姉ということになる。ツネはおとなしい性格で、冬、学校へ行くときには、きまって保の手を自分のモンペに入れて暖めてくれた。

彼女が隣村へ嫁いで行ったのは、昭和二十四年三月で、十六歳になったばかりの保は、仙台にある宮城県身体障害者職業訓練所の時計科に入り、将来、身を立てるための修理技術を身につけているところであった。

仲間より二年遅れて、十四歳で小学校を卒業した保は、石川町の時計店に住込の職人見習として出されたが、半年ほどで、その一家が疫痢にかかったのをしおに、家へ帰された。

しかし、保の肉体的条件を考えると、坐って仕事が出来る時計職人が適しているという末八の判断は動かず、改めて訓練所に入れられたのである。

嫁いで行ったツネは、ほどなく離別されて実家へ帰ってくる。流産したあと、精神に変調を来したというのが理由であった。

そのとき、訓練所を終えて仙台市内の時計店に住み込んでいた保は、優しい姉が電気治療を受けているという郷里からの便りに、心を痛めた。

追いかけるようにして、ツネの死が知らされてくる。何度も自殺をくわだてたあげく、裏の井戸に身を投げたのだという。

葬式に呼ばれなかった保は、勤めの都合もあって、仙台にとどまった。夜、青みどろの中に浮く姉の白い素足と、揺れている黒い髪を想像し、蒲団をかぶって泣いた。

だが、葬式が片付いて、ツネが息を引き取ったのは、助け上げられたあとの畳の上だときかされ、彼は救われる思いであった。井戸の中が最期では、姉の魂がいつまでも水に漬ったままで、天に上れないような気がしていたからである。

保は、成人してからも、ツネの夢をよく見る。現れてくる彼女は、いつも嫁ぐ前の姿をしていて、それがとても懐かしい。

だが、一度だけ、たいへんこわい思いをさせられた。

それは、平市《たいら》に勤めをかえていた保が、休みをもらって実家へ帰った夜のことである。保と会うのは久しぶりだというので、従兄の譲が泊りに来て、彼と一つ蒲団に寝た。

深夜、胸苦しさをおぼえた保が目をさますと、髪を振り乱した女がのしかかっていて、恐怖で口をきけない彼を小脇に抱え、あいている雨戸の隙間から空へ飛び立とうとした。早く、だれかに知らせなければならない。そう思って保は、やっと声を絞り出した。だが、彼にはまだ、起こっている事態が、現実なのか、夢なのか、はっきり区別がつかない。足の先で、隣で寝ているはずの譲をまさぐった。

そこには、たしかに触れるものがあった。

「助けてくれ！」

保は、大声をあげた。譲が現にいるからには、自分は本当にさらわれようとしている、と思ったのである。叫び声で譲が飛び起き、保も初めて夢からさめた。

「何？」

とたずねる従兄に、彼は答えなかった。

髪を振り乱した女が、実はツネであったように思えて来て、いったい自分をどこへ連れて行こうとしていたのか、と考え始めていたのである。

三十八年三月二十七日の午後二時過ぎ、磐城石川駅を降り立った保は、ちょうど駅前に着いたバスから子供を連れて降りて来た譲と顔を合わせ、短い時間だったが、立話をしている。

小野新町行のバスに乗ったとき、保は、郷里での金策を完全に断念していた。

二年ほど前、千代治は三十万円を投資して、アンゴラ兎の飼育に乗り出したところ、これがとんだ見込違いで、完全に失敗した。その後始末の面倒を見たのが克巳である。千代治は穴埋めのため上京し、管理人という名目で中野区のアパートの一室に入りこみ、実は、土木工事の現場に出て働いたのだが、郷里を長期にわたってあけておくわけにも行かず、半年足らずで引き揚げた。だから、おそらくは、克巳への返済を終っていない。

沢田のきびしい取り立てにあい、どこといって頼るあてのない保は、苦しまぎれに郷里へ向ったのだが、いざ足を踏み入れると兄の一件が思い出され、克巳への借金の申し込みは、とても出来ない相談だという気になってしまったのである。

小野新町行のバスを保は、須釜口で降りた。生家はそれより、停留所にして三つばかり先である。

街道を小走りに渡ると、彼は付近の竹藪にかけこんで、日暮まで、そこに身を隠し、暗くなってから、玉川村千五沢へ通じる四キロの山道を、人目を避けながら登って行った。

保は金策を断念すると同時に、生家へ顔を出す気持もなくしていたのである。

元々が、進んで訪ねたい実家ではない。彼には、七年も前のことになる千代治へのちょっとした不義理が、大きくひっかかっている。

時間が前後するのだが、仙台の時計店に勤めていた保は、二年後に栄養不足から肋膜炎にかかって帰郷する。

裏山に登ってはマムシを探し、その生血を吸うというようなかたちで自宅療養しているところへ、家督を継ぐことになった千代治が帰って来た。

いつまでもぶらぶらしているわけにも行かなくなった保は、快方に向うと付近を時計の巡回修理に歩き始める。

だが、二間だけの生家は、いかにも手狭であった。療養期間を含めて二年間を郷里で過した保は、業界新聞の求人欄を通じて、平の三幸デパートの時計部に入る。といっても、そこは個人経営で、保は店主である上原博の自宅に賄付きで住み込んだ。

上原によると、勤めたての保は接客態度がよく、仕事ぶりも真面目で、夜遊びに歩くではなし、子供と五目並べをしていたりした。

一度だけ、デパートの食堂で、保が逆上したのを見たことがある。

「跛と一緒でしょう。どこがどうってわけじゃないんだけど、あたし気持がわるいのよ」

同じ職場の女性が、他の売場の仲間にしていた陰口が、保の耳に届いた。気がついたとき、彼は食器類をアルミニウムの盆ごと持ち上げて、テーブルに叩きつけていたのである。

それから間もなく、保は崩れ出した。見守っている上原の目には、赤線通いをおぼえたのがきっかけのようであった。

それでも二年くらいは勤めていたが、給料が安いという理由で辞めて行く。

保にひっかかっている不義理は、平から戻って来た時期のものである。失業中の彼は、克巳から一万円の借金をした。実際に手渡したのは姉のオトである。保に甘えがなかったとはいえない。その借金を返さずに、郷里を出てしまった。

のちに、千代治が一万円を肩代りして、月賦で克巳へ返したという話をきいた。いらい、保には、生家の敷居が高いのである。

二十七日の夜、千五沢に着いた保は、鈴木安蔵方の玉屋に忍びこみ、焚火をして暖をとった。玉屋というのは、コンニャク玉を入れて置く小屋のことである。

暖まった保は、体温が逃げないうちに、北須川のほとりに鈴木方が積んだ藁ぼっちに潜りこんで眠った。

郷里での保は、野良犬のようであった。土産になるはずのカステラと羊羹は、数日にわたる野宿の食糧として消え、彼は農家の軒先の干しいもで飢えをしのいだ。雨に打たれた夜もある。

すべてが徒労に終って上野駅に帰りついたとき、保は精神的にも肉体的にも、疲労の極にあった。

4

「それはそうと、一週間ものあいだ、ナシのつぶてで、どこへ行ってたのよ。何もいってこないから心配するじゃないの」

四月三日の夜、保を迎えてつい口をとがらせたキヨ子に、彼はこう弁明した。

「いや、えらい目にあっちゃってね。時計一個のことで、横浜の警察に入れられていたんだよ。密輸品じゃないかというんだ。仕方がないから、そいつは大沢さんから修理に預ったものだということにして、やっと今日、釈放されたんだ。ついでに、大沢さんに身元引受人をお願いしてね」

保がいう大沢は、克巳の弟秋芳のことで、彼は都内の王子で洋服仕立業をしている。

「あなたっていう人は、あちこち、迷惑ばかりかけて歩いて――」

キヨ子が叱言を言いかけたところに、松元勲が、ひょっこり顔を出した。

彼は清香と同じ町内でマツモト時計店を開いており、一年ほど前、保に連れられて来たのがきっかけで、ここの常連になっている。

二人のやりとりに割りこんだ格好の松元は、一つ年上の保をさとす口調でこういった。

「おばさんに心配かけちゃ駄目じゃないか」

松元がそういう口をきいたのは、電話の一件が頭にあったからである。

三月十日のことである。保が松元の店にやって来た。

「清香のママさんが電話を売りたがっているんだが、保証人になってくれないかね？」

「だって、ママは自分の電話売るんだろう？　保証人なんていらないじゃないか」

「いや、それがね、ちょっと都合のわるいことがあって、おれが委任されてるんだ」

なるほど、保はキヨ子の実印から印鑑証明、委任状まで、全部揃えて持って来ている。

「そんなことなら、あんたが保証人になればいいんじゃないの？」

「いや、おれは印鑑登録してないから駄目なんだよ」

そういう話なので、松元は翌朝、近くの荒川区役所第三出張所へ出掛けて印鑑証明をとり、やって来た保に求められるまま、実印も一緒に渡してやった。


松元が保を知ったのは、二年前の秋である。夜の九時ごろ、ふらっと一人で店に入って来た彼を、松元は「鉄道員」ででもあろうかと思った。紺の背広を着て眼鏡をかけていたので、物堅い職業を想像してしまったのである。

保は、御徒町のアメ横で松屋という時計店を共同経営しているものだと自己紹介し、自分は販売と修理の両方を受け持っているので容易ではないと、忙しさをこぼしてきかせた。

開店から日が浅く、まだ客筋の少ない松元は、そういうことであれば修理を自分の方に回してくれないかと申し出ると、保は鷹揚にうなずいて帰って行った。松元は後姿を見送りながら、保の足が不自由であることに初めて気づいた。

それがきっかけで、保は約束通り仕事を回してくれるようになり、つき合いが続いている。金銭上の迷惑をこうむったこともない。

だから信用して実印を渡してやったのだが、その後で、ちょっと不安になった。そこで、翌朝、清香をのぞいてみることにした。保は不在で、キヨ子だけがいた。

「委任状？　あたし知らないわよ、そんなもの。だって、引いたばかりの電話を売るわけがないでしょ」

キヨ子がいう通り、清香の電話は月の初めについたばかりなのである。

店に戻ると、しばらくして、事情を知らない保が実印を返しに来た。問いただす松元への釈明はこうであった。

「実は、どうしても金が入り用なもんで、あんたにいわなかったのはわるいんだが、電話を担保に質屋から六万五千円ばかり借りたんだ。あんたの判は、借用証に保証人としてついてある。その他、やましいことには使ってないし、このことについても、あんたには絶対、迷惑をかけないから、信用してくれないか」

その真偽をたしかめるため、松元は保に案内をさせて、彼が入質したというヤマキ質店に行った。確認しての帰途、保は歩きながら五枚の千円札を松元のポケットに押しこんだ。

「少しですが、礼金として受け取って下さい」

こういうとき、保の言葉遣いは丁寧になって、その調子も囁き声にかわる。

その夜、松元が清香に顔を出すと、保がカウンターにいた。キヨ子は早じまいして、二人を二階へ呼び上げた。

「電話のこともそうだけど、この人は方々に借金があって、このままだとずるずるになって行っちゃうと、あたし思うの。だから、この際、ちょうどいい機会だから、松元さんに仲に入ってもらって、いろんなことをはっきりさせておきたいのよ」

小柄なキヨ子だが、色白の顔と同様、性格もふっくらしていて、余計なお喋りをしないかわり、客扱いには親切味がこめられている。それが気に入って通うことになった松元は、彼女が初めて見せたきびしい一面に、さとるところがあった。

キヨ子は、保との仲を、店の客に気取られないよう気配りしていた。だから、店の二階に保が住んでいることを知っているものはない。相談を持ちかけられた松元は、告白を受けたも同然である。キヨ子は一人で思いあぐねたのであろう。

借金について松元が中身をたずねると、保は五、六人の名をあげて、総額にすると十二万円になると答えた。

がよい。

その中には、清香に保を探し当てて、「曲ったてめえの足を叩き伸ばしてやろうか」と迫った、アメ横の時計商朴鴻猷と、その弟世明がいる。彼らは日本姓新井の方が通りがよい。

彼らの店は、時計の職人を置いていないので、客に修理を頼まれると、松屋時計店にそれを回すことにしている。そういう関係で保とは顔馴染になった。

昭和三十七年の春ごろ、兄の方が、自分の金側腕時計ラドー三十石の修理を松屋時計店に頼んだ。それから一週間ほど後に、今度は客から預った腕時計エニカを持ち込んだ。普通なら修理は、一週間もあればあがる。ところが、何回催促に行っても保は「もう少し待ってくれ」というだけで、現物を返して寄越さない。

夏に入って、修理が出来ないのなら、そのままでいいから返して欲しいという朴に、保は、紛失してしまったと答えた。このあたりの雰囲気は、かなり険悪だったようである。

保が弁償を申し出て、二つを合わせて二万円という線で折り合いがつく。しかし、保は一向に支払いの意志を示さず、秋も終りになってしまった。

朴は、暮までに支払いを済ませるようきつく申し渡し、保もそれを請け合った。

そうこうしているうちに、新しい年が来てしまう。一月の末に、松屋時計店をのぞいた朴は、主人の松内寿夫から、保がいなくなったときかされて、かっとなった。

清香のありかを松内からきき出した朴は、夜、弟を連れて乗りこんで行った。

「おい、小原。暮には払うといったが、てめえの暮は、いつのことなんだ」

路地に連れ出された保は、二人にはさまれて震えた。アメ横は、地盤も背景も持たない彼らが、文字通り裸一貫で築き上げた消費の町である。高級輸入品が、物によっては市価の半額以下で売られている。こうしたアメ横の特色は、そこを占める業者のある部分が、何らかのかたちで法に反していることを意味していた。

敗戦直後からこの町に生き残って来た人々は、そこに至らないまでも、いわゆる修羅場をくぐっている。朴兄弟は、そうした気迫を相手に感じさせる凄味を漂わせているのである。

執拗な沢田の催促に追いつめられている保だが、それとは別種の趣で、兄弟は迫るのであった。

あとの負債は、すべて取引先の古物商から回してもらった中古腕時計の代金未払分で、品物が捌《さば》けたのちに支払いをするというのは業界の慣行なのだが、それにしても、月日がたちすぎている。彼の心配は、沢田が告訴状を出した場合、朴を含めてこれらの債権者が追随するのではないかというところにあった。

その夜、三人が話し合って到達した結論は、なるべく早く保が勤めを見つけ、働いて得た給料を全額、キヨ子に手渡し、彼女がそれを保の借金の返済にあてるというのであった。その約束をたがえないために、保はキヨ子にあてて誓約書を書いた。

その場に立ち会った松元の意識は、いわば関係者のそれである。

「しばらく見なかったけど、勤めの方はきまったのかい？」

「いや、これから、横浜でちょっと取引があってね。そいつを片付けると、借金払いはいっぺんに済むんだ」

「いったい何だね、その取引というのは？」

「密輸の時計なんだがね」

横からキヨ子が口をはさんだ。

「危いことに手を出さないでよ。いままでも、もう、おちおち寝てられないんだから」

「いや、おばさんの心配するようなものじゃないんだ。すでに時計は五百個ほど横浜に荷揚げしてあって、こいつを東京に運んで調整だけすればいいんだから。納めて二、三日したら金になる。今度の儲けは、ちょっと大きいぞ」

冴えない表情を見せていた保は、話しているあいだにいつもの調子を取り戻し、自重をうながす二人に胸を叩いて見せると、二、三日は帰らないといいおいて、店を出て行った。

その保から清香に電話が入ったのは、五日の夜十時ごろである。

上野の旅館の一部屋にこもって、時計を調整しているのだが、何しろ一人なので意外に手間取っている。それでも、あと二、三日で何とかなるだろう——というようなことを一方的に話して、電話を切った。

翌六日の夜、店じまいしようとしているところへ、保が帰って来た。正確には、七日の未明である。

「あたしこれからご飯にしようと思うんだけど、あんた、つき合う?」

「いや、仕事の相手と新橋で一杯やって、食事を済ませて来たから、おれはいい」

キヨ子はアルコール類を口にしないので、他人のアルコールのにおいには、たいへん敏感である。保は酒を飲んでいないようであった。

「おばさん、この金、預っておいてくれないか? 借金払いはこれでするから」

カウンターの中にいたキヨ子に、保は一万円札二十枚を渡した。彼女は、それを割烹《かっぽう》着《ぎ》のポケットにねじこみ、夜食を済ませて二階に上ってから、ベビー簞笥の小抽出しに裸のまま入れた。

その日の午後一時ごろ、眠っていたキヨ子は保に起こされた。彼はもう、一度外出して帰って来たのだといい、電話の請け出しに一緒に行こうと誘った。

キヨ子は預っている二十万円をビーズの手提袋に入れ、二人でヤマキ質店に行ったが、「七の日」で休んでおり、松屋時計店に借金払いをしようと保が言い出して御徒町へまわったところ、ここも休みであった。

今度はキヨ子が言い出して、二人は満のところへ行くことになった。

三月二十五日の夜、様子を見に来た沢田に警察沙汰をにおわされたキヨ子は、翌朝、思いあぐねて満の家へ相談に行った。きっと心配しているに違いない弟に、報告をかねて礼をいっておく必要があろうと彼女は考えたのである。

5

その日は雨で、建築現場関係の仕事を休んだ満は家に一人でいた。妻の幸枝は一人娘の規子を連れて日暮里の実家に帰っており、同居している弘二の次男鉄次は勤めに出てまだ戻っていなかった。

「心配かけてすまなかったが、借金のことは全部きれいになる見通しがついた」

保がそういうので、折角訪ねて来てくれたことでもあるし、ウイスキーでも一緒に飲もうと、満は玄関へ立って行った。買いおきがないので、酒屋へひと走りするつもりになったのである。

その後を追って来た保は、他にだれがいるわけでもないのに声をひそめた。

「実は時計の密輸で儲けたんだ」

右手の指三本を立て、それで左の胸を二、三度、軽く叩いて見せる。借金返済の目処《めど》がついたというからには、三万円ではなく三十万円ばかり稼いだのであろう。

「まあ、あまり心配かけずにやれよ」

なお話したげな保をそこに立たせておいて、満は雨の中をかけ出して行き、トリスの丸瓶を一本買って戻ると、二人でそれを飲み始めた。アルコールが回るにつれて、保は上機嫌になり、いうことも、段々大きくなって来た。

「いままでは心配をかけたが、これからは、すぐ御徒町に店を持って、濡手で粟をつかむように、どんどん金を儲けてみせるからな」

大言壮語は、いつものことなのである。普段は自分の内側に抑えこんでいる満たされないものが、酔うと、こういうかたちで噴き出してくる。

きいていて、満に不快感があった。

「たまに少しばかり金が入ったと思って、生意気な口をきくな」

それがきっかけで、二人の口喧嘩が始まり、ついには、立ち上って取組合になる。先に手を出したのは、満であった。右の手のひらで保の左頰を張り、怒った保が武者振りついて行ったのである。

黙ってののしり合いをきいていたキヨ子が、小さな身体で二人を分けた。

「満さん、やめてちょうだい。こんな身体の悪い人を殴っても、仕方がないでしょ？」

いわれた満は、急に、用があると言い出して表へ出た。保とキヨ子も、そのあとに続き、大通りで気まずく別れた。帰りかかると、保が傘を置き忘れたという。雨はいつの間にか上っていたのである。彼一人をやってキヨ子はその場で待っていたが、なかなか戻ってこない。そこで、満の家をのぞきに行った。

二十三歳になる鉄次は、二月三日に航空自衛隊を除隊した後、満の家に世話になって、運送会社に通い始めたばかりであった。

帰ってみると、家の中は薄暗がりである。不審に思って、茶の間へ入って行くと、卓《ちゃ》袱《ぶ》台《だい》に突っ伏した保が、電灯もつけずに、独りで泣いていた。

いわれない先に、日ごろ保のことをいう満の口ぶりから、二人の叔父のあいだに何かあったのだろうと、鉄次は察した。そこへキヨ子がやってくる。

「あんた、早くしないと——。沢田さんを七時に呼んであるんでしょう?」

せかされて腰を上げかけた保は、卓袱台に一枚の札をひろげた。

「弘二兄が道楽者だもんで、お前もしなくていい苦労をするなあ。これは小遣いだ。何か困ったことがあったら。そのときに使えよ」

鉄次は、保にかぎらず、どの叔父からも小遣いなどというものをもらったことがない。ひろげられた紙幣を、五百円札でもあろうかと、薄暮の中に透かして見た。だが、大きさが違う。一万円札だと知ってあわてた。

「いいよ、こんなの。おれ、いいよ」

鉄次は紙幣を手に、帰りかける保を追いかけた。振り向いた保はズボンの右ポケットから二つ折りにした札束を三分の一ほどのぞかせて、彼に見せた。

「いいよ、取っておけよ。まだ、こんなにあるんだから」

その厚みからいって、ざっと二、三十枚の一万円札である。それで鉄次は、差し出したものを引っこめた。

午後九時ごろ、満が戻った。彼は近くの簡易宿泊所にいる仕事仲間を訪ねて、むしゃくしゃした気分を鎮めていたのである。

「保叔父が、こんなものを置いていったよ」

鉄次は、もらった一万円札を満に手渡した。一カ月あまりの同居生活だが、満の暮し向きが楽でないことを、彼は見てとっていたからである。

6

その日を皮切りに、連日、保は債権者を呼びつけ、あるいは、自分から相手方に出向いて行って、せっせと借金の返済を始める。それまで借金から逃げ回っていた人間とは別人の趣を見せるのである。

そのあとを関係者の証言で綴って行くと、落ちた容器から床一面に飛び散ったインクを拭きまわる、あのせわしさに似て、ただもう、それを消すこと以外は意識のどこにもないように、借金を払い歩く保の姿が浮かび上ってくる。

同時に彼は、取り立てのきびしかった債権者に対しては尊大さを、何でもない取引先に対しては寛大さを、かい間見せるのである。その二つは、どちらも、彼がかつて示したことのないものであった。

最初に連絡を受けたのは、沢田信三である。七日の午後、川口の自宅にキヨ子から電話があり、七時には清香にいるから金を受け取りに来てもらいたいという保からのことづけを、沢田の妻に伝えた。

出先から自宅に電話を入れて伝言を知った沢田が、清香へ行ったのは九時を過ぎていた。保はカウンターのいちばん奥まったあたりに新しい背広を着て陣取っており、ゆったりと銚子を傾けていた。

その隣に沢田が坐ると、彼はそれまでのぺこぺこした様子と打って変って、頭ごなしの物言いをした。

「金が思ったより出来なかったから、沢田さん、二回払いだな」

「馬鹿いうな。そんなことをまだいうんだったら、警察へ行こう」

「まあまあ、そういきり立ちなさんな。他にお客さんもいることだし——。どうだね、沢田さん。金を借りて払うからその利息分をあんた出す気はないかね？」

「いったい、いくらだ？」

「最低五分。譲って、そんなところだろう」

貸金の残額は五万円だから、保は二千五百円だけ引けというのである。

いちどきに返済してもらえるものなら、五分が一割でも、手を打ちたい沢田である。

「よし、五千円負けてやるわ」

話がついたと見た保は、カウンターの中のキヨ子に向って、声を張り上げた。

「それじゃ、おばさん、すまないけれど、福島からくる金で返すから、ちょっと立て替えておいてくれないかね」

沢田によると、そのあとの状況はこうである。


するとと女将は、いままでと違って、勝ち誇ったような顔をして、帯のあいだから裸のまま二つ折りにした一万円の札束を取り出し、

「いくらかい？」

といいながら数え出し、

「五万円でいいのかい？」

といって、その中から一万円札五枚を取り出して、小原に渡しました。

小原はそれを私に寄越したので、私はそれを受け取り、五千円札一枚を釣銭として小原に渡しました。

そのとき、成田が持っていた一万円札は二十四、五枚あったように思います。

私は随分持っているなと思い、いささか面くらったのです。こんなことなら小原は何も血まで売って生活しなくてもよかったろうにと思いました。

松屋時計店に保がキヨ子を伴ってあらわれたのは、翌八日の午後である。

七日に、二人はヤマキ質店から松屋時計店にまわったが、ともに休んでいたので、この日、ふたたび同じ道順を踏んだのである。

「これまでの借金の清算をしたいんだが、いくらくらいになっているでしょうか?」

ここでの保は丁重であった。

松内の計算によると、保が着服した売上金を給料の未払分と相殺して、なお六千円が残る。その他に、保が無断で店から持ち出した時計バンドの代金二千円を加えて、八千円もらえば片がつく勘定である。そのことをいうと保は、一万円札を出して釣銭二千円を受け取り、そこに改めて千円札一枚をつけ足した。

「ご迷惑かけましたが、今度は、こちらからちょくちょく品物を仕入れさせてもらいますからね。とりあえず、その時計バンドを一箱下さい」

それが三千円なのである。

二人が帰って行ったあとで、妻のトリ子が呟いた。

「随分、急に景気がよくなったものねえ」

松屋と同じアメ屋横丁で古物商を営む水谷松郎は、その日の午後五時ごろ、保の訪問を受けた。

「どうもすみませんでした。長いあいだどうも」

入ってくるなり保は、一万円札を二枚、差し出した。

前の年の十一月末に、彼は水谷の店から時計三個を持って行って、その代金一万五千円が、支払われないままになっていた。

大晦日《おおみそか》には払うという約束だったが、保は寄りつかず、年が明けて松屋をのぞくと、もう店を辞めたという主人の話で、なかば忘れかけていた売掛金を、前触れもなしに現れた本人が、いきなり突きつけたのである。

保は五千円の釣りを受け取ると、ウインドーの中からセイコーを三個選び出した。

「いろいろ欲しいものはあるんだが、今日はこんなところにしておこうか。これで、いくらだい？」

借金を払い終ったらひけ目はないというのか、入って来たときと言葉遣いが違う。その変化もさることながら、いまだかつて、現金で仕入れたことのない保が、ズボンの尻ポケットから、真新しい二つ折りの黒皮財布をひっぱり出して支払いの意志を示したのが、水谷には驚きであった。しかも、あきらめさせられかけていた売掛金を、すっぱり払ったあげくにである。

七千円だというと、保は財布をひらいて中の札をいったん全部出してから、それを二つに折り、いちばん上になっている一万円札を水谷に渡した。

札の種類を見たわけではないが、厚さにして一センチはあった。すべて一万円札だとすると、二、三十万円にはなるだろう。水谷はそういうふうに見当をつけた。

清香と同じ荒川区荒川六丁目の町内で「なんでも屋」という屋号の古物店を開いていて、清香の常連でもある中川清が、四月に入って初めて保の姿を見たのは、これより早い七日の午後である。

店番をしているところへ、保はキヨ子を連れてやって来た。

「ゆうべオーさんが帰って来たので、これから松屋さんへ行って、挨拶がてらお店に戻してもらうように頼んでみようと思うの。それが無理なら、道具を引き取って、自分で仕事を始めるとオーさんがいうものだから、どの道、一度は行ってこないとね」

きかれもしないそんなことを喜々として喋るキヨ子を見ながら、この分だと電話の一件はおさまりがついたのだろうと、中川は想像をめぐらせていた。

松元が仲立ちしていらい、オーさんの電話事件は、清香の常連客のあいだに知れ渡っていたのである。

だが、保とキヨ子の一歩進んだ間柄については、ほとんどが気づいていない。中川もその一人であって、苦労人らしく面倒見のいいキヨ子が保の生い立ちに同情して、交友関係も少ない彼の相談相手になってやっているのだろうと考えていた。事実、キヨ子は、やさしい心遣いを見せる女性なのである。

実をいうと、その日の午前一時まで中川は清香にいて、たいへん愉快な時間を過したのであった。

六日の晩のことでした。その日は私の息子の誠一郎が区立第二瑞光小学校に入学した日のことなので、六日という記憶があるのですが、私はその晩、家で晩酌をしたあとに、一人で清香にのみに行きました。

そして、息子が小学校に入学したという話をしましたところ、成田さんは、

「それはおめでとう。今日は鯛が入っているから、お祝いだからご馳走する」

といって、鯛を焼いて出してくれたのです。

私としては非常に感激しました。このようなことから四月六日のことは印象に残って

おります。

この晩、店には他の客として、若い常連の馬淵という跛の男、小林というペンキ屋、その他、だれか一人か二人くらい、その連中の友達がおり、これらの人と一緒に清香が出してくれた鯛を突っついて食べた記憶があります。その鯛は二十センチくらいの大きさのものでした。

その晩も小原の姿は清香に見えませんでした。

私は非常に愉快だったので、つい長居してしまい、翌七日午前一時ごろまで清香でのんでおり、それから家に帰りました。

「ゆうべオーさんが帰って来た」とキヨ子がいうからには、自分が店を出たあとのことなのだろうと、中川は考えた。

保は、キヨ子の背後に照れくさそうに立っていたが、こぼれはじめた空模様を表までたしかめに行って、五百五十円の折畳式の洋傘を一本買った。この日の夕方、満の家をいったん出た保が取りに引き返したのが、これである。

支払いをすませた保は、こういって頭を下げた。

「これからはばりばりやりますから、ひとつよろしく頼みます」

なんでも屋に、ふたたび保が姿を見せたのは翌々日の九日であった。

彼は新しい黒ビニールの鞄を持っていて、中川に中をひらいて見せた。そこには、ざっと二十個ほどの時計が、ケース入りでおさめられていた。

「どうしたの？」

「いいスポンサーがついて、資金も品物も、ふんだんに回してもらえるようになったんだよ」

そうしたやりとりのあとで、保は中川に時計をすすめた。

「支払いはいつでもいいから、どんどん買ってちょうだい」

いわれるままに、中川は中古品を三個、選び出した。代金は合わせて一万三千五百円だということであった。

「いま、手元にないもんで――」

そういって三千五百円だけ手渡した中川に、保はいたって鷹揚であった。

「いいんです、いいんです。金のないときはお互いさまだから」

それからしばらくたって、中川が清香に飲みに行くと、保が一人で飲んでいて、カウンターの中のキヨ子と何か支払いの話をしているところであった。

「あの金には手をつけるなよ」

中川を見た保が、キヨ子にそういって、していた話にけりをつけると、彼女は言葉を出さずに、ただうなずいた。

このところ目立って羽振りのいい保に、金を融通してもらおうと中川が思い立ったのは、そのときである。

「まとまったものが欲しいんだが、遊んでいる金があったら回してもらえないだろうか」

「長くは困るけど、短い期間ならいいですよ。どのくらい必要なの？」

「そうね、二、三十もあると助かるんだけど」

「ああ、そんなものですか。そのくらいならいつでもいいですよ。そのときにいってちょうだい」

その口ぶりには、冗談とか誇張とかではない真実味がこめられていた。

安い金利ですむものなら、保から借りて、それをそっくり銀行に預け、信用をとりつけておくのもわるくはないと、中川は考えた。

話は、それほどまでにすることもないと中川が思い直して立ち消えになるのだが、景気のよくなった保に対する羨望が、彼には残っていた。

東上野二丁目の古物商、渡辺勝巳が、突然、保の訪問を受けたのは、十日の午後八時ごろである。

彼は前の年十一月ごろ、ダイヤ入りの指輪一個を一万三千円の売値で保に渡した。その十日後に、五千円の入金はあったのだが、残金はたびたびの請求にもかかわらず、支払われなかった。そのうち、保は松屋から姿をくらましてしまったのである。渡辺が保の訪問を「突然」と受け取ったのは、そういう事情だったからである。

残金八千円を支払った保は、あらたに、真珠の指輪四個を合計八千円で仕入れ、現金で決済した。

次に保がやって来たのは、十日ほどたってからである。

このときには、真珠のネックレスをくれといい、相手が二人か三人の姉妹のところへ持って行くので数がいるし、同じものが欲しいといっているので、同型のものを四本、一本四千円で渡しました。他に指輪も一、二個、渡したのでした。

支払金は二万円也、ただし、一万円札二枚を預けて行きました。

このとき私は小原君に金がありそうに見えましたので、いくらでも持って行ってくれ、品物を貸しますよ、と申し向けたところ、現金がないといっていました。

金があると見たのは、第一回目に来たあと、松屋さんや上野の闇市で、小原君が借金払いをしていて、そのうえ、時計その他を仕入れていて、相当金が入ったらしいという噂をきかされていたからです。

渡辺が右にのべているように、いい噂も、わるい噂も、ダクトを走る煙のように筒抜けになるのが、この業界である。

ひとつには、信用取引が慣習となっているせいであろう。不義理をした先に借金を払い歩き、そこから、他人がめったにしない現金払いで仕入れをする保は、失われてしまった信用を、懸命に回復しようとしていたのであろう。

裏を返せば、この業界に生きるしかすべのない保を、十万円ばかりの借金が、破滅寸前にまで追い込んでいたともいえるのである。

朴鴻猷が保から電話を受けたのは、八日か九日だが、どちらであったのか、彼の記憶ははっきりしない。

「どこか、適当な店の売物はないだろうか?」

保にいわれて、朴は古い話を思い出した。それは一年も前のことで、保が朴に相談を持ちかけたことがある。

「そろそろ独立して、修理屋の店でも出したいんだが、マーケットの中で一坪くらいのものだと、いくらくらいするんだろうか?」

保から二万円を払ってもらえず、そのうえに、ときどき千円程度の借金を申し込まれる朴としては、まともに取り合えない相談事である。

「五、六十万円だろう」

いちおう、そんなことを答えておいたが、その場かぎりで頭から抜けてしまっていたのである。

当時、そのくらいの値段で、たしかに売物はあった。保はそのときの話をむしかえしているに違いない。

「あのときはあったけど、いまはもうないよ。いつの話をしているんだ」

金がないと見越して朴が断ったと保は受け取ったようである。

「いや、金は出来るんだよ」

「それだったら、借金から片づけるのが筋じゃないのかい？」

「わかってる。二、三日中にまた電話する」

そういうやりとりで、そのときは終った。

そして、十日のことである。あてにもしていない保からの電話を受けて、朴は驚いた。散々はぐらかされて来た相手だからである。

アテネという近くの喫茶店の名を挙げた保は、すぐに来てくれといった。珍しいこともあるものだと朴が出向いて行くと、保は先に来ていて、

「ながらくすみませんでした」

と二枚の一万円札をテーブルに置いた。保は朴が見たことのない黒っぽい手提鞄をあけた。これは、中川の目をひいたビニール鞄と同じものであろう。

「時計を買ってくれませんか?」

保は二つ三つ、現物を取り出して、朴に見せた。それらはどれも、新品であった。およそ保が持ち歩いたことのない品々である。手持に余裕のない朴は、彼の申し出を断った。

七日にはじまって十日に至る四日間に、保の借金返済は、キヨ子名義の電話の請け出しなどを含めて、八件十六万六千五百円に及んでいる。

捜査

1

昭和三十八年四月十九日、事件の公開捜査に踏み切った下谷北署特別捜査本部は、同二十一日、さらに捜査一課五号室の十一名を加え、捜査員の総勢が百七十二名という陣容にふくれ上った。

これより先、同十三日には原文兵衛警視総監が記者会見を通じて、犯人に対して異例の呼びかけを行なった。

総監は事件発生いらい何の手掛かりも得られない状況についての「心痛」と「苦慮」をまず吐露し、「罪を憎んで人を憎まず」の諺を引用して、人質を差し出す方法について思案しているかも知れない犯人に「良心から出た勇気」で、すみやかに名乗り出るよう訴えたのである。

総監じきじきの犯人への呼びかけなど、警視庁の歴史上、それこそ前代未聞である。しかも、この総指揮官は捜査の行きづまりを告白したうえに、事件の解決を犯人の良心にゆだねようとしているのである。

これは捜査当局の自己否定につながりはしないか。そういう異論が部内にさえあった。彼らを内側から支えている「警視庁の威信」と、激しく抵触するところがあったからである。

そのときはまだ、品川自動車横で犯人を取り逃した失態は、世間に伏せられたままであった。原総監の心痛も苦慮も、実は、そこのところから発していたのである。

手痛いミスがいずれ公表されるとき、警視庁が非難をまぬかれないのは当然としても、それが犯人逮捕、人質奪還の後であれば、受けるべき衝撃を柔らげることが出来る。体面の、威信のというより、一日も早くそこにたどりつくことが、組織のためにも要請されていたのである。

呼びかけは、まさに、一つの賭けであった。しかし、目的とする身代金を奪って捜査の手の及ばないところへ逃げ去った犯人に、あるのかないのかもわからない良心を呼びさまさせようとするのは、不確かとしかいいようのないこころみであり、それによって生命が奪われる結末につながるであろう自首という行為に犯人自身を赴かせようというのは、たった一枚残されたチップに、頽勢《たいせい》挽回ののぞみをかけて、それをルーレットの台へ拠るほどにも、可能性を感じさせなかった。

果たして、犯人は名乗り出てこなかった。失態を裏に伏せたままでは、どうにも、事件解決の展望を持つことは出来ない。難局を打開する唯一の道は、広く一般からの協力を得ることである。十九日、当局が公開捜査に踏み切ったのは、自身の失敗を公表することでもあった。記者会見で玉村刑事部長は、次の談話を発表した。

〈吉展ちゃん事件の捜査については、新聞放送等、報道関係の格別のご協力を得、報道機関は人命尊重の立場から自主的に報道を自粛されて捜査に協力してきていただきました。

このような協力を得ながら捜査当局は、吉展ちゃんの発見に主眼をおいて、鋭意、捜査中でありますが、未だに解決の端緒を捕えることのできないことは誠に残念でありま す。

事件発生後すでに十八日間を経過し、しかもその内容は営利のための誘拐で、かつ、犯人は営利の目的を達しながら幼児を返さないという特異な事例であります。

捜査本部では、犯人は東北（関東の北部を含む）なまりのある四十歳から五十歳前後の男と推定して捜査をしています。

身代金授受の過程において、犯人を逮捕できる機会もあったにかかわらず、逮捕できなかったことは遺憾でしたが、今後、さらに皆さんの協力を得ながら、強力な捜査を行

って、速かに吉展ちゃんを無事発見し、事件の解決に努力します〉

この公式談話で、当局は犯人逮捕の機会をのがしたことの非をいちおう認めて、遺憾の意を表した。

しかし、記者たちとのやりとりの中で、あたかも、犯人を取り逃した責任が被害者の母親にあるかのような受け答えをして、一部に誤解を与えたのは、前で見た通りである。彼の意図がそこにあったのではない。苦しまぎれの答弁は、当局が苦境に立たされていたことの、もう一つの証明である。

品川自動車横に至る経緯が、不都合のなかば以上に触れないかたちで報道された。それでも、囂々《ごうごう》たる非難が、警視庁に、捜査本部に殺到した。それはかつて見ない激しさであった。

この時期、日本の警察は、営利誘拐事件に対応する原則をまだ確立しておらず、捜査技術もはなはだしく未熟であったことに注目しておく必要があるだろう。捜査の大方針そのものが、公開、非公開、公開と、二転、三転した。これが何よりのあらわれである。

吉展行方不明の届出を受けた三月三十一日、手際よく迷子手配電報を隣接各署に打ちながら、その後の出足がともなわなかった。早くから誘拐を主張する被害者に対し、捜査陣は楽観論を捨てようとはしなかったのである。やっと営利誘拐の疑いを持ちはじめたのが、犯人の脅迫電話を受けた四月二日であり、特別捜査本部の設置は同五日と、さらに遅れた。

諸外国ではつとに採り入れられている電話の逆探知さえ、わが国の捜査陣は未採用であった。犯人との会話の長さからいって、この手段をそなえていれば、何度も彼を取り押える機会があったにもかかわらず、手をこまぬくばかりであった。何しろ脅迫電話の録音という初歩的な事柄を、被害者に肩代りさせた捜査陣である。

幼稚な過誤は、随所に見られた。七日未明に奪取された身代金は、四日に用意されたものである。新聞紙にしか頭の行かない彼らは、紙幣番号を控えるという、捜査技術上、いろはのいに属することも、忘れていたのである。

そして、身代金授受の現場への張り込みが遅れたときては、弁解の余地がまったく見当らない拙劣さであった。

非難の渦に立たされた責任者としては、被害者に責めを転嫁する以外に、息苦しさからのがれる道がなかったのかも知れない。それがまた、彼への非難を高めることになろうとは、思いも至らないままにである。

捜査当局に残された最後の手段は、一つだけあった。それは、犯人が与えた唯一の手掛かりである脅迫電話の声をラジオ・テレビに公開して、広範な協力を求めることである。

ただし、これには、大きな危険がともなっている。人質の生命が犯人の意思によって保たれていた場合、彼の上にかぶされる電波の網が、無用な殺意をよび起こすことになりはしないか。その意味でこれは、最後の賭けというべき性格のものである。

しかし、公開捜査の実をあげるには、これ以上の決め手はない。二十四日、警視庁首脳は、内部討議に断を下した。翌二十五日を期し、すべての電波媒体を通じて、犯人の声を流すことに決めたのである。

七日未明の脅迫電話を最後に、犯人は被害者宅への接触を絶っている。その状況から推して、声の公開が人質の安全をそこねる可能性はきわめて薄い。これがその根拠であった。

警視庁は暗黙のうちに、吉展の生存を否定したことになる。もし、それが逆目に出たとき、それでなくてもかまびすしい非難は、どういうかたちをとるのであろうか。察しがつかないわけのものでもない。あえて、声の公開に踏み切った警視庁は、明らかに追いつめられていた。しかし、追いつめられた警視庁によって、逆に犯人が追いつめられるであろう。当局はその威信を、可能性の薄い人質の奪還にではなく、犯人逮捕に賭けたのである。

これに先立って警視庁は、管下九十一署はもとより、全国の道府県警に、犯人の声をおさめたソノシートを配布した。また警察庁は「全警察官はこの放送をきくとともに、民間人の協力を得て犯人の逮捕に努力されたい」との、これも異例に属する緊急通報を全国に発した。

こうして四月二十五日、ラジオはTBSの午前五時、テレビはNHK総合の同七時二十分を皮切りに、すべての電波媒体が犯人の声を津々浦々にまで流しはじめた。

この放送は、国民の大きな関心を集めた。犯人の落ち着き払った話しぶりに、あらたな怒りがかき立てられて行った。警視庁の賭けは、彼らに向けられた憤激をそらすという意味でも、成功したのである。放送第一日目、犯人を名指しする情報は五百四十一件に達した。

その日の午後六時ごろ、愛宕《あたご》警察署の捜査係の戸を外から叩くものがいる。刑事の一人が内側からあけると、そこに一人の男が立っていて、誘拐犯人の声をきかせてもらいたいという。

居合わせた杉本勝正警部補が、男を刑事室に招き入れて、ソノシートをきかせたところ、終始、押し黙って耳を傾けていた彼は、しだいに深刻な表情をつくり、終ると同時に、思わず洩れたといった感じで、短い言葉を吐いた。

「似ている」

その語調には、切実な響きがこめられていた。それを敏感にききとった杉本は、男を別室になっている自分の部屋へ案内した。

「心当りがあるようですね。ご承知だと思いますが、警察は絶対にあなたの秘密を守ります。安心して、その人の名前をいってみてくれませんか？」

「いや、そのことはいいんだけど」

男は、自分の言葉と裏腹に、腕組みをして、目をつぶった。口も閉ざしたままである。

「どういう関係の方なんですか」

「まあ、何つうか」

ひらきかけた口が、ここでまた閉じられる。

「声が似ているというからには、一度や二度のつき合いじゃないんでしょう」

そこはベテランの警部補である。やんわりと、男の口をほぐしにかかった。

「まあ、そうなんです。だが、飲み友だちといった程度なんですよ」

「名前は？」

「五十嵐っていう野郎なんですがね」

「何をしている人間ですか？」

「さあ、そこまではきいてないから」

「その五十嵐とよくのみに行く店は？」

「いろいろあるからね。飲屋って一口にいったって、ま、それは、いろいろです」

「それは、人間だれしも、一軒ということはないから。で、いちばんよく行く店はどこなんです？」

きかれて男は、喋り過ぎたことに気づいたのであろう。また口をつぐんだ。

「あなたの口からその男のことをいえないんだったら、迷惑がかからないように、われわれが独自に調べます。だから、せめて、店の名前だけでも、一つ二つ、いって見て下さい」

答えがないので、杉本は質問をかえてみた。

「録音に似ているというのは、具体的にいうと、どういう点なんですか？　ただ似てるといっても、似たような声はいくらもあるからね。あんたの空耳《そらみみ》っていうやつじゃないの？」

「いや、絶対にそんなことはない。『了見を起こすなよ』っていうのは五十嵐の口癖だし、それから『まつげえねえよ』っていうのも、野郎そっくりだからね。私も東北出身だから、そういう癖をきき間違えることはないんだ」

「それだけじゃ、録音と同じだとはいえないんじゃないの？」

「まだ、あんだ。野郎の勤めは御徒町だとかいってたっけが、この録音に出てくる上野駅の銀行がどうだとか、地下鉄の入谷駅だ、品川自動車だなんていうのは、奴の通り道になるんじゃないの？　それから新橋の場外ってのも、五十嵐は馬券をいじくってるからね」

きいていて杉本には、かなり確度の高い情報だと判断された。

だが、男は、五十嵐との関係についてたずねると、はっきりしない。飲屋の名前も、ついに明かそうとしないのである。そのまま帰してしまったのでは、情報が情報にならない。

「あなたの住所、氏名、職業、生年月日をうかがいましょう」

意識的に改まった口調でペンを取り上げると、男は坐り直して、こういった。

「五十嵐っていうのはいないんです。私の兄貴で、保っていうのが、その野郎なんですよ。何しろ、身内のことはねえ――」

2

満が犯人の声をきいたのは、自宅の茶の間である。事件に対する関心は、世間並にあった。それで午前七時のＮＨＫテレビニュースにチャンネルを合わせたのである。流れ出した声をきいて、とたんに、彼は声をあげた。

「保兄だ！」

食卓を囲んでいた幸枝と鉄次に、同意を求めた。

「どうだ、保兄に似てないかね」

「そういえば似ているわね」

「おれも、似てるとは思うんだけど」

二人には、満ほどの確信はないようであった。

「兄弟だもん、きき間違えるわけはないだろ」

断言してから、満は不安になった。

その日は、大した仕事もないので休むことにして、家でごろごろしていたが、考えはそちらの方へばかり行ってしまう。言葉から次の言葉へ移る際に、ひと呼吸のみこんだような短い空白が生じるあの喋り方は、保が改まったときに見せる癖である。

七日にやって来たとき、指三本を立てて胸を叩いて見せた保の仕草が、いやでも思い出された。もう一つ、鉄次に大枚を恵んだのも、気にかかるところであった。

一日中、あれこれと思い悩んでいた満は、意を決して警察へたしかめに出掛けることにした。そのときは、保の名前をいくらきかれてもいわないつもりでいたが、そんなことですませてくれる相手ではなかったのである。

愛宕署を出た満は、清香へ行って、保に直接、真偽をたしかめる気になっていた。

新橋駅のスタンドで目につくかぎりの夕刊を買いこみ、南千住までの地下鉄の車中、事件関係の記事に読みふけった。

清香には、思った通り保がいた。他に二人の客が飲んでいたので、満は兄をカウンターの向かって右隅へ誘った。

店内は縦に長く、カウンターの入口に近い部分が鉤の手になっている。その隅がいちばん居心地がいい場所ということになるのであろう。だが、満がそこを選んだのは、人を避けるためであった。

「おい、関係ないか？」

新聞記事を示して、満は小声できいた。

「関係？」

保は、ちらっと新聞に目を走らせただけで、答えようともしない。その場でのやりとりは、そこまでであった。他の客の耳を満は憚かったのである。銚子を三本ばかり二人であけてから、別れの挨拶をキヨ子にした満は、表へ保を誘い出した。

「おれ、テレビで犯人の声をきいたんだぞ。お前そっくりじゃないか。それにこないだうちは、持ちつけない大金を持ってたようだし——。お前、ほんとは関係あるんじゃねえのかい？」

「おれがそんなこと出来るわけねえじゃねえか。関係ないよ、おれ」

「じゃあ、先月の末から一週間も家あけてたわけをいってみろ」

「だから、密輸のことで、警察に入れられてたといってるじゃないか」

「何つう警察だ？　おれ、たしかめてみっから」

「横浜の山下警察だ」

いう通りであれば、それでいいのである。満はその夜のうちに愛宕署へ取って返した。杉本警部補は帰宅したとかで、別の刑事が応対をした。

「小原保っていうのが、横浜の山下警察に捕まっていたかどうか、たしかめてもらいたいんですが」

「横浜にそういう警察はないんだがね」

いわれた満は、刑事部屋の電話を借りて、清香にいる保を追及した。

「お前、いい加減なことばかりいって。刑事さんにきいたら、山下なんていう警察はないって話だぞ」

「じゃ、南警察だ」

そういう警察署も横浜にはない。再度、保を電話口に呼び出したら、山手警察署の名前が返って来た。

愛宕署の刑事が、山手署に問い合わせたが該当がない。密輸の疑いだというので念のため水上署に確認を入れたが、ここにもそういう事実はなかった。

その直後、満は南多摩郡多摩町第一小学校新築の工事現場に泊りこみになったので、保本人に会って疑念をぶつける機会がしばらくこなかった。


同じ二十五日の午前八時ごろ、時計商沢田信三は川口の自宅で、まだ蒲団の中にいた。

「あれ、おとうちゃん。似た声じゃない？　だれかに似ているよ」

枕元の方でラジオをきいていた妻の順子が、沢田の肩口を揺すった。なかば夢見加減の沢田に、順子が説明をしてきかせる。

「吉展ちゃん事件の犯人の声よ。ほら脅迫電話の声」

起き上った沢田は、改めて、別の放送局のニュースを妻に選ばせた。話しているあいだに、妻がきいていた局のニュースは終ったのである。初めからきいてみると、沢田にも、思い当る声であった。

「ああ、似てる。だれだっけな」

煙草に火をつけて考えていると、妻がいった。

「あの、高橋さんが立ち会ってくれたときの、松屋さんの職人じゃない？」

「あっ、小原か」

沢田は洋服簞笥の背広の内ポケットから、手帳を持ってくるようにいった。保から代金の支払いを受けたのが何日のことであったか、たしかめてみるつもりになったからである。

手帳には、四月七日小原より四万五千円、と記入してあった。身代金を犯人が奪ったのが、同じ七日の未明である。

そのことを頭において放送をきくと、犯人の喋り方はいよいよ保を髣髴《ほうふつ》とさせる。「まつげえねえよ」という言い方、それに「ね」といって念を押すような話法など、きけばきくほど、保にそっくりなのである。

朝食もとらずに沢田が川口署へかけこんだのは午前八時半であった。

松内寿夫が犯人の声をきいたのは、二十五日の夜八時ごろ、彼の経営する松屋時計店から北区滝野川の自宅へ帰りついてしばらくしたあたりであった。

「小原の兄貴にそっくりだな」

テレビを見ていた松内が、妻のトリ子に話しかけた。

彼がいう兄貴とは、千代治のことである。アンゴラの飼育に失敗した後、郷里に居辛くなって、しばらく東京へ出稼ぎに来ていた当時、保を訪ねて何度か店に姿を見せたことがあって、松内とはいちおう顔見知りである。

その夜、彼はテレビでもう一度、犯人の声をきいた。

「いや、これは小原だ」

そういい出した夫に、妻も同調した。

「そうよ。小原よ。お兄さんじゃないわ」

翌日の夕方、夫婦で店に出ていると、朴がやって来た。

「きいたかね？」

「うん」

「いやあ、驚いたね。あれは小原だよ」

「うちでもそんなこと話してたんだけど」

「あとあとのこともあるから、おたく、警察に届けておいた方がいいんじゃないの？」

朴にいわれて松内は、上野署車坂派出所に届け出た。立番の巡査はソノシートで確認をとるために本署へ彼を案内した。

その次の日、トリ子は同業者たちを集めて、総勢六人で上野署へ出掛けた。前日、小原犯人説がアメ横での噂になっていると松内にきかされた刑事課員が、保を知っている人たちを寄越してもらいたいと彼に依頼したからである。ソノシートをきいた六人の結論は一致した。

「だからね」、「それはね」、「あっからね」といった言葉遣いは、まさに彼のものである。ここでも「まつげえねえよ」が、際立った類似点として指摘された。

言葉が尻上りになって、ふわっと跡切れるところ。何かいおうとするとき、あるいは次の言葉へ移ろうとするとき、考えているように間があくところ。喋っている最中、前の言葉を切らないで、「ええ」といったふうに語尾を伸ばすところ。以上の三点を両者に共通する特徴としてあげたのは、トリ子であった。

きいていた刑事は、あまり気乗りしない様子で、こんなことをいった。

「この犯人の声は四十歳以上、もしかしたら五十歳を越えた男のものでしょう。あなたのいう小原は、喋り方が似ているとしても、三十歳じゃね。犯人とはいえないんじゃないですか？」

「そんなことはありませんよ。現に私が四十四で娘は二十一なんですがね。しょっちゅう電話では間違えられるんですよ。電話の声だけで年齢はいえないと思いますけどねえ」

トリ子は、刑事と見解がわかれたまま、警察の玄関を出た。

3

成田キヨ子は誘拐事件を世間より少し遅れて知った。

字が読めないので、新聞はとっていない。店にテレビを置いているが、夜が遅い商売だから、目がさめて銭湯へ行って帰ってくると、もう仕込みの時間である。ゆっくりテレビを見ているひまなど、とても彼女にはない。

四月十九日、例によって昼過ぎに起き出したキヨ子は、事件を知るはずもなく、保に誘われて、上野まで用足しに出掛けた。タクシーを奮発して昭和通りを入谷の方から来かかると、道路の反対側を新聞社やテレビ局の旗をつけた車が埋めていた。

この日、公開捜査に切りかわって、品川自動車に取材陣が押しかけていたのである。

「あら、何だろうね」

キヨ子の独り言を運転手が引き取った。

「まったく警察がドジだから、この騒ぎだ。金は持ってかれるわ、子供は帰らないわじゃ、親御さんも踏んだり蹴ったりだなあ」

彼は、手短に、誘拐事件の顚末を語ってきかせた。

「たいへんなことがあったのね」

騒ぎを車の窓越しに見送ったキヨ子が、かたわらの保に相槌を求めると、その直前まで大声で喋っていた彼は、目をつぶってシートにもたれ、返事をしなかった。

キヨ子の目から見たかぎり、保にいじけたところはない。陰気か陽気かときかれれば、むしろ陽気だといってよいのであろう。

饒舌ではないが、人をそらさない程度に、だれとでもよく話す。学校に行っていないわりには、言葉の数が豊富で、話題の幅も広い。客のあいだで、人気のある一人である。

常連と呼ばれる人たちは、店に入ってくると、かならずといってよいほど「オーさんは？」と、キヨ子にたずねる。酒は強い方である。泥酔したのは見たことがないし、酒癖はいたってよい。

たった一度、こういうことがあった。

何がきっかけだったのかわからないのだが、店で飲んでいて、若い四人連れの男たちといさかいになった。そのとき、表へ出て行った彼らを追って、ビール瓶を逆手にした保が飛び出した。

居合わせた中川が、保の身を案じてすぐにあとを追い、踏切まで行ったのだが、彼を見つけることが出来ずに引き返して来た。

四人連れが相手にならなかったということで、保もおっつけ戻ってくるのだが、彼がこのときに見せた敏捷さは、これまた、それまで隠されていた彼の向こうっ気の強さとともに、ひとしきり客のあいだの話題になった。

そうした客の中でも中川は、保をとくに気に入っている一人である。それには、彼の長男の誠一郎を、保がかわいがってくれるということがある。保は、普段から、自分でも子供好きだといい、中川が見ていても、遊ばせ上手というのか、子供の心をつかむ術にたけている。

誠一郎の話し相手になっているのかと思うと、そのあいだに、手際よく模型飛行機を組み立ててくれていたりして、飽かすところがない。だから、保が中川の家にいるかぎり、「小原のおじちゃん」、「小原のおじちゃん」で、この息子は彼のそばを離れようとしないのである。

時計を中川の店に卸しに来た四月九日、保は入学祝だといって、千円もしそうな鉛筆削り器を誠一郎のために置いて行った。

そういったこまかい心遣いは、キヨ子にも折々に見せる。金銭的なだらしなさは困りものだが、彼の持つ優しさに惹かれて、彼女は生まれて初めての結婚を、彼との上に考えるようになっている。だからこそ、誓約書までとりつけて、借金から保が脱け出すことに、自分も力を添えようとしたのである。

沢田や朴に追い回されていた保は、客の前でも、ふさぎこんでいるときが多かった。だが、密輸時計のあがりだというまとまったものが入っていらい、だれかれとなく「今度はばりばりやりますからね」と、自分から意欲を示している。

寝物語に、小さな店を持つ夢を、キヨ子に語ることもある。そんなとき、保にはまだ口には出さずにいるが、清香を思い切りよく畳んで、入ってくる譲渡権利金を彼の出発に注ぎ込んでやってもいいとまで、キヨ子は考えるのである。

しかし、彼女には、ちょっとした気がかりもあった。景気がよくなった保は、かえって、心の落ちこみを頻繁に見せるようになったからである。

店にいるあいだは、以前の陽気な「オーさん」で、キヨ子に三味線の伴奏を所望して、ひとつおぼえの斎太郎節《さいたらぶし》を披露したりするのだが、店じまいの跡片付を終えたキヨ子が二階へ上って行くと、畳に仰向けになった保が、その気配にも気づかないように、天井を見つめて物思いにふけっている、そういう場面が、二、三度、続いた。

単なる身体の疲れで、気分がすぐれないのだろうかと、キヨ子は考えてみる。

というのも、あれだけ求めて来た彼女の肉体に、最近はまったくといってよいほど触れようともせず、拒むのに苦労した夜が、ここのところ、うそのようになっているからである。身体の弱いキヨ子には助かることなのだが、あまりに長い没交渉は、不自然というものであろう。

二人が結びつく以前に、こういうことがあった。店でのんでいた保が常連の小林幸男を相手に、何の脈絡もなく妙な科白《せりふ》を口走って、彼をびっくりさせたのである。

いつのことだったか忘れましたが、小原と清香でのんでいたときに、小原は、

「自分の金玉を三味線糸で縛ってしまいたい」

といい出したことがあるので、

「そんなことはまずい」

といいますと、小原は、

「どうして」

ときますので、

「バチが当る」

といったことがあります。

小原が何のために自分の金玉を縛ってしまいたいといったのかは、よくわかりませんでしたが、私は、小原が不具のために女性に嫌われるから、自分の道具を使えなくしてしまいたい、という意味でいったのかな、と思いました。

しかし一方、私と話している際の話題を面白くするために、そのようなことをいったのかも知れません。ただ、このときは、たいへん深刻そうな口のきき方でした。

小原には露出趣味的なところがあります。便所に行って、ズボンの前のボタンを閉めないで、わざとのぞかせて出てくるようなこともありました。

このとき、小林とのやりとりを何気なくきいていたキヨ子は、保と二人で住むようになってから、彼の科白は心底からの叫びであったのだろうと理解した。この新しい愛人は、あまりにも強い性欲を、自分で持て余している様子であった。交りを拒絶されて、相手の目の前で自慰にふける男というのを、キヨ子は知らなかった。

同じ保が、電灯を消したあとの闇の中で、キヨ子に手をのばすでもなく、しきりに何かを考えているらしい気配を伝えて寄越すとき、漠とした不安をおぼえないわけには行かないのである。

それでも保が、福島に行こう、と言い出して、それはどこかへ消えた。不安といったところで、元々が大したものではなかったといってよいのであろう。

五月十二日、保とキヨ子は石川へ向った。帰省の目的の一つは、保の父、末八の病気見舞であり、もう一つはキヨ子の顔見せである。

二人には、初めての一緒の旅であり、新婚旅行の味わいがあった。車中、保はずっと快活で、その上機嫌は法昌段の生家にまで持ち込まれた。

保はふせっている末八に、何枚かの一万円札をにぎらせ、鞄から取り出したトランジスタ・ラジオを贈った。

取り巻いた家族たちは、つい一カ月半前、昼間は竹藪に身をひそめ、夜は藁ぼっちに寝て、ついに彼らのもとに立ち寄ることが出来ず、浮浪者の姿で引き揚げて行った保を知らない。

家族に囲まれていちだんと多弁になった保は、新品のトランジスタ・ラジオのスイッチを入れ、使用法をだれにともなく解説しながら、周波数をさぐっていたが、雑音の中から輪郭のはっきりした音声を拾い上げた瞬間、彼の饒舌はとまった。それは誘拐犯人の声であった。

母親のトヨがいった。

「東京にはわるい人間がいるもんだ」

4

これより十日早い五月二日の夜、文化放送編成局運行部の牛山実は、帰宅の途中、中央線阿佐ヶ谷駅前の行きつけの喫茶店に立ち寄った。

彼の仕事は、簡単にいうと、トラフィック業務である。番組用のテープをあらかじめ整理しておいて、混乱のないように順序よく送り出してやる。いってみれば交通整理のようなものだが、けっこう神経の疲れる仕事なのである。

その夜は雨で、時間もかなり遅かった。駅を降りて、ちょっとのあいだ思案をしたのだが、一日の終りのコーヒーというわけで、素通りは出来ない。

客が六人入ると満席という小さな喫茶店に先客は三人であった。二人はＮＨＫとフジテレビの記者で、残りは時計材料商である。お互いに常連で、顔馴染になっている。そのときは何でもない世間話を彼らはしていた。

「そういえば、吉展ちゃん事件だけどさ。ラジオできいた犯人の声によく似た奴を一人知ってるんだけどなあ」

時計材料商の角田彰光がそういう話題を持ち出したとき、牛山はよくある巷の噂ときき流した。

ところが、事件のあと急に金回りがよくなったとか、頭が切れて目端のきく男だとか、次々に挙げられて行く傍証とでもいったものをきかされているうちに、その人物が犯人に間違いないように思えて来たのである。

だからといって、同業他社の二人がいる前で好奇心をあらわにするわけにも行かず、さりげないふうを装うのに苦労しながら、男の名前と勤め先をきき出した。

立ち上る前に飲み干したコーヒー・カップが、口もとで震えた。興奮ぶりが牛山自身にもおかしかった。

〈あとは報道さんの仕事だ〉

外はどしゃぶりにかわっていた。その中を牛山は、駅前の電話ボックスへと走った。

五月十七日午後七時半、文化放送報道部社会班キャップの伊藤登は、清香の張込みについた。

清香は木造二階建の一棟を間口一間ずつの二軒に断ち割った向かって右側の一つで、王子電車の無人踏切を西から来て東へ渡り、最初の角を左へ折れた右手の、手前から数えて三軒目である。乗って来た局の車は踏切の西側へ停めて、ここを警視庁クラブ詰の四方恒充に固めさせた。

清香の前の路地を南へたどると三ノ輪銀座通りにつながって、五百メートルほど先が王子電車の終点である。その中間の児童公園に警視庁クラブのキャップをしている滝昌弘が身を隠した。

小原保が清香へ帰ってくる道は、踏切からか、終点からかの二つに一つである。

前日の昼間、伊藤は地図を片手に、付近の下見をした。このあたりは、都内でも有数の密集地帯で、こまかい路地がめったやたらに入り組んでいる。しかし、二方向を押えておいて、自分が清香の正面を張っていれば、どう転んだところで保を見逃すことはあるまいと、三人による張込みを決めたのである。

それにしても、と伊藤はぼやきたい気持になっている。彼は清香の斜交《はすか》いにあたる荒川皮漉工場の前を張込みの場所に選んだ。おあつらえ向きに、そこには小型トラックが停っていて、物陰をつくっている。早速、そのうしろに回りこんだ。ところが、なめし皮の悪臭が、猛烈に鼻をつくのである。

彼の位置から内部はうかがえないのだが、この種の工場では、セメントで固めた底の浅いプールに液をはっておいて、そこへ皮を漬ける。動物の脂が化学薬品と混り合ってかもし出す臭気というのは、慣れないものには耐えがたい。

伊藤には、もう一つの難敵が待ち構えていた。それは間断のない攻撃を仕掛けてくる蚊の群れである。その場を動くことの出来ない彼は、吸血昆虫の格好の目標にされた。

十時ごろである。二人連れの男が路地へ入って来て、行きつ戻りつしながら、清香の内部をうかがっている。彼らはどうやら新聞記者のようであった。小一時間、同じことを繰り返していたが、張込むわけでもなく引き揚げた。トラックの陰での鉢合わせをおそれていた伊藤に、ふたたび、悪臭と痛痒がよみがえった。

十二時を過ぎて、清香の客はみな帰って行った。小柄なキヨ子が伸び上るようにして暖簾《のれん》をしまいこんだ。しかし、保はいぜん姿を見せない。

午前一時五十分、伊藤は四方と二人で車に戻った。小休止のつもりである。

二時であった。一服つけている二人のわきを、不自然な歩き方の男が通り抜けた。伊藤は反射的に煙草の火をもみ消していた。

二十メートルほどやり過しておいて、二人で尾行を始める。踏切を渡って、四つ角の手前までくると、男はとっさに、右側の軒下へと身を翻した。尾行に気づいたようである。

警戒しながらその軒下に近づいた。男の姿はなかった。四つ角にかけて行って、まず左を見たが、人影はない。伊藤は四方に、清香の前を見張るようにいいつけて、自分は右、つまり清香と反対の方角へ消えたにちがいない男を追った。

三ノ輪銀座通りに入って十メートルほど行くと、左側の軒下で人の気配が動く。つい、

四、五メートル先の商店のウインドーの陰に男がはりついていて、タオルで顔の汗を拭っているところである。
伊藤も道路の左側に身を寄せて、息を殺しながら間合をつめて行った。が、男はいない。商店の連なりだとばかり思っていた銀座通りだが、男が立っていた商店と隣のあいだに、幅二尺ほどの隙間が口をあけているのである。

名前は銀座だが、このあたりの街灯はまばらで、しかもあいにくなことに、雨もよいの夜空では、目が思うようにきかない。

隙間は、身体を横にして、やっと通ることの出来る幅である。そっと身を滑り込ませて行ったら、男が今度は、ほんの三メートルばかり先にいて、肩で息をしている。激しい呼吸音が、彼の尋常ではないさまを、伊藤に伝えて来た。

とにかく、録音をとるのが目的である。怒らせてしまったのでは、それが果たせない。

〈まずいことになった〉

伊藤がひるんだそのすきに、男はまたしても闇に消えた。

踏切に通じる道へ戻って、清香へ曲る四つ角のもう一つ東寄りの甚五風呂の角までくると、男は三軒ばかり先の軒下で、さかんに汗を拭っている。よほど緊張しているのであろう。

それは伊藤もかかわりがない。死角に身を入れて、手の汗をコートのわきで拭い取りながら、じりじりと寄って行った。

ところが、そこへたどりつくと、もう男はいないのである。足が不自由な彼が、どうして、こうも変幻自在に、姿をかき消すことが出来るのだろうか。彼は子供のときに読んだ、江戸川乱歩の「一寸法師」を思い出した。

小一時間というもの、伊藤は男に翻弄され続けた。そして、児童公園の公衆便所へと男を追い込むことに成功する。そこには、滝が網を張っている。これでやっとはさみうちに出来る、と思ったら、いるはずの滝の姿が見えない。

伊藤に恐怖心がないわけではないが、職業意識が辛うじてそれを凌駕《りょうが》している。最後の勇気をふりしぼって、便所の中へ踏み込んだ。

そこで彼は、恐怖心を忘れて、不思議な気持にとらわれる。またまた、男がいなかったからである。ボックスの扉を一つずつあけて行った。全部が何の抵抗もなく開いた。

呆然と表へ出て来た伊藤の耳に、けたたましいクラクションの音が響いた。いつの間にそういうことになったのか、滝が局に置いて来たはずの自分の車のハンドルをにぎっている。

張込みに疲れた彼は、いったん帰局し、応援要員の武田を連れて戻って来たのであった。そこへ四方がかけつけた。

「小原がいま清香に入りましたよ」

こうなったら、「中央突破」以外に手はないだろうと、衆議は一決した。

「だれが突っ込む？」

伊藤がたずねたが、返事がない。

「よし、おれがやろう」

そこで打ち合わせが決まる。内部で物音がしたら、残りの三人が一斉に飛び込むというのである。

清香の格子戸を思い切って開き、ワンポウズおいた伊藤が、ぱっと滑り込んだ。一呼吸、間を持たせたのは、いきなり加えられるかも知れない危害を避けるためである。さいわい、何事も起こらなかった。ただ、保が猛然とくってかかって来た。

「何だ、貴様らは！　何でおれを追い回すんだ。いったいこのおれが、何をしたっていうんだ」

店の奥行は二間半くらいのものである。いちばん奥まったところが調理場になっていて、その上に垂れた二燭光の裸電球だけが、ぼんやりついている。店内は闇に近かった。

「すいません。文化放送です」

差し出す名刺を手に取って、保はいくらか表情を和らげた。追尾する伊藤を刑事だと間違えていたのであろう。

あれこれと、保のたかぶりを鎮静させる話をしながら、ころあいをはかっていた伊藤は、用件を切り出した。

「あなたは疑われているんです。容疑を晴らすためにも、取材に応じていただけませんか？」

「あなた、いいじゃない？　話をしてあげれば」

キヨ子のとりなしに、保はうなずいた。

「そういうことであれば、初めっから、わけをいってくれればいいでしょう。私だって、これで話のわからない方じゃないんです」

出されていた保の銚子のわきへ、伊藤はスタンド・マイクを立てた。床に置いた携帯録音機のリールがゆっくり回転を始めた。

「小原さんご自身がですね、疑われていると知ったのはいつですか？」

「四月じゃないかな。四月の中ごろじゃないですか」

「そのとき、どういうお気持でしたか？」

「何いってるのかと思いましたよ。世の中には同じ口で喋れる人、多いでしょう？　ぼくはそういうことに対して、まったくおぼえがないから、まったく気にもしませんでした」

「テレビ、ラジオをきいて、ああ、これはどこの人間だと直感されました？」

「東北じゃないかということはわかりましたけど」

「県はわかりませんか?」

「県ということはわかりませんね」

「いろいろ研究なさったという話ですが」

「自分の福島とか、茨城とか、また栃木だとか、または東京のぐるりの人でも、そういう言葉をつかう方あるんですよ」

「話し方とか言葉の喋り調子とかでですね、どういう人ですかね?」

「結局、そのう、犯罪のやり方が、その、緻密だということは、法律のことを知っている人じゃないかと……ということも考えられますけども、まあ、そういった教養のある人が、ああいう残酷な……つまり、残酷なということまでは、まだいえませんけど、残酷なことをやる人間だとはいえません」

「教養ある人間でもね、たとえば雅樹ちゃんのときなんか、歯医者さんだったんですよ。教養のある方が、かえって悪い人間である場合が多いんですかね? そういう点から見て」

「あ、は、は」(楽しそうに笑う)

「年格好は、何かこう、いくつくらいだなと、声から感じられたことはありませんか?」

「だいたいあの声は、幅の広い声で、三十から五十——その範囲の人でしょう」

「ぼくなんかいままでの経験でいうと、誘拐した事件で請求した金額が五十万円というのは、少ないように思うんですがね。新聞なんか読まれたとき、あれ、と思いませんでした？」

「また、普段、金を持たない人は、五十万というと非常に大金のような気がするんじゃないですか？」

「小原さんはご職業柄、そういう大金はしょっちゅうお扱いになっているんでしょう？」

「いや、いや」

「松内さんの話なんかでもね、ざっくざっく、その、一万円札かなんかをね、何十枚も持ってらしたといってましたから」

「それは、何十枚と……お、お……ぼくは持った経験はないんですけど。そう。二万、三万の金は持ったことがあります。何十万なんて、それは、また、つまりぼくの持っている金を直接見たわけはない。憶測でしょう？　そう、憶測ですよ。つまり、商売というものは、自分の懐を見せないのが一つの骨《こつ》になっているんですよ。あくまでも、自分が金は一円もなくても、百万円くらい持っているような、こういう態度で取り引きするのが商売というものです」

「小原さんだって、四十万や五十万くらい、しょっちゅう動かしているんでしょう？」

「いや、いや、とんでもない。体裁商売で。私なんか」

「それと、もう一つですね、いま、吉展ちゃん、いまでも生きているとお思いになりますか？　まだ。何か素人推理みたいな、その、クイズみたいな話だけど」

「そりゃあ、まったく……断定は出来ませんよ」

「難しいですね」

「そう……まったく。でも、いままで、し、し、死体が、そのう、う、う、何か、浮かばないとか……また、だれもが、わからないとなると、見つかるんじゃないかというような考えも持ちますけど」

保との一問一答を重ねながら、伊藤には脅迫電話の主と彼は別人であるように思われてならなかった。声がまるで違ってきこえるのである。そこで保に注文をつけてみた。

「あの犯人は、明らかに鼻をつまんで喋っている。ちょっと、同じようにやってみていただけませんか？」

保は、別にいやな素振りも見せず、素直に鼻をつまんだ。しかし、喋ろうとはしない。催促する伊藤に、何かをいってきかせたが、それは言葉にならず、ふがふがときこえるばかりであった。

帰るころ、ひどい雨になっていた。それは「沛然《はいぜん》たる」という形容詞がふさわしい、すさまじい降りであった。伊藤は車の中で部下と討議した。

気にかかる箇所は、三つばかりある。犯行について「残酷な」といいかけて、突然、言葉につまり、「残酷なということまでは、まだいえませんけど」といい直したのが第一点である。金額に関する質問に、口ごもったのも、次にひっかかるところであった。言い澱んだあと、今度は対照的に能弁になり、商売の骨まで語ってきかせた。それが、かえって、前の部分のもたつきを浮き立たせる結果になっている。

それらの二点を上回って、もっとも不自然さを感じさせたのは、吉展の安否についてのくだりである。保は、生きていると思うか、とたずねられて、うろたえに近い反応を示した。「死体」、「浮かばない」といった言葉を発するときには、吃音《きつおん》者のようにどもった。

しかし——と、伊藤は一方で考える。

軽くどもるのは、保の癖なのかも知れない。そうではないにしても、いきなりぶつけられた人質に関する質問は、それこそ彼の「素人推理」に余るものであって、単純に当惑したのかも知れない。そのためにどもったというのも、ありうることであろう。何よりも、保の声は、犯人のそれと合わないような気がするのである。

局に帰り着いたのは、午前三時半であった。食い足らない感じを残していた伊藤は、清香の電話番号をダイヤルした。

彼が耳にしたのは保の肉声である。ケーブルを通した声は、どうかわるのか。それを録音にとって確かめようと思い立ったのである。信号音が呼び続けているのだが、相手方はなかなか出ない。何度も受話器を置きそうになったが、十分間だけ粘った。

電話口に出て来たキヨ子は、案じていたほどには、不快そうでもなかった。

「いま、雨が降って来たもんですからね」

と、受け答えにならない言葉を残して、保を呼びに行った。伊藤が耳にする受話器の奥は、それから五分ほどのあいだ、無音であった。

まだ目にしたことのない清香の二階で、呼び出しを引き受けて戻った十歳年上の愛人に険しい視線を向けている、ちょっと見には闊達だが、いつも対話者の先、先と気配りをしている感じの、三十歳の時計職人の不機嫌を思った。伊藤が保から受けた印象は、切りかえの早い、鋭敏な頭脳の持主、というものである。

電話による録音は、事件に何のかかわりもない、一人の古物商の消息をたずねることを口実に、約三分間にわたって行なわれた。

それで気をよくしたのか、保は伊藤に、用件があればいつでも快く会うことを約束し、終りには、ねぎらいの言葉を贈った。

「ご苦労さんです。まったく」

5

文化放送のインタビューに立ち会っていたキヨ子には、保の挙動に何かと思い当ることが多かった。品川自動車の前で、急に黙りこくったのも、考えてみると不自然である。父親の枕元にいて、ラジオに犯人の声が入った瞬間の狼狽《ろうばい》ぶりは、そばで見ていて異常であった。

そういえば、こんなこともあった。

録音が公開されて間もなくのころである。清香の二階へ、三ノ輪銀座の宣伝放送が風に乗って流れて来た。耳をすますと、誘拐犯の声である。

「ちょっと、あんた。あれが犯人の声よ」

かたわらにいた保は、キヨ子にいわれて、背を向けた。

そうした数々のことが、どれも、これも、不審に思えてくるのである。

文化放送の記者たちが帰って行ったあと、キヨ子は保を問い質した。

「あんた、あの二十万円は、とんでもないお金じゃないの？　もし、そうだったら、私までも、たいへんなことになるのよ。本当のことをいってちょうだい」

保は、それには直接答えず、指折り数えながら、三月二十八日から四月三日まで横浜の警察に入っていたといい、取調べの状況をこまごまと話してきかせた。疑うよりは信じたい気持が先に立つキヨ子だから、そこまで説明されると、やはり密輸の疑いをかけられて、留置場に入れられていたのかと思う。

そのキヨ子に、彼は注文をつけた。

「あの金は、おばさんの貯金をおろして、おれに貸したことにしておいてくれないか。あとが面倒だから、おれから預ったことは、だれにもいわないでもらいたい」

それでキヨ子は、口を閉ざすつもりになった。

五月二十一日朝、保は清香から上野警察署員によって同署へ連行され、簡単な取調べのあと、逮捕、留置された。彼にかけられた容疑は業務上横領である。台東区上野六丁目の古物商、渡辺慎吉から、中古時計一個を預ったまま、代金を未払いにしておいたのが、罪に問われた。

四月七日以降、何はさておいても借金の返済にあたった保の、これはたった一つ残っていた債務であった。うかつなことに彼は、それを失念していたのである。

時計一個の貸し借りだけで、逮捕、留置されることは、通常、ありえない。明らかに別件逮捕であった。

これより先、五月上旬までに、下谷北警察署の特別捜査本部へ、保を犯人だと名指しする情報が、九件も寄せられていた。

これらをもとに、情報捜査担当の機動捜査隊員が聞き込みにあたったところ、保に関する疑わしい材料が次々に得られた。そこで、本部の池谷・渡辺組に捜査が引き継がれた。

両刑事の捜査でも、数々の疑点が浮び上って来た。犯行直後からにわかに金回りがよくなったこの容疑者は、現場付近の土地鑑を濃厚に持っている。東北出身だというのも、録音の声に符合するところがある。

直接、犯行に結びつく手掛かりはないが、犯人として擬せられるだけの条件は十分に備えている。そこで、業務上横領の「引きネタ」を掘り出して、上野署による別件逮捕に踏み切ったのである。

前科照会の結果、保は三十一年五月十日、須賀川簡易裁判所で懲役二年の判決を受け、盛岡少年刑務所に服役している事実が判明した。罪名は窃盗であった。

その前年に二度、保は平簡易裁判所で科料を言い渡されているが、どちらも、自転車の無灯火乗車といった道路交通取締法違反だから、これが初犯のようなものである。

平の三幸デパート時計部を辞めたあと、保は赤線通いに加えて、酒の味をおぼえた。

生家にいても厄介者であり、これといって友人もいない保にとって、その場かぎりの金銭によるつき合いに過ぎないにしても、女との触れ合いは、得難いものであったろう。

そうした場所では、客の氏も素性も、一切問われない。肉体的欠陥を指摘するものもいない。だれによっても快く迎え入れられたことのない保は、すべてを開放してくれる女たちとの交りに、はたの目からすると、溺れた。

だが、本人には、刹那的にせよ、肉体的な快楽に加えて、時間と空間と人間を支配する精神的快感が、それによって満足させられたのであろう。

似たようなことは、酒についてもいえるに違いない。酩酊状態から広がる世界は、他人の介入を許さない、自分だけの領域なのである。

男が崩れるのは、酒と女からだという。割り切っていえば、保もお定まりの道をたどったということになるのであろうが、彼にとっての酒と女は、もう少し重い意味を持っているように思われる。

失業中の三十一年の正月、須賀川市内の時計店に忍びこんだ保は、腕時計を十個ほど盗み出して、これを郷里の知り合いに売ったり、白河市内の酒屋に形に置いたりしているうちに、職務質問にひっかかって、犯行を自供した。

動かぬ証拠となったのは、犯行当夜、彼が雪の上に印した、不規則な足跡である。

上野署での取調べは、金の入手経路に集中された。保は密輸時計を扱った儲けだというだけで、その詳細は一切、明らかにしようとしない。

「それをいってしまうと、仲間に迷惑をかけるから、いくら責められても、絶対にいえない」

と繰り返すばかりである。

誘拐事件当時のアリバイについては、三月二十七日から四月三日までの間、ずっと郷里にいたと申し立てた。

福島県警察本部を通じて地元石川警察署に裏付を依頼すると、三月二十七日に本人を見たという証言を得られたが、その後については不明であるとの回答があった。この目撃者は従兄の譲である。これだけでは完全なアリバイにはならないが、ともかく、帰省の事実は確認された。

この間、保の意を受けたキヨ子は、業務上横領の被害者である渡辺に、代金八千円を支払い、示談書をとりつけていた。それを東京地検の担当検事へ届けたのが五月二十七日である。

キヨ子は一人では心細いので、当日、義成と新橋で落ち合って、地検に同道してもらった。

このとき彼女は、保に口どめされている二十万円のことを除いて、横浜で捕まっていたという保の説明を義成にきかせた。

「ですから、吉展ちゃん事件には関係ないと思っているんです」

というキヨ子に、義成は同意した。

「ママさんには嘘をつくような野郎じゃないし、それなら間違いないだろう」

地検からの帰途、義成に連れられて、キヨ子は、満の家に寄った。

「満の奴が一人で、保が犯人だと頑張っているんで、ママさん、私にした話を、あいつにもしてやって下さい」

と、この長兄がいったからである。キヨ子の話を、満は頭から受けつけなかった。

「あの野郎、嘘ばっかりいってやがる。横浜の警察にいたというのも嘘だ。いいかい、ママさん。このあいだ、おれがおたくの店に行っただろう。あの帰りに、おれは手を回して全部調べたんだが、あの野郎は、ありもしない警察なんか並べ立てやがって、どこにも入っちゃいない。今度、上野の警察にも行ってきいてみたら、石川には帰ったけど家には寄らなかったなんていってるんだそうだ。目と鼻の先までいって、てめえの家に寄らずに帰ってくる馬鹿が、どこにいるかっていうんだ。まったく、あんな馬鹿野郎はいない。吉展ちゃん事件の犯人の声をもう一回きいてみれば、あいつがやったんだってことは、すぐにわかる。ママさん、野郎は犯人だよ」

沈黙しているキヨ子に、満はもう一つの根拠を挙げた。四月七日、彼女と二人で満方を訪れた保が、彼に三本指を立てて見せたという、あのときの状況である。それをきいて、キヨ子は心臓のとまる思いをした。

ウイスキーを買いに出ようとした満を追って行って、保が三本指で胸を叩いて見せたのは、玄関先でのことである。茶の間にいた彼女は、それを知らなかった。

もし、満のいうことが事実であれば、キヨ子に預けた二十万円と合わせて、保は五十万円を持っていたことになる。それは奪われた身代金に見合う金額ではないか——。

キヨ子は、二十万円の一件を、自分の胸にしまっておくのが怖くなって、おずおずと切り出した。

「実は——」

彼女の打明話をきいて、義成と満の意見は初めて一致した。

「そういう大事なことを隠していては、あとがたいへんだ。警察に行って、全部、正直に話した方がいい」

という満に、義成もうなずいて見せたのである。キヨ子の心は、それで決まった。翌朝、上野署へ行くことにして、その夜は、満にいわれるままに、彼の家に泊った。

同夜、たまたま、テレビが犯人の声を放送した。茶の間に、義成、満、幸枝、鉄次が集まり、遅くなってやって来た千代治も加わった。

彼は満に電報で呼び出され、とるものもとりあえず、石川からかけつけたのである。

「あの野郎の声に間違いない」

という満に、義成は疑問をぶつけた。

「了見だなんていう言葉、保が使うことあるかい？」

「ああ、あの野郎は、学問もないくせに、あんな言葉、平気で使うんだ」

千代治が口を差しはさんだ。

「保の声じゃないだろう。おれには、どうも、違うとしか思えない」

義成はいった。

「おれは、普段、よく喋ったことがないので、どっちともいえないなあ」

満が鉄次をうながした。

「お前はどう思う？」

「何だか、似ているところがないように思うけど——」

幸枝は、夫と同じ感想をのべた。

「保さんよ、この声は」

キヨ子は、兄弟の話し声を耳にしていて、強く感じるところがあった。

彼らは、血を分けた同胞だから、お互いに声が似通っていて、録音の声との共通点も多く認められる。だが、集まった三人のだれよりも、犯人の声は保に似ているのである。

というより、そっくりなのであった。

翌二十八日、満に付き添われたキヨ子は、上野署に出向いて、保の担当刑事に二十万円の一件を話した。

満は保との面会を許されて、刑事が同席している場で、兄を追及した。

「お前、横浜の警察なんかに入っていなかったじゃないか？　本当は、どこに行ってたんだい？　隠したって、いずれはわかることだから、いま、おれにいいなよ」

「だから、石川に帰ってたんだ」

「どこに泊ってた？」

「木小屋だとか、藁ぼっちだとか……」

「それで、家のものに会っているのか？」

「いや、会ってない」

「田舎に帰って、病気で寝ている父親にも会わずに戻ってくる奴がいるか！」

満は続いて、金の出所をたずねた。

「それは、兄弟でも、いえない」

と保は、拒絶するようにいった。

「お前が吉展ちゃん事件の犯人じゃないのなら、どんな密輸をやっていても、赤飯を炊いてお祝をしてやるから、金の出所だけは話してくれ」

なおも迫る満に、保は首を横に振るばかりであった。

その日の午後、兄弟たちは麻布霞町の義成宅にまた集まった。キヨ子もそこに同席している。

前日の満宅に続く連日の「兄弟会議」に出されてくるのは、保を犯人へと方向づける暗い材料ばかりであった。いくら言葉をつくしてみたところで、結論が出るという性質の相談ではない。それがわかっていて、四人の話し合いはつきないのである。

そのうち、義成の子供たちが、学校から帰ってくる。十七歳をかしらに、十五歳、十三歳と続く一男二女は、どれも世間でいう難しい年ごろである。彼らにきかせられる内容ではない。

義成のところは満宅と同じく、狭い借家なので、話し合いを続けるには、場所をかえる必要があった。

彼らは連れ立って、目黒・天現寺方面から来て青山三丁目・四谷四丁目へと抜ける大通りを、東へ渡って行った。その左手はすぐ、青山墓地の南端になっている。

兄弟三人と一人の愛人は、墓石のあいだに立って、なお、話がつきなかった。日が落ちかかり、近道をとって家路をいそぐ人々が、予期しない場所に人影を見て歩調をゆるめては、不審の眼差を向け、また急ぎ足に戻って去って行った。

五月三十一日、夕食が終って、そろそろ就寝時間になろうとしていたころである。上野署の留置場の第十房で、今里達司は保に小声の相談を持ちかけられた。

「あんた、明日、出るんだろう、簡単な伝言を頼まれてもらえないか?」

弟のオートバイ屋を手伝ったり手伝わなかったりしている今里は、店の取引のちょっとしたもつれに、愚連隊仲間を引き連れて相手方へ乗り込み、脅迫の現行犯で逮捕されたのだが、在庁略式で翌六月一日の釈放が決定していた。

保にかけられた容疑は業務上横領といった生易しいものではなく、本当は誘拐にあるのだということを、留置場内で知らないものはいない。看守や刑事の口を通じて、何となく洩れ伝わってしまうのである。

今里ら同房者三人が、冗談めかして保にたずねたのは、その三日ほど前であった。

「あんたも見掛けより大物なんだな。吉展ちゃんをやったっていうじゃないか？」

きかれた保は、右の足首を叩きながら、笑って、こういった。

「こんな身体で、そんなたいそうなことが出来るかい」

いわれてみると、五尺そこそこで足の不自由な男には、荷が重い犯罪であるような気がしてくる。それに、今里が逮捕される前、何度も耳にした犯人の声は、もっと年輩者のものであったように思われる。同房者による追及は、本人の否定で、あっさり沙汰止みとなった。

だが、捜査員たちが彼に対して抱く疑惑は、まだ晴れていない。

この日、十日間の勾留が切れて釈放になるはずの保に、さらに十日間の勾留延長が決定した。それが何よりの証明である。時間切れをあてにしていた保は、それを知らされて、誘拐の嫌疑から逃れるための工作を同房者に依頼したのである。

釈放された今里は、保に教えられた電話番号をダイヤルして、義成を呼び出した。

「頼みをきいてくれれば、オメガでもインタナショナルでも、好きな方を一個、あんたにやろうじゃないか」

と保が持ち出して来た報酬が気に入ったからである。その前提となる保の釈放を果たすためにも、義成に保からのことづけを伝えなければならない。

それは、こういうことである。

疑いを持たれている二十万円は、保が義成に引き取ってもらったウォルサム二十一個の代金だということにして、警察にたずねられたときには裏を合わせて欲しい——。

翌二日午前十時、上野駅前の東喫茶店にあらわれた義成を、今里は一目で見分けた。保を二回りほど老けさせて、腹に贅肉をのせてやれば、そのまま年老いた兄に変貌するであろう。

「素人のおれに、時計を捌けるわけがないじゃないか。そんな言い逃れをしてみたところで、調べられれば、すぐわかることだ」

保が頭の中を占めているせいで、ついきつい口調になった義成は、目の前にしている男が弟のメッセンジャーに過ぎないことに意識が戻ると、急に気弱な表情を見せた。

「私もね、きちんとした会社に勤めている身であるし、妻も子もいることだしするもんで、そういう危い話の相手になるわけには行かないんだよ」

6

六月十日、勾留延長の切れた保は、上野署を不起訴処分で釈放になる。金の出所もアリバイも、結局、裏付けられなかったが、本部は彼を白に近い保留に付して、捜査を打ち切ったのである。

不自由な足では、身代金奪取の第二現場からの素早い逃走は不可能であろうという判断が、第一の根拠であった。

事件発生いらい、反復して行なわれた地取りにもかかわらず、誘拐現場付近での犯人の目撃者が得られていない。かりに保が犯人であれば、その特徴ある歩行が人目につかないはずはないという推測が、容疑をさらに薄めた。

声についての本部の結論は、保に犯人との共通性が認めにくいというものであった。加えて、四十歳以上の犯人像を描いている捜査陣に、三十歳という保の年齢が否定材料として採り上げられた。

石川にアリバイらしきものが認められたことが、右の判断ないし推測を助けたことも否定出来ない。

本部が導き出した見解は、大筋において、保の同房者のそれと差のないものだったのである。

保が釈放された二日後の六月十二日、末八が息を引き取った。葬式は十四日と決まった。保も、これに参列するため、郷里へ向かった。だが、彼を待ち受けていたのは、警察よりはるかに苛酷な肉親による査問であった。

それは、亡父の遺骸を前にして行なわれた。

「青天白日になった」

といってかけこんで来た保を、義成、千代治、満、イサヨ、オトのきょうだいが取り囲んだのである。ここでも、糾弾の先頭に立ったのは、満であった。

保は、きっぱりと、誘拐の事実を否定した。

「絶対に関係ない。親父の霊に誓う」

というのである。

千代治が、なお追及の手をゆるめない満をとりなした。

「警察があれだけ調べて許したのだから、もういいじゃないか。本人がいうように、関係はないんだろう」

その場は、それでおさまった。

二日おいた葬式の当日である。合間を見て物陰に保を呼んだ満は、改めて責めた。

「この前、お前は、吉展ちゃん事件のとき、ここへ帰っていたといったけど、いったい、どこに寝ていたんだ」

保は、庭の土蔵を指さして、こういった。

「あそこからシミ餅を持ち出して、裏山で食べて、野宿したんだ」

シミ餅は「凍み餅」と書く。冬、搗き立ての餅を竹の皮に包み、藁でしばって、戸外に吊す。こうして凍らしたものを、昔から保存食として用いて来た。

米が不作のときは、サツマイモが代用される。甘味があるので、かえってこの方を好むものもいる。

「よし、シミ餅を食ったのなら、その空《から》があるだろう」

満が気が進まない様子の保を引き立てて、裏山を案内させた。

「空なんか、どこにもないじゃないか。野宿した場所はどこなんだ」

それらしい跡は、見当たらない。保は、こういった。

「日にちがたっているから、なくなったんだろう」

出棺の時間が迫っていたので、二人は山を下りた。そして、夕方のことである。しつこく問いつめる満に腹を立てた保が、言い返した。

「お前は、二言目には心配、心配というけど、おれが頼んだわけじゃないんだ。勝手に心配してればいいじゃないか」

いわれて満は血相をかえた。危険を感じた保は表に飛び出し、裏山の方へ逃げようとした。難なく追いついた満が、地面に保を引き倒した。本人によると、自分の心配を揶揄《やゆ》されたのが癪にさわり、「顔を五、六回、平手で打ってやった」のだという。

しかし、千代治の口から語られる状況は、もっと深刻である。

満は「兄貴がおかしいから殺してやる」と叫んで、あとを追った。ただならぬ気配に驚いた千代治が、家のわきの小さな坂で追いつくと、保は満に首を絞められて、失神状態におちいっていた。

遅れてかけつけて来たサクエが、大声をあげた。

「やめてけれ。葬式を二つも出さなきゃならなくなるでねえか」

この嫂《あによめ》には、満が本当に殺意に駆り立てられているように見えたのである。

千代治とサクエは、ぐったりとした半死半生の保をかついで、二度と満の目に触れないようにと、土蔵の中に隠した。

そして翌朝早く、保をこっそり東京へ帰らせた。この日は、納骨のため、全員で寺へ行く予定になっていたが、千代治の判断で、保をはずしたのである。

警察への通報に始まって、絞殺寸前に至るまで、この弟が兄保を追いつめて行く過程に、近親憎悪のにおいをかがないものはいないであろう。

末八が保の釈放の直後に息を引き取ったのは、ただの偶然である。

八十一歳のこの老人は、その一カ月ちょっと前に脳卒中で倒れ、保に重大な嫌疑がかけられていることも、そこから骨肉の争いが起こっていることも、すべて知らずに逝った。

恵まれるところの少なかった彼の人生にいくばくかの思いを寄せるのであれば、そこにわずかな救いを見つけることが可能である。

倒れてからの末八は、正常な脳の働きをほぼ失っていたが、保がキヨ子と見舞いに来たときに渡した、札束とまではいかない何枚かの一万円札を蒲団の下にしっかりしまいこみ、時折、それを取り出しては、幾度も数えるのであった。

それを見るたびに、八歳の孫がはやし立てた。

「おじいちゃんが、また一万円札を数えている」

「ほら、また始めた」

7

捜査の進展がはかばかしくないのに反比例して、社会の事件に対する関心は、それまでにない高まりを見せ、民間団体が続々と捜査協力の名乗りをあげた。

犯罪はつねに反社会的行為であるのだが、幼児誘拐というもっとも卑劣な犯罪の行為者に対して、社会の側が自衛意識をめざめさせたのである。

最初に立ち上った全国組織は、三万人の会員を擁する全国クリーニング環境衛生同業会であった。これに全国小売酒販組合中央会（会員十二万八千人）と、全国食糧事業協同組合連合会（会員四万五千人）が続いた。

クリーニング屋、酒屋、米屋の三業種は、ご用聞き、配達と、各家庭に出入りする頻度がもっとも高い商売である。そして、三団体を合わせた会員は約二十万人だが、その家族、従業員を含めるとゆうに七十万人を越える。これらの人々が得意先での情報蒐集にあたろうというのである。

こうした動きに呼応して、東京ガス、東京電力の両社が、検針員、集金員など外勤職員八千人を中心とする協力体制を敷き、東京都水道局もこれにならった。

東京都民生局は家庭を回る機会の多い都内四千四百人の民生・児童委員に、捜査協力を依頼した。台東区役所は吉展の写真を入れたチラシを二十五万枚印刷して、区内に全戸配布した。

東京青年会議所は一万枚のポスターをつくって全国二百二十カ所の青年会議所に送り、一万三千人の会員が中心となって吉展の発見を呼びかけた。

神田市場内の東光青果事業協同組合は、加盟各店の店頭に吉展の写真をかかげた。東京母の会連合会は「吉展ちゃんを探して下さい」のプラカードを持ち、入谷、坂本、上野、浅草など下町一帯を練り歩いて、一万枚のチラシを配った。荒川区南千住二丁目の精肉店は、店員通勤用マイクロバスのボディーに「吉展ちゃんを早く返して下さい」の垂幕を巻いて、都内を走った。

松下立教大学総長は「絶対に警察に知らせないから、吉展ちゃんを私に返して欲しい」と犯人に呼びかけた。

友納千葉県知事は「犯人がもし東京で吉展ちゃんを返しにくいのなら、千葉県のどこかへ返してもらいたい」と犯人に訴えた。

郵政省は全国一万五千の郵便局と二十六万の郵便職員に、捜査に協力するよう通達を出した。

民間から盛り上った動きは、このようにして、自治体、中央官庁をも巻き込んで行き、犯人の声と人質の顔は、成人はいうまでもなく、小、中学校の児童、生徒にまで浸透して行ったのである。

憔悴の母親、村越豊子には、事件が報道されてから一カ月の間に、三百五十通の励ましの便りが届いた。

岩手県の女子中学生は「新聞で吉展ちゃんが自動車好きなことを知りました。私の貯めたお小遣の一部で買ったものです」との手紙を添えた車の絵本を送って来た。福島県の薪炭商の妻は、「仕事や家事のあいだをぬってつくったものです」と、色とりどりの糸まりを六つ、小包に託した。

贈られて来た千羽鶴の数々が、暗い結末を思って沈み込む村越家に、場違いの華やかな色彩を溢れさせた。

それらによって、家族の心がいささかでも引き立てられることはなかったが、見知らぬ人々の善意に包まれている実感は彼らにあった。同時に、その隙間から刺してくる悪意の針に耐えることも、村越家の人々は要求されたのである。

いたずら電話は、春が過ぎ、夏が来て、秋になっても、一向に跡を絶たず、日に三、四回はきまって彼らの心を乱した。

十月八日午前十時半のことである。

「吉展ちゃんはおれが預っている。追って連絡するから、百万円を用意しておけ」

という男からの電話が入った。

その後、男は、警察には知らせるな、などと、数回にわたって電話をかけて来たが、夕方になって、具体的な要求を出した。

「午後七時三十二分に国電鶯谷駅から京浜東北線南行のいちばん前の車輌に乗り込め。

百万円は、網棚にのせた森永製菓の黄色い包装紙の上に置き、上野駅で下車せよ」

というものである。

捜査員に囲まれた繁雄が、札束の中身については指示に反したが、男のいう通りに行動した。しかし、上野駅を過ぎ、終点の桜木町駅まで行っても、包に手を出すものはなかった。

その夜の九時になって、男は文句をつけて来た。

「刑事がついていたじゃないか。約束を破ってもらっては困る」

本部では男を事件の真犯人とは別人であろうと判断して、取り合うのをやめた。

ところが翌九日午前八時三十五分、また男からの電話が入った。

「あと三十分で、もう一度、金をつくれ。田舎で倒れていた吉展ちゃんをおれのボスが助けて育てている。ボスと吉展ちゃんは、昨日、東京に来た。元気でいるが、ボスに金を見せなければ、子供は手放せない」

という趣旨のことをいった。

本部では、浅草電話局に連絡をとり、次に男からの電話があったら、発信先を逆探知するよう依頼した。

そういう手筈になっているとは知らない男が、前日の朝から数えて十一回目の電話をかけて寄越す。通話を引き延ばしているうちに、男の居場所は大田区仲六郷一丁目の国鉄アパート前の公衆電話ボックスだとわかった。本部からの指示を受けた蒲田警察署のパトロール・カーが、現場で男を逮捕した。

「鶯谷の小鳥屋に電話していただけです」

と否認していた彼は、逆探知という新しい技術があることを知らされて、脅迫の事実を認めた。

政府は、その五日前の閣議で「受信者の了解があり、脅迫者を当局がつきとめるための逆探知であれば、通信の秘密をおかすことにはならない」との見解を了承したばかりである。その男、鴨志田竜也は、逆探知による逮捕第一号として、記録に名をとどめることになった。

彼は二十三歳の若さでプレス工場を切り回していたが、胸を患って療養しているあいだに、父親が折角貯めた資産を蕩尽《とうじん》してしまい、その鬱憤をいたずら電話で晴らしたのだという。

逮捕後、彼の余罪が明らかになった。都市銀行の蒲田支店長を、

「お前のところの高校に行っている長女を誘拐する。いやだったら三百万円持ってこい」

と、二回にわたって電話で脅迫していたのである。

村越家ばかりでなく、善意の第三者までもが、脅迫の被害にあった。

その被害者は福島県郡山市の安積外科病院に勤める二十歳の看護婦で、事件が起こって一年のあいだ、慰めの言葉を綴り続け、村越家との手紙の往復は七十回を越えた。「吉展ちゃん捜しに協力して下さい」との紙片をつけて、病院の屋上から風船を飛ばしたのが、三十九年三月二十二日である。

このことが翌日の朝刊で報道されると、その日から脅迫電話が病院の彼女にかかり始めた。

二十五日、脅されていることを胸にしまった彼女は、吉展が好きだという自動車の玩具を土産に、村越家を見舞う。これが前年の六月に続く、二度目の訪問であった。

帰ってから、いっそう、脅迫電話が頻繁になった。彼女の訪問が、また新聞にとりあげられたせいだったのかも知れない。ずっと同じ男の声で「善人ぶるのはいい加減にやめろ」というのである。

四月九日の夜になって、男は急に「金を持ってこい。病院の前で待っている」と、それまでの趣旨をかえ、翌十日朝には「いうことをきかないと病院に火をつけるぞ」と脅した。たまりかねた彼女は、郡山警察署にかけこんだ。

素朴な善意と呼ばれるものは、ときに、それを向けられる当事者にとって、うとましいことがある。あらわし方によっては、周囲に不快感を及ぼす場合もないとはいえない。

しかし、脅迫者の目的は、それを年若い彼女に教えさとすところにあったわけでもなさそうである。おそらく、そこにことかりて、嗜虐《しぎゃく》的な快感にふけっていたのであろう。

この種の脅迫者は、自分を特定されない空間に置き、受動的な立場をしか選べない相手を、思いのままにいたぶる。闇の中の存在である彼は、そういうとき、普段は決してあらわさない奥深くひそめた残忍さを、海中の発光虫のように、隠微に解放させているに違いない。

孫を奪われたすぎは、励ましや慰めの手紙を受け取るたびに、自問自答したものである。

「だれかがこうなったら、その人に手紙を書こうとしただろうか」

と。

彼女は善意というものを、言葉の上ではなく、肌身に滲みて知った。

しかし、同時に、極限にまで打ちひしがれている人間を、それこそ水に落ちた犬でも叩くようにして、さらに打ちのめそうとするいわれのない憎悪の持主が、社会には少なからず潜んでいることも、心臓を刺されるようにして教えられたのである。

彼女にとっての教師は、たとえば、水鉄砲を持った吉展が、公衆便所の手洗場から消えた直後、匿名の手紙を送りつけて来た人物である。その最後は、次のように結ばれていた。

「公共の水を手前勝手に使うから、そういう目にあうのだ」

脅迫者に次いで村越家の人々を苦しめたのは、もろもろの宗教の狂的な信心家たちであった。これが、入れかわり立ちかわり、押し掛けてくる。

そのさまを、すぎの表現をかりていえば「表から入ってくる、裏から入ってくる」という状態であった。

彼らを迎える側の弱点は、怒鳴って追い返すわけには行かないところにある。それでなくても心にゆとりのない家族にとって、迷惑でしかない彼らの入信への誘いも、主観的には善意の発露であって、いちおうの応対はしなければならない。

辟易《へきえき》させられたのは、数をたのんで坐り込み、なかなか退去しようとしない、大きな勢力を持つ宗教団体の信者たちであった。

それが何組も、波状攻撃のようにやってくるのである。根くらべの末に、ようやく彼らをあきらめさせたとき、家族には解放感があった。

もっとも熱心な説得者は、十五日間、足を運んで来た、母と息子の二人連れであった。

「うちの神様はあまり知られていないけど、いろんな人が救われているのだから、だまされたと思って――」

一カ月お詣りすれば、かならず吉展は帰ってくるというのである。これにはとうとう根負けさせられて、信者にはならないということを条件に、通うことにした。

その知られていない神の本拠は、千葉県下にある。毎朝五時起きした繁雄の運転で、すぎと豊子が二人一緒に、日によってはどちらかが一人で、ともかく一カ月間、欠かさずに参拝を続けた。繁雄の仕事のためには、早起きしないわけには行かず、得たものは睡眠不足からくる精神と肉体の疲労だけであった。

村越家の人々は、事件の被害者となって初めて、世に神仏の多くあることを学んだ。そして、何かにすがらなければ生きて行けない民衆が多くいることも、彼らにとっての新しい発見であった。

易者、占師、拝み屋のたぐいも、信心家に負けず劣らず、家族を悩ませた。全国から実にいろいろなことをいってくるのである。

たとえば、こういうのがあった。

新潟県の十日町に無縁仏があって、これがたたっている。墓参りをしないことには、吉展は帰らない――。

そういうことをいわれて信じたわけではないが、ことが生命にかかわっているだけに、放置しておくといつまでも心のひっかかりとなって残る。それを取り除くだけの目的で、つい腰を上げてしまうのである。こうして家族は、人間の弱さも知った。

十日町のときには、すぎが夜行列車で発って行った。季節は冬で、越後は雪の下であった。そこへなお降り積る雪の中を、いわれた無縁仏をたずねて、すぎは歩いた。

8

こうした託宣より扱いに困るのは、もう少し信憑性を感じさせる、情報に類したものである。事件から二カ月あまりたった三十八年六月に、次の手紙が村越家へ配達された。

拝啓　新緑の色も増し、吹く風も初夏めいて参居りました。その後、お宅様には如何お暮しでしょうか。さて、御子息の吉展ちゃん元気で暮して居りますよ。宮城県の田村町だったか村田町の山間部にね（仙南の山だと思う）。吉展ちゃんの居る処は山の中で、とてもきれいな処ですよ。その近くには辺地の学校がありますの。冬は雪の多い処ですの。犯人は軍たい上りの人ですの。その人は吉展ちゃんをつれてすぐ山に入ってしまったので、なかなか見つからないのですよ。冬なら何かで（吉展ちゃんの顔を）かくして上野まで連れて行くことができますのですが、この暖《（ママ）》かでしょう。それに、吉展ちゃんのことは、誰でも知っていますものね。

その人はそんなに悪い人ではないのです。ただお金がなかったためにしたのです。この人は一番よい時期に戦争にとられていましたから。
現在は吉展ちゃんも日にやけて健康そのものですよ。その人はたまに山から下りて、町で少しずつ食糧品等を買っているのです。だからよけいに見つかりにくいのです。多分、その人はそのうちに見つかると思います。
でも、宮城県の辺地に吉展ちゃんは生きていますよ。宮城県の辺地の学校に呼びかけてもらって、有線放送に流すようにするとよけいよいのですがね。どうか宮城県の山間部にいるという事を信じてさがして下さい。おねがいします。必ず見つかりますから。

手島と名乗るこの手紙の差出人は、字体からすると男に違いないのだが、女言葉を用いており、それが板についていない。常識的に判断すると、いたずらである。村越家ではそのままにしておいた。

ところが、七月に入って、また同じ人物が次のように書いて寄越したのである。

村越さん、その後、吉展ちゃんのこと、ますます一生懸命おさがしになっている事と思いますが、私は一か月前にも一度手紙を出したものですが、覚えてますでしょうか。多《(ママ)》くさん手紙が来た事でしょうから、もうお分りにならないかも知れませんが、前にもいいましたように、お宅の吉展ちゃん宮城県にいますよ。柴田郡の村田町という処にね。山の中で町の境目が郡の境目になっている処に元気で生きているのよ。どうか私のいうことを信じて宮城県の村田町を探して上げて下さい。

お宅では東京だけを探しているのですか。私も村田町の警察署に手紙を出します。本当に柴田郡を探してお願いします。私もこの手紙を一生懸命に書いているのですが、この気持があなたに通じないのでしょうか。（後略）

いたずらの手紙は、だいたいが一回だけで、重ねての催促というのは珍しい。それに今度は、場所をより具体的に示している。

真に受けるわけではないが、かといって黙殺することも出来ず、本部が宮城県警察本部に照会したところ、大河原警察署村田支署にも、同じ人物から同種の手紙が届いているとの回答があった。

すぎが、現地へ向ったのは七月十日の朝である。支署長はすぎを迎えてジープを出し、自分も同乗して、付近のそれと思われる場所を、くまなく回った。二日がかりの捜索は、しかし、何の手掛かりを得ることもなく、打ち切られた。すぎにとっての収穫をしいていえば、山間部の寒村の隅から隅まで、吉展のポスターが貼られていたのを、自分の目で確認したことである。

本部に寄せられた情報は、こうしたものを含めて、三十八年六月末日までの三カ月間で、約九千五百件に達していた。うち五千五百四十件が犯人を名指ししたものである。その中には、捜査協力が目的ではなく、明らかに他人の中傷、誹謗《ひぼう》をくわだてたものが少なからず入っていた。自営者は同業者を、会社員は職場の同僚、上役を、ただ困らせるだけのための目的で犯人として指名していた。

嫉妬や憎悪の対象は、他人の範疇《はんちゅう》にとどまらず、妻が夫を、父が息子を、兄が弟を、といったように、家族、肉親にも及んでいた。

堀は、捜査報告書を前にして、人間の業といわれるものの深さを、つくづく思った。

それらを含めた情報全般についての基礎的な裏付けには、機動捜査隊があたった。膨大な情報量を短時日のうちに整理することを義務づけられている彼らは、時間との競争を意識すればするほど、睡眠をけずらなければならなかった。

六月十日、飯田橋の第二機動隊宿舎で宿泊中の機動捜査隊牛山勝雄警部補が、突然、脳出血で倒れ、翌十一日、息を引き取った。四十二歳という働き盛りでの彼の殉職は、それでなくても憂色の濃い捜査陣に、重苦しい波紋を広げて行った。

犯人を指名した情報の八割までは、機動捜査隊の努力により、六月下旬の段階で白として処理され、残るのはとるに足らないものばかりであった。その中に一人だけ、有力だと思われる人物がいて、本部は懸命に行方を追っていた。

その人物が浮かび上ったのは、四月二十七日のタクシー運転手の届出がきっかけである。本部にあらわれた彼は、四月七日の午前一時四十分になろうとしているころ、品川自動車の前から怪しい男を乗せた、と話し始めた。

時刻も場所も、身代金を奪われた状況と一致する。くわしくきくと、次のようなことであった。

そのとき、上野駅の方から入谷に向けて昭和通りを流していた。品川自動車の前までくると、中年の女性が手をあげているのが見えたので、車を左に寄せてとめ、ドアをひらいた。と、横合から飛び出して来た男が、先に乗り込んでしまった。強引さに負けた彼は、仕方なく男を運ぶことにした。

「山谷までやってくれ」

年のころは四十から五十のあいだだと思われる。よれよれの紺のレインコートを着て、黒っぽいハンチングをかぶった、小柄なその男は、横柄な口調で命じた。

降りたのは、山谷の都電通りである。乗っているあいだ、男は新聞紙の包みをいじっているらしく、がさごそと音をさせていた――。

色めき立つ情報である。この男こそ犯人であろうと、捜査の主力は山谷の簡易旅館街に集中した。

そのうち、別の方面を担当している捜査員が、足立区千住関屋公園で、吉展が姿を消す二週間ばかり前に、やはり幼児が誘拐されかかる未遂事件があったことを聞き込んで来た。

この幼児というのは、足立区千住東町に住むタクシー運転手小山保夫の長男秀夫で、関屋幼稚園の園児である。

日は三月十五日から二十日までの間と、あまりはっきりしない。ともかく、午後二時ごろ、関屋公園で遊んでいた秀夫が公衆便所に入ったところ、一人の男に「どこかへ遊びに連れて行ってやろう」と声をかけられ、「いやだ」というのを、無理矢理、百メートルほど先の幼稚園の門まで引っ張って行かれたという。

それから一週間か十日たった日の午前八時半ごろ、秀夫は明番で帰ってくる父親を東武鉄道牛田駅まで出迎えようと、自転車に乗って家を出た。その途中に、公園の男がいて、今度は「東京タワーへ行こう」といい、自転車の荷台を押えた。

二度とも誘いにのらなかったから、何事も起こらなかったが、有力な聞き込みである。

秀夫によると、その男は小柄で、年齢は五十歳くらい、ズボンに穴があいているが、いちおう上下が揃った薄茶の背広を着ていて、ハンチングみたいな帽子をかぶっていたという。

足立区といってもこの一帯は、隅田川のすぐ北側で、台東区の北端にあたる三ノ輪からであれば、直線にして一・五キロがせいぜいである。入谷駅から地下鉄日比谷線の北行に乗るとするなら、三ノ輪、南千住と二駅を過ぎた先がもう隅田川で、これを渡って千住関屋町、千住東町の順に通り抜けると、そこが三つ目の北千住駅であり、国電常磐線へ乗り入れとなる。

山谷に消えた男はいうに及ばず、この誘拐未遂犯も、入谷に土地鑑が認められそうである。また、証言による年格好、背丈、服装に共通点がうかがえる。

本部は、二人をかりに同一人物として想定し、その上に、梅沢菊雄が入谷南公園で目撃した、誘拐犯と思われる男の像をかぶせてみた。

この少年は、初め、男の年齢を三十歳くらいだといっていたが、本部が改めて若者から年輩者まで数人を集め、男が着ていたというよれよれのレインコートを着せて菊雄に見せると、若いのにも「うん」、年取ったのにも「うん」で、最終的には男の年齢をしぼり切れずにいた。そこで、あやふやな年齢を別にすると、背丈や、どことなく汚れっぽい風体は、入谷南公園の男も前記の二人にたいへん似通っているように思えてくる。

本部は、北千住・入谷・山谷の三点を結ぶ線上に、ほぼ時期を同じくして見え隠れしている三人の男が同一人物である可能性が強いとして、追い求めた。

六月二十四日には、千住地区に投入していた捜査員十二人を十八人に増員、入谷、山谷各地区の十八人と合わせて、三十六人の主力刑事が、聞き込みにあたったのである。

しかし、捜査は難航し、ついに、一つの手掛かりも得られなかった。

七月に入ると、本部は、振り出しに戻り、村越家の鑑取り捜査と、誘拐現場の地取り捜査の徹底を期して、長期戦の態勢を敷いた。とくに地取りは、現場を中心とする半径一キロに範囲を広げ、二重、三重の聞き込みを行なった。入谷南公園周辺を担当した一人の刑事は、二千戸を歩き、昭和二十八年以降の転出者も虱潰《しらみ》しに洗った。

9

一方では言語学者に依頼して、脅迫電話の録音をもとにする、犯人像のデッサンに早くから着手していた。

東北大学文学部講師、鬼春人が、新聞記者の求めに応じて、研究の一部を発表したのは、十月二十一日のことである。彼は犯人の生育地について、大胆だと思われる「郡山以南説」を打ち出し、注目を集めた。

鬼の経歴も人目を惹くに十分であった。昭和七年、ハルピン日露協会学校を修了した後、四年間にわたってソ連、ドイツで言語学を修得、満鉄に入社してからは調査関係の仕事にたずさわるかたわら、ロシア人職員には日本語を、日本人職員にはロシア語を教えた。

十六年から十七年にかけては、東大文学部言語学科に陸軍委託聴講生として学び、十八年から十九年にかけては、研究生として言語学を専攻、これと並行して、十八年から東北大学文学部講師の肩書でロシア語の教鞭をとるようになった。

鬼の専門は言語基層学と呼ばれるもので、ある言語（方言）集団に属している成員が、何らかの事情であらたな言語（方言）を二次的に習得した場合、前から持っていた習慣性を受け継ぐものであることを研究する学問ということになる。

言語の習得期は三、四歳から十三、四歳であるといわれている。この期間に一定の土地で身につけた言葉の習慣は、その後、二次的三次的に習得した言葉によって、外形的にはいちおう変化しても、一部の語彙《ごい》、音韻の中に、かならずそれがあらわれる。

このことを、だれもが経験的には知っているが、鬼は学問的に犯人の声を分析してみせたのである。

彼が犯人の生育地として挙げたのは、次の三県十六郡であった。

〔福島県〕石川郡、岩瀬郡、西白河郡
〔栃木県〕那須郡、芳賀郡、塩谷郡、河内郡、上都賀郡
〔茨城県〕西茨城郡、新治郡、真壁郡、筑波郡、結城郡、北相馬郡、猿島郡、東茨城郡

これだけの範囲に犯人の生育地を絞る作業は、次のようにして行なわれた。

犯人の声はいわゆるズーズー弁で、母音の「イ、ウ、エ」が曖昧である。この特徴が

認められるのは、東北、北関東、北海道の他、出雲、九州南部、琉球の一部地域である。ただし、犯人の場合は、語中、語尾の「ガ」が鼻濁音になるが、「ザ、ダ、バ」が鼻に抜ける音にならないことや、長母音の短音化が見られるなどの点から、前に挙げた地域のうち、北関東と東北地方が生育地であろうと考えられる。

次に、「カ」、「ガ」が「クヮ」、「グヮ」と発音される青森、山形、秋田、三県の日本海岸は、ここから除外される。犯人には、それがないからである。

彼には、母音の無声化、つまり囁声と同じになる傾向が強いので、この特徴を持たない青森と岩手北部の太平洋岸は該当しない。

アクセントの面からいうと、犯人のそれは平板単型と呼ばれるもので、同音異義語に区別がない。これは、秋田、山形、岩手、新潟、群馬、埼玉、千葉の諸県に見られる複型アクセントとは本質的に対立するものであり、これらの地域もはずしてよい。

このようにして、東北でただ一県残るのが福島だが、語彙、音韻が独特である西部の会津地方と、太平洋岸のいわゆる浜通りは、確実に対象外である。

茨城、栃木についても、こまかいことはいろいろとあるのだが、ともかく、以上のような消去法によって「郡山以南説」は確定した。

鬼は犯人の声の響きや、言葉の印象などから、その年齢を四十歳から五十五歳とし、さらに限定すれば四十六歳から五十二歳であろうと推定した。体重は六十キロから七十キロで、どっしりしたタイプの健康体だという。

声には活気と張りがあって、息切れを見せず、話のあいだに痰をからませることも、空咳をすることもなかった。肺活量が豊富で、しかもかなり鍛えた身体だと鬼は見るのである。

右の年齢、体格、健康状態からして、犯人の徴兵検査は甲種合格のはずであり、会話において特徴的な命令口調と、終始用いられている、軍隊式の復唱に通じる同一語句の重複話法から、最後の階級は下士官程度であろうと鬼は推測し、これに準じる職業として警察官、下級官吏を挙げた。

最終的にまとめられた鬼の研究は膨大なものだが、その一部を抜萃すると、以上のようなことになる。


犯人が現職あるいは退職の警察官ではないかとする憶測は、部内にも世間一般にも、かなり根強くあった。物言いが落ち着いていて高圧的だったからである。脅迫電話の中で用いられた「小型四輪」とか「尾錠」とかいった四角い言葉も、そうした類推を助けた。

実際に、東北訛りを持つ元警察官が、かなりの数、容疑線上に浮かんだのである。捜査員が、かつて指導を受けた先輩のところへアリバイをとりに行った例も、一つや二つではなかった。

「おい、貴様、ほんとにおれを疑って来たのか？」

元が元だけに、久しぶりの後輩の訪問が何を目的にしたものか、察しをつけるのが早い。烈火の如く怒り出す先輩も、これまた、一人や二人ではなかった。

「冗談じゃない。ズーズー弁なら、おれよりお前のほうが、よっぽど犯人に似てるじゃないか」

「そういえば、そうですな」

「自分自身を一度、取調べてみたらどうだ」

「はい」

笑い話のようなことが、事実、起こったのである。

容疑者と名のつくものには事欠かなかったが、真犯人に結びつきそうなものは皆無という苦しい状況の中で、本部は事件発生一周年を迎える。そのときまでに、本部が洗った容疑者は一万二百十五人で、所在不明者三百二十七人を除き、他は全部、白としていた。

所在不明者の中に、三十九年一月二十三日に別件の詐欺容疑で指名手配した、宮城県石巻市に住いを持つ、朝鮮生まれの泉谷是好という人物が入っていた。

同年六月三十日、宮城県警の仙台北警察署が、宮城県黒川郡大衡《おおひら》村の不動産業者、李鐘善を詐欺の疑いで逮捕する。彼は同じ年の二月、知り合いである宮城県柴田郡大河原町の飲食店経営者、城島タケの夫吉二が交通事故で死んだのに目をつけ、タケの委任状と印鑑を偽造して、彼女に入るはずの賠償金五十万円を保険会社から横取りしたのである。

仙台北署が李方を家宅捜索すると、マッチと国電の乗車券、それに質札が出て来た。マッチには、台東区松葉町の旅館美どりの名が入っている。切符は三十八年三月二十一日の上野駅発行で、質札も同じ日に台東区車坂の佐野屋質店がオメガの時計と引換えに渡したものであった。

この三つによって、李に、がぜん吉展誘拐の嫌疑がかけられることになる。

仙台北署が聞き込みをすると、李は三十八年四月、自宅を改造して、建築業者に五十万円を支払った事実が判明した。

ここに離婚した妻を住まわせて、食料品店を経営させているのだが、自分もときどき姿を見せて、店を手伝ったりしている。このあたりは、普通の感覚ではない。

そうかと思えば、県内に二人の愛人を持っていて、そのあいだを往き来するし、合間には東京にもときどき出掛けているらしい。

本人に誘拐事件との関連を追及したが、三十七年から三十八年初めと、三十八年後半から逮捕されるまでの間、上京して、たしか美どりに泊ったが、事件当時、東京にいた事実はないと否定し、切符と質札の日付に矛盾する。切符はどうしたのだときくと、蒐集の趣味があって手に入れたのだといい、質札についてたずねると、これには返事がない。

それらの疑点に加えて、彼を事件に関連づける、もう一つのヒントがあった。

それは三十八年の六月と七月の二回、手島の差出人名義で村越家に送られて来た例の手紙である。

手島というあまり一般的ではない姓は、宮城県黒川郡に多く見られるものである。そして、二通の封書の消印は、同郡大和町吉岡郵便局のもので、吉岡は大衡村の隣接地区なのである。

手紙は次のようにいっていた。

「その人はそんなに悪い人ではないのです。ただお金がなかったためにしたのです。この人は一番よい時期に戦争にとられていましたから」

李は十四歳のとき日本へ渡って来た。そして、大切な時期を軍隊で過している。

七月二十四日、宮城県警は、捜査内容を警察庁刑事局に報告、指示を仰いだ。そこから連絡を受けた下谷北署の本部は、宮城県警に担当者の上京を求め、翌二十五日、合同捜査会議を開くこととした。李は泉谷の日本名を名乗っているということで、一月に本部が指名手配した人物と住所は違うが、同一人物であろうと思われた。

上京して来た宮城県警の杉本警部、高橋警部補を迎え、本部は久方ぶりに活気を呈した。

合羽橋交差点の角にある旅館美どりは、村越家からわずか二百メートルの距離である。車坂の佐野屋質店も、それよりいくらか遠い程度しか離れていない。

李はオメガを質に置いて、一万七千円を借りた。その三月二十一日は、誘拐の十日前なのである。事件当時、よほど金につまっていたに違いない。

合同会議の雰囲気は、小原保いらいの有力容疑者を得て、李こそ本ボシであろうという線に、どうしても傾いて行くのである。

仙台北署の捜査員たちは、李の言葉に朝鮮語の訛りは残っておらず、犯人にそっくりだという。その録音をきかされた鬼春人だけは、言下に否定した。犯人は単型、李は複型のアクセントであるから、まぎれもなく別人だというのである。

七月二十七日、本部は三十三人に縮小されていた全捜査員を動員、李の写真を持たせて、事件当時、彼の「足」がなかったかどうか、台東区内の旅館にあたらせた。

だが、それも徒労であった。同時に始まった仙台北署のアリバイ捜査で、誘拐当日、李は大衡村の自宅にいて、得意先数軒に酒などを売っていたことが、売掛帳の彼の筆蹟鑑定と人々の証言で確認されたのである。

勢い込んでいただけに、本部員たちの落胆は大きかった。

「黒」の目で見始めると、何もかもが、黒く見えてくるということはある。しかし、李は、彼らから見て、実にいい状況をそなえていた。これだけの条件を持つ容疑者は、彼を除いて三百二十六人となった所在不明者の中には、一人も残されていない。

ということは、望みの糸が完全に切られたことを意味していた。三十九年は、そのようにして暮れたのである。


越えて四十年三月十一日、四十四万三千枚のポスターとチラシ、四百本の録音テープ、二万五千枚のソノシートを配布、延べ三万六十七人の捜査員を動員して、二年間にわたり一万二千百三十七人の容疑者と取り組んで来た下谷北署特別捜査本部が解散された。

その後の捜査には、警部補に昇任していた堀隆次をまとめ役とし、佐藤助雄、池田正夫、大和田勝の三部長刑事であたることを首脳部は決めた。

世間は、このとき、FBI方式という、目新しい言葉に初めて接することになる。アメリカの連邦検察局が実施している少数の専従捜査員による犯罪捜査方式に倣い、指名された四人は部内異動に関係なく、この事件の長期捜査を担当するという説明がなされた。それがFBI方式だというのである。

残されることになった四人は、いずれも、事件の発生当初から捜査に従事して来たメンバーである。その点、人選は妥当であるといえた。しかし、記者たちの眼に彼らが、スケープ・ゴートとして映ったのも事実である。

社会的反響の大きい事件であったにもかかわらず、初歩的な落度で犯人を取り逃してしまった警視庁は、事件の迷宮入りを公式に宣言することも叶わず、四人を生贄《いけにえ》に、名目だけの捜査継続で表面を糊塗しようとしているとする見方を、的はずれとはいえない状況があった。

同じ日の朝、村越家に吉展の入学通知書が届いた。

10

堀隆次に残された時間は、ちょうど一年である。

警視庁では、満五十七歳を迎えると、三月三十一日を以て退職するという不文律を決めている。明治四十一年生まれの堀もこれに従って、翌年の春かぎりで、通い慣れた桜田門を去らなければならない。

富山県仲新川郡水橋町といっても、そのありかを知るものは少ないであろう。この片田舎で育った堀が、農業に飽き足らなくなって上京、警視庁巡査になったのは昭和八年である。

大崎署の大崎本町派出所勤務が、堀の警察官生活の振り出しであった。

拝命から一年にも満たないころ、彼が立番についていた深夜に、近くのカフェの女給が裸足のままかけこんで来た。日本刀の抜身を下げた強盗が、二階に押し入ってマダムを脅しているのだという。階下にいてそれを知った彼女は、必死の思いで抜け出して来たのである。

堀の相勤者は停年が近い後藤という巡査であった。カフェの二階へ通じる階段を上るとき、堀はこの後藤を先に立て、その後でサーベルをわざとがちゃつかせた。ただ怖いだけの新米巡査は、賊が物音に気づいて逃げてくれることをねがったのである。

その思惑があたって、賊は日本刀を抛《ほう》り投げて、表通りに向ってひらいている窓から身を翻《ひるがえ》した。

相手が素手になれば、もう恐怖心はない。袋小路に賊を追いつめた。ところが、この窮鼠は後藤のサーベルを奪い取って斬りつけ、老巡査に深手を負わせたのである。

雨がしょぼしょぼ降る晩であった。水溜りに滲んだ血を見て、逆上したのであろう。後になって振り返るとそう思えてくるのだが、そのとき、堀はとっさに自分のとった行動について、まったく理解がついていない。

われに戻ると、上衣をかなぐり捨て、長靴を脱ぎ、サーベルを腰からはずして、大声でわめいていた。

「この野郎、腕ずくでこい！」

「何をこの小僧。てめえからかかってこい」

そこからは、にらみ合いとなった。随分、長い時間のように堀には感じられた。緊張の極で、意外なことが起こった。賊は両手を差し出して来たのである。

「おそれいりました。どうぞ縛って下さい」

逮捕してわかったことだが、彼は前科六犯の、当時でいう強者《したたかもの》であった。それにしては往生際があっけない。堀は芝居でも見ているような心境にさせられた。

翌日、署長に伴われて行った本庁で、堀は刑事部長賞を授けられた。それからものの二月もたたないうちに、捜査一課勤務の辞令を受け取る。

いまでも多分にそういうところを残しているが、そのころの捜査一課は、部内でも際立った閉鎖社会であった。予想もしない別天地に二十六歳で抛りこまれた堀は、八年間、そこでの最年少を続けることになる。毎朝、一時間早く出て、部屋の床にモップをかけ、先輩が出揃うと、茶を汲んで回る八年間であった。

その堀も一課暮し三十年を越えて、髪は白く、最ベテランになってしまった。

手元に残る一冊の古びた大学ノートに、彼の半生が凝縮されてある。事件を手掛けるたび、堀はそのノートに、捜査の概略を細い字で記して来た。解決したものには、末尾に犯人の氏名が朱で書いてある。そのほとんどが、いわゆるコロシであり、彼は戦後の大事件にあらかたかかわって来た。

人が人を殺す。あるいは、人が人に殺される。これ以上ない異常の中に自分の日常を置いて、ノートの余白を埋めて行くごとに、堀の内側で深まる思いがあった。動機ある殺人といわれるものを堀から見れば、被害者には「くるべきものが来た」のであって、彼は「殺されて当然」の人間なのである。そうとしか受け取りようのない事例を、堀はあまりにも多く見過ぎた。そして、それをいうときの心情は、はっきり殺人者の側に傾いている。

社会正義を背負っているはずの捜査員にとって、これは一つの心理的倒逆ではないのか。

捜査員は、しばしば、猟犬にたとえられる。その趣旨とはいささか異るのだが、獲物を追いかけはしても、これを自分では殺さないところが、両者に共通している。一つの相違は、仕止めた獲物に、捜査員は心を寄せがちだという点であろう。

畢竟《ひっきょう》、人間というやつは、他のだれかを圧迫しないことには生きられない存在なのであって、犯罪者というのは、社会的に追いつめられてしまった弱者の代名詞ではないのか。

捜査一課で三十年を費して、堀が得たものはといえば、そういう考え方であった。彼には、正直にいって、ちょっとした悔いもある。

「百姓の息子は百姓の息子らしく、おとなしく百姓をやっていた方がよかったのかも知れません。こういう世界に入って、私は人間というものを知った。見なくてもいい面ばかりを通してね」

事件の当初、村越家の人々に目を向けた堀だったが、いまでは、完全に彼らの側に立っている。

堀にとって、最後の担当になるであろうこの事件は、被害者が招いたものではいささかもない。一方的に圧迫され、追いつめられているのは、彼らなのである。

「吉展は生きているでしょうか？」

「絶対、大丈夫ですよ。安心して任せて下さい」

心ならずも、こういう空手形を、何度、乱発したことか。堀は絶望的な見通しを、どうしても肉親に告げることができなかった。

ＦＢＩ方式に切りかえられたあと、捜査陣は新しい幹部を迎えた。槙野勇刑事部長、津田武徳捜査第一課長、武藤三男同第一代理らがそれである。

彼らの事件解決への意気込みを反映して、堀ら専従捜査員四人は、保留中の名簿の総点検に取りかかる。そこに、かならず犯人がひそんでいるに違いないという確信が、彼らにはあった。その結果、もっとも疑わしい要件をそなえている人物として、何度も目にし、口にした男の名前が改めて浮かび上ってくる。それが小原保であった。

堀の報告をきいた武藤代理は、ただちに再捜査を命じた。

四十年五月七日、大和田部長刑事が、保の関係者の再当りから内偵を始める。そして、以前には聞き込みの対象から外されていた、北区王子本町二丁目の洋服仕立業、大沢秋芳から、新しい情報を入手することに成功した。


前で見たように、秋芳は保の遠戚にあたり、小学校では保の二年先輩であった。

三十八年四月三日といえば、保の供述によると、彼が郷里から帰京した日である。

秋芳は、二年以上も前のその日付を、はっきりおぼえていた。彼の大家である、近所の瓦井方からボヤが出て、ちょっとした騒ぎになったのが、その日だったからである。

午後一時ごろ、昼食を終えた秋芳が、二階で仕立て仕事を始めたところ、玄関に来客があった。

「だれだ?」

階段をのぞきこむ妻の祥子に、秋芳はたずねた。

「珍しいわね。保さんよ」

仕事の手は休めず、秋芳は階下へきこえるように怒鳴った。

「保か、上ってこいよ」

だが、彼は、なかなか姿を見せない。たっぷり五分はかかった。彼は玄関先で靴下を脱ぎ、風呂場で足を洗っていたのである。

現れた保は、だから素足であった。一目見て秋芳は、その異常な汚れように驚いた。羅紗地《らしゃじ》のオーバーの裾に、泥がこびりついていて、その下のグレーの背広は、よれよれであった。

いちばん目立ったのは、ワイシャツである。地色は水色らしいのだが、汚れのために、定かではない。襟の内側は垢で真黒になっていて、半月は洗濯していないように見えた。髪はむさくるしく伸び、顔は妙に黒かった。日焼けしたのか、煤《すす》けてしまったのか。

祥子は保のオーバーを受け取り、窓際へ干しに行った。それを口実に窓を開け放たないことには、どうにも一つ部屋にいられないほど強烈な体臭が、彼の全身から立ち上っていたのである。風呂には随分ながいこと入っていないのであろう。

保はきかれない先から、持っていた時計に密輸の疑いをかけられて警察に入れられていたのだといった。

「その時計は、秋芳さんから修理を頼まれたものだといって、やっと、今日出て来たんだ。そのうちに刑事がくるかも知れないが、そのときは、話を合わせておいてくれないか」

「それじゃ、その時計をおれにくれ。そうすれば、お前のいう通りにしよう」

「まだ現物は警察にあるんだ。返してもらったら、あんたに上げるから」

あれこれ話をしているうちに四時になった。

「火事だ！」

叫び声がするので外を見ると、二軒先の瓦井方の物干場から煙が出ている。

祥子は一人っ子の安弘を連れて避難、秋芳は仕立て途中の背広五着を抱えて飛び出し、これを知り合いの家に預けてから、現場へかけつけた。騒ぎは、風呂場の煙突から出た火の粉がそのあたりを焦がす程度のボヤでおさまった。

家へ帰ると保は、水で満たしたバケツをかたわらに、二階で頑張っていた。火の粉が飛んで来たら消し止めるつもりだったという。

夕食の時間になったので、祥子は隣の越後屋からラーメンを出前させて、四人で食べた。

保が祥子に電話ボックスのありかをたずねて帰って行ったのは、六時半ごろである。ところが十五分ほどしてから、また戻ってくる。

「いま横浜に電話をしたら、今晩の二時に密輸の取引きがあるというんだ。こんなにワイシャツが汚れていては具合がわるいんで、きれいなのを一枚貸してもらえないだろうか」

祥子にクリーニングから戻ったばかりのワイシャツを出させて秋芳は、玄関に立ったまま着替える保に忠告した。

「密輸だなんて、危いことに手を出すなよ」

「うん、これ一回だけでやめる」

保が帰って行ったすぐあとに、秋芳も妻と子を連れて外出した。四月八日に同業者の花見会があるので、安弘に新しいカーディガンを着せてやろうと、注文に出掛けたのである。戸締りをしているときに、座敷のテレビが七時の時報を伝えた。

目指すやはぎ編物店までは、大人の足で六、七分だが、二歳十カ月の安弘が一緒だったから、たぶん、その二倍はかかっている。

秋芳の注文は簡単に断られた。編み上げる時間の余裕がないというのである。別の店にきいてみようと表に出た秋芳は、思いもかけぬ場所に、いましがた別れたばかりの保を見つけた。

そこは、交差点になっている。その真中に保が立って、何やら思案している様子なのである。

「何だ、保じゃないか。保！」

呼ばれた保は、虚をつかれて、びっくりしたようであった。

「あ、秋芳さん」

と吃《ども》るのであった。

11

大和田が聞き込んだこの情報は、堀たち専従捜査班の勘に響くものがあった。浮浪者に近い保の汚れようは、かなりの窮状を想像させる。祥子に電話ボックスのありかをきいているのも、ひっかかるところがあった。

交差点に保がいたのは、前後の関係からいって、午後七時十五分ごろであろう。これは、犯人が村越家に二回目の脅迫電話をかけて来た時刻と、ぴったり一致する。

保は交差点の真中で、思案しているふうであったという。往来の激しい夕方、交差点に立って物思いにふけるというのは、尋常ではない。

脅迫電話をかけ終ったあと、身代金を確実に奪い取る方法について頭をしぼっているうち、無意識にそういう危険な場所へ迷い出て、気づかぬままに立ちつくしていたのではないか。

そうとでも考えないことには、状況の説明がつかない。

報告をつぶさにきいた堀は、成田キヨ子に会う必要性を感じた。何といっても彼女は、事件当時、保にもっとも近くいた人間である。

三十八年六月十日に上野署を釈放された保は、その足で郷里の父の葬式に向い、以後、清香には寄りつかなくなった。

そのわけを、本人にきくすべもなかったのだが、将来にのぞみのない男だとして見切りをつけたキヨ子には、かえって安堵するところがあった。

彼女は、翌三十九年いっぱいで、清香を畳む。堀と同姓のダンプカーの運転手が彼女の前に現れて、結婚話にまで間柄が進んだのである。忌まわしい思い出につながる場所を捨てるのに、未練はなかった。二人は墨田区向島のアパートで、まず、同棲生活に入った。

その間、保の上にも変化があった。三十九年四月二十七日、後にのべる事情で懲役二年の刑が確定し、前橋刑務所に服役の身となったのである。


キヨ子を訪ねた堀は、保が前橋へ送られる以前、彼女に電報を寄越して面会を求めたときき、一つの手を思いついた。それは、刑務所へキヨ子を行かせ、面会を通して、保から真相をきき出させようというものである。

新しい男性と再出発をしようとしているキヨ子は、初め、その申し出を拒絶した。だが、堀のたっての頼みに抗し切れず、保との面会を引き受ける。ある期間、二十万円の一件を伏せていた彼女には、保が犯人だとすると、共犯に見られかねない弱みがあった。

堀は、キヨ子に、こう指示した。

「だいぶ日にちもたっているんだが、あなたが預った二十万円がどうして保の手に入ったのか、出来るだけくわしく聞き出してもらいたい」

四十年五月十一日、堀に伴われてキヨ子は、前橋刑務所を訪れた。面会室に現れた保は、金網越しにいった。

「予期しない珍しい人がくるというので、おれ、驚いたよ」

「だって、面会にこいといったのは、あなたじゃないの」

「あれは裁判のときのことだろう。あのとき来てもらいたかったんだが」

そうしたやりとりのあとは、うまく言葉が続かなかった。確認し合わなくても二人はもう遠い人間同士なのである。

接《つ》ぎ穂もなしにキヨ子が二十万円の話を持ち出したとき、保が唐突に感じたとしても不思議はない。

「あのことは、警察の人に話して、全部清算したから、いまここに、こうしているんだ。いまごろになって、どういうことだい？　おばさんのところに、警察が何かいって行ったの？」

キヨ子は保の察しのよさに動揺した。それ以上、何かを聞き出すのは、彼女には荷が重過ぎた。

言葉を失ったかつての愛人に、保は不安をつのらせたようである。

「面会の時間は短いんだ。おばさん、いいたいことがあって来たんだろうから、早くいいなさいよ」

とうながした。キヨ子には保が、非常に緊張しているように見えた。

別室で待っているあいだ、堀は保を担当する刑務官から、服役態度の明朗な保が、キヨ子の面会申し込みを知らされて以降、急に暗い表情を見せるようになったときかされた。食事を残すのだという。

時間がまた前後するのだが、ここで、保の二回目の逮捕についてのべておかなければならない。

三十八年十一月三十日、下谷北署の捜査本部は記者たちの目を避けるために、隣接、谷中署の二階で、幹部七人による会議を開いた。その席には堀も連なっていた。

中心議題は、五月から六月にかけて上野署で取調べたあと、白に近い保留としてファイルに残された小原保について、はっきり白、黒の判定をつけようというものであった。いつまでも保留にしておいたのでは、捜査の障害になるというのが、その理由である。白に近いとはいっても、小原保の名前は、ことあるごとに持ち出されていたのである。

この日の討論は、彼一人のために、五時間を費して行なわれた。それでも決着には至らず、再捜査の結果に判定をゆだねることとなった。ずばり誘拐に結びつけばよいが、その期待は持てないので、引きネタ、つまり別件逮捕のための余罪を見つけなければならない。堀ら四人の捜査員が指名された。

捜査のはじまりからずっと被害者の関係を担当していた堀は、この日を以て、保に結びつけられるのである。

十二月五日、保が南千住の長沢質店をたびたび利用しているときいて、聞き込みに出掛けて行くと、たまたま、その直前に、立ち回った保を南千住署員が検挙して、連れ去ったばかりだという。

堀はそのとき、強力な無線電話を備えつけた黒塗りのセダンを、専用に貸与されていた。早速、南千住署に電話を入れると、小原保は築地署に頼まれた容疑者で、身柄はそちらへ送ったという返事であった。

事情はこうである。築地署の刑事がたまたま別の事件の捜査で長沢質店の台帳を調べに行った。ボディー番号１４０９１９の小型カメラが入質されている。盗品控に照合したところ、三十八年七月三十一日、千代田区大手町二丁目の高速道路神田橋下の日建工業飯場事務所から盗み出されたものであることが判明した。質入れしたのは保である。

そういうことを知らない保は、この日、また長沢質店にやって来て、主人の連絡でつかまってしまったのである。

そのとき保は、執行猶予中の身であった。八月十五日に、湯島天神の賽銭箱から金を釣り上げている現場を神主に見つけられ、一一〇番でかけつけた本富士署員に窃盗の現行犯で逮捕されたが、盗んだ金額が八百円とわずかであったため、東京簡易裁判所は懲役一年六月に四年の執行猶予をつけたのである。

昭和三十一年に須賀川で起こした窃盗事件が、いわば保の初犯であるのだが、盛岡少年刑務所を仮出所して以降、彼の犯罪歴はずっと真白であった。

しかし保は、別件逮捕された上野署を釈放されてから、目立って、警察の手をわずらわすようになるのである。

七月二十九日夜には、民家の敷地内の暗がりにひそんでいるところを、住居侵入の現行犯で麻布署に逮捕された。窃盗に忍び込もうとしていた疑いをかけられたが、本人はこれを否認、実害がなかったので起訴猶予とされた。

八月四日には、徳川家の墓所で昼寝をしていてパトロールの巡査に職務質問され、持っていた自転車が盗品らしいというので下谷北署へ連行された。自転車は品川区内で盗まれたものだとわかったが、このときも微罪のために起訴猶予とされた。

その後が、八月十五日の本富士署管内の賽銭箱荒しで、十二月五日の窃盗容疑による長沢質店での逮捕と続くのである。

四カ月ちょっとの短い期間に、四回も警察につかまる男というのは、世間にざらにいるものではない。内実はともかく、その年の初めまで、保は堅気を六年間も通してきた人間なのである。それが、一気に崩れた。しかも、五十万円というまとまったものを初めてつかんだ、その直後からである。

狂ったように、というのは適当な表現ではないのかも知れない。月並みに従うとすれば、一所懸命、借金払いに歩いたということがある。店を持とうという夢想を束の間でも抱かせた、彼におけるその「大金」は、自分で自分を急《せ》き立てるような借金返済のために、たちまち取り崩されてしまった。

その先はもう、野良犬を思わせる破綻の生活へと、急坂を転がり落ちて行くのである。堅気の暮しから放浪へと急変する境目に、何かが隠されているであろうことは、捜査員の目に明らかであった。

12

三十八年十二月十一日、保の身柄は警視庁に移された。

先に指名を受けた四人の中に、その年の八月、加藤勘蔵捜査一課第一代理の就任と同時に、杉並警察署から復帰した望月晶次がいた。彼は三十一年一月からの六年四カ月を、捜査三課から捜査一課へと加藤の下で過した。巡査部長へ昇進したのを機に所轄署の刑事課へ出ていたが、一課の最若手の部長刑事として二係にカムバックして来たのである。

堀は筑井修部長刑事と、望月は池谷豊明刑事とそれぞれ組んで、交替で保の取調べにあたった。裏付捜査は臼倉誠五郎警部の率いる二係がバックアップすることになった。

取調べは警視庁地階の二坪の調室で始まった。白い塗り壁に蛍光灯が光る。世間で想像しているように暗い部屋ではない。

初め保は、完全黙秘を続けた。下三白眼《さんぱくがん》を半眼に閉じるものだから、机をはさんで向い合う望月には、保の白目だけしか見えない。そういう目を、保は一時間でも、二時間でも続けるのである。だが、いくら頑張っていても、そうは黙っていられるものではない。そこを見はからって供述の矛盾点をついて行く。動揺を誘うために、被害者の家族が嘆き悲しんでいるさまをきかせたりもする。

数日がたった。例によって白目だけをのぞかせていた保が、心理的に追い込まれて、それとわかる苦悩の表情を見せ始めた。もうひと押しかと思わせたときである。保は思いもかけぬ身のこなしで机の上に飛び乗ると、低い天井を伝っている通風筒に両腕でぶら下り、奇声を発した。

「キャッ、キャッ」

望月は、あっけにとられて、しばし、彼を引き下すことを忘れていた。次には、突然、発狂したのかと考えた。

保の発した奇声は、猿の鳴き真似であった。喋ることは出来ない。かといって、沈黙も守れない。たまりかねた保は、瞬間、猿に化身したのである。

それからの保は、窮すると、この手を使った。机の脚に抱きついて、猿の鳴き声をあげる。あるいは床をはい回って、その仕草をする。

調べの中心は、初めての逮捕の上野における場合と同じく、まったく明らかにされていない金の出所の追及に置かれた。

保は、前回同様、密輸で儲けたというばかりで、相手方の名前など、内容については、具体的なことを一切いわない。

望月は、裏付を担当する同僚たちと自分のあいだに、微妙な落差を感じていた。彼らは、どうやら、保を白と決めこんでいるらしく、捜査に熱が入らない様子で、保にぶつけるに足る材料が一つも集まってこないのである。

頑固な容疑者に対するには、調べをする人間の頭の中で、事実に裏付けられた事件の全体像が、しっかり組み立てられていなければならない。そこに照らして、相手の供述のずれを突いて行くとき、彼は初めて落ちる。

望月の受けた印象からすると、保は完全に本ボシであった。しかし、彼には、肝腎の全体像が、まったくといってよいほど、浮かんでいない。それでは、攻めようにも、攻める手がないのである。

アリバイについては、郷里にいたという保の供述に基づいて、前後三回にわたり、現地へ捜査員が乗り込み、裏付捜査を行なった。これは、第一回目のときには、見送られていたものである。その結果、不完全ではあるのだが、それらしきものを捜査員がつかんだ。

年が明けた三十九年一月十六日、加藤代理は、二回目の捜査に従事した十人を集めて検討会を開いた。

この席上、全員にアンケート用紙が配られる。保の黒白に断を下すにあたり、みんなの意見を徴しようというのである。

質問は①単独犯行は可能か　②犯人と保の声は似ているか　③アリバイは成立するか　④白か黒か、の四項目であった。

望月はこれについて、次のような回答を記入した。

「単独犯行には疑問が残る。声は似ている。アリバイは成立しない。黒である」

堀の見解はこうであった。

「単独犯行は不可能である。声は似ていない。アリバイは何ともいえない。白、黒は五分と五分である」

五人は、

「単独犯行は不可能。声は違う。アリバイは成立しない」

の三点で一致した。

だが、そのうちの二人が「白」といい、他の三人は「共犯がいれば」の条件をつけて「黒の可能性もある」とした。

残る三人は、全項目には答えず、「アリバイは成立しない。白、黒の結論は出しにくい」、「アリバイは成立しない。黒い点もある」、「共犯がいれば黒か」と、微妙に分れた。こうして見ると、はっきり保を黒であると断定しているのは、望月ただ一人だということに気づく。

本部は、二月二十四日、捜査を打ち切って保の身柄を東京拘置所に移監した。その後、保は窃盗罪で懲役六月の判決を受け、また、前回の執行猶予が取り消されて、四十一年二月十七日まで服役することになり、前橋刑務所へ送られたのである。

二回の捜査で、吉展誘拐の嫌疑を〝清算〟出来たと思って、ただ窃盗の罪を償うために日を送っていた保は、キヨ子を触角とする三回目の捜査線が刑務所の塀の内側へと伸びて来ていることを察知して、平静を失った。

刑務官が保の変化をとらえた目は、正しかったのである。

アリバイ

1

新任の津田武徳捜査第一課長は、これも新任である武藤三男同第一代理から相談を持ちかけられたとき、まず考えたのは、部内に起こるであろう大きな動揺であった。

小原保について捜査を、過去二回の捜査にかかわったことのない、まったく新しい陣容によって、もう一度採り上げてみたいと武藤はいうのである。一つの事件の一人の容疑者について、二度ならず三度まで捜査を行なうというのは、それ自体が異例に属するのだが、問題は、過去の捜査陣をすべてそこからはずすという点にあった。

部内の言葉でいうと、これは、同じカマの飯を食う捜査一課員が、先輩・同僚の「ケツを洗う」ことなのである。「アラ探し」と言い替えてもよい。

栄達などというものは早くに捨て、事件解決にだけ生甲斐をおぼえている、強烈な刑《デ》事根《カ》性の持主たちにとって、その支えはといえば、自ら養った捜査眼である。同じ捜査一課の仲間といってもお互いは、ひと皮むいたところで赤裸々な功名心を争うライバル同士なのであり、よりによってその相手に自分の捜査を跡付けされるのは、我慢のならない事柄であるに違いない。

刑事畑には初めての新任課長にも、そのくらいの見当はついた。これが捜査一課育ちの課長であれば、不承不承であろうとも、部下たちを納得させられるのかもしれない。しかし、同じことを津田がやろうとする場合、抵抗はまぬかれないであろう。彼は、いってみれば、他所者《よそ》なのであり、その初仕事が、永年のしきたりの破壊ということになるのである。

津田は、捜査一課とはまるで畑違いの警備の分野を歩いて来た。明晰な頭脳と豊かな包容力をかねそなえ、温和でいて責任感は強く、早くから将来を嘱望された逸材である。その津田が期待にたがわず、めきめきと頭角をあらわして来てからは、「特進組の星」と呼ばれるようになった。

官庁で上層部を占めるのは、いうまでもなく、東大法学部出身者を中心とするキャリアである。とくに旧内務省の系譜を引いて本家意識の濃厚な警察官僚のあいだでは、大蔵官僚と並んで、学閥が強固であり、旧高文ないし国家公務員上級職試験の資格を持たないノンキャリアは、悲哀をいつも味わわされている。

津田は、不満の捌《は》け口としてわずかに開かれた特進組、つまり叩き上げの階段を、順調に上って来た。

首都の治安を預るという仕事の性格上、警視庁人事は警備警察に重点が置かれがちで、どちらかというと刑事警察は従の立場をとらされている。したがって、キャリアがいっそう幅をきかせるのは警備畑であり、資格を持たない津田は、そこにいて、特別に優遇されていたというわけでもない。

警備部における彼の最後の仕事は、東京オリンピック大会の警備計画の立案とその実施であった。

会場は広範にわたり、膨大な人出が予想されるオリンピックの警備を担当することになって、津田管理官は当初、孤立無援に近いかたちで組織委員会に送り込まれた。率いて行くべき手勢を、彼は与えられなかったのである。

だが、津田は、美事に大任を果たした。ソフトで、しかも完璧に近い警備ぶりが、まず外国からの役員や報道陣の称賛の的となった。それを置土産として、刑事部へ転出することになる。

刑事畑にずぶの素人である津田を捜査一課長として起用する、一面、冒険に近いこころみは、いろいろに取沙汰された。

これを素直に受け止めるとすると、因習に凝り固まったこの閉鎖社会に、津田によって新風を吹き込み、近代的な捜査体制への脱皮をはかるのが目的であろうとはいえた。それであるのなら、迎える側に、一種の身構えがあったとしても、当然であろう。

しかし、就任の際の津田の挨拶は、そうした彼らに安堵感を与えるものであった。彼は組織捜査の重要性を否定しなかったが、個人の能力の尊重を強調し、最後を次のように結んだ。

「私は捜査にはズブの素人です。したがって、捜査が成功すれば手柄は諸君たちのものだが、不幸にして失敗があったときは、責任は私がとります」

それは、部内の緊張をやわらげるための政治的発言というのではなく、津田の本心のあらわれであった。就任にあたって彼が自らに課したいましめは、素人である自分が直接的な指導性を発揮することを極力控えて、個々の能力を最大限に活用するよう心掛けようというものであった。

武藤は津田と違って、捜査畑一筋に来た、この道の老練である。就任と同時に、堀警部補から小原保の存在を知らされたとき、彼の第六感にひらめくものがあった。それで、ただちに内偵を命じたのである。

前橋刑務所へキヨ子を伴って行った堀の復命報告は、彼に再捜査の必要を強く感じさせた。決断にあたって慎重を期した彼は、堀ら専従捜査班と第一次、第二次捜査の担当者を呼び集め、全員に意見を求める。

しかし、反応は、武藤の期待と反対のところにあらわれた。小原保に関する捜査はやりつくしたというのが、支配的な見解なのであった。

新しい陣容による捜査の再開を武藤に決断させたのは、この検討会にかもし出された雰囲気である。彼は津田にこう進言した。

「課長、先入観を持ってしまった連中ではだめです。この際、思い切って、新しい刑事を振り向けましょう。まったく新しい目で見直せば、新しい道が開けるかも知れません。前の連中の不平不満は、当然、避けられないとは思いますが」

今度は、津田が決断する番である。黙って聞き役にまわっていた彼は、腕組みをほどいた。

「よし、わかった。人選に移りたまえ」

それだけをいうと、刑事部長室へと立って行った。

2

昭和四十年五月十三日午前九時、皇居の緑が初夏の日射しに映えて、目を向けると眩《まばゆ》い。それとは対照的に薄暗い警視庁一階の会議室へ足を踏み入れた平塚八兵衛部長刑事は、居並ぶメンバーを見渡して、〈奇妙な顔ぶれだな〉と思った。

第二係の木川静係長、鈴木勝義部長刑事、第三係の田中清二係長、石井慶治部長刑事、小橋豊通部長刑事、第四係の青木光三郎係長、所部正主任、それに吉展ちゃん事件専従捜査班長の堀警部補というのである。

係長は警部で、主任は警部補だから、階級はばらばらだし、第二、第三、第四係と組織もごちゃ混ぜになっている。

第六係の部屋長である平塚が武藤にこの会議への出席を命じられたのは、前日のことだった。

上野松坂屋裏で身元不明の娼婦が殺された事件があり、その捜査本部に一週間ほどつめていた平塚へ、武藤からの電話が入ったのである。

「小原の三度目の調べをやるから、明日からこっちへこい」

いわれた平塚は耳を疑った。やりかけの事件を抛り出して別の事件に移るというのは、捜査一課の前例に、ただの一度もない。それをいいかけると、武藤はしまいまでいわさずに、一方的な話で電話を切った。

「そんなことをいってる場合じゃないんだ。ぶつぶついってないで、いいからこっちへこい」

全員が揃ったところで武藤が立ち上る。

「諸君に集まってもらったのは他でもない。吉展ちゃん事件のことなんだ」

だれの胸にも、未解決のこの事件が、重苦しくわだかまっている。静まり返った会議室に、武藤の声が響いた。

「これまで浮かんだ容疑者の中に、諸君もよく承知の小原保というのがいる。再度にわたって取調べたが、白、黒がはっきりしなかった。しかし、これが白なら、他に条件の揃った容疑者はもういない」

武藤は、これまでに得た保に関する黒の材料を、次々に列挙して行った。

「ついては、平塚、石井、小橋、鈴木の四者に、改めて小原を捜査してもらいたい。係長諸君も了承してくれ」

平塚らに対する型破りの特命は、こうして下ったのである。

「小原はいま、前橋刑務所で服役中だが、すでに警視庁へ移監の手続をとった。ここに、これまでの一件書類がある。これをもとに、早速、取調べを始めてくれ」

そういって武藤は、書類の綴を平塚に差し出した。

「代理さん、ちょっと待って下さい」

特徴のある大きな平塚の額が、武藤から堀へ、ぐるりと向う。

「堀さん、小原はどうしてホシに出来なかったんだい？　こんな書類じゃ、おれにはよくわからない。いきさつを、あんたの口からくわしくきかしてもらいましょうか」

歯に衣を着せずにまくし立てるから、平塚がいる席では、他のメンバーはどうしても遠慮がちになる。この場も、どうやら、そういうふうに運びそうであった。

長身の堀は、心持ち前かがみに立って、第一回の捜査の経過から説明を始めた。「福島のアリバイ」と「密輸の二十万円」を崩すことが出来ずに終った上野署での取調状況が、順を追って語られた。耳を傾けていた平塚は、先を促す。

「堀さん、最初はともかく、二度目で何とかホシに出来なかったのかい」

第二回の捜査は、前で見た通り、堀が中心になって行なわれた。そのことを知っている出席者たちには、平塚の口調が彼を難詰しているように響いた。

この部長刑事の向こう気の強さは生得《しょうとく》のものらしく、中学生時代から暴れ者で通っていたのだという。生まれは土浦市の在の農家である。

昭和十三年の夏、夜祭を見物に市内へ出て行った平塚は、暗がりでいいがかりをつけて来た若い男を、腹立ちまぎれに叩きのめした。

翌晩、また祭に出掛けて行くと、土浦警察署の前にその若いのがいて、彼の知らせで平塚は刑事部屋に連れ込まれる。若いくせに横柄だと思ったら、相手は警察の給仕だったのである。

喧嘩両成敗を主張するのだが、平塚を連れ込んだ巨漢の刑事は、まったく受けつけない。彼のはいていた下駄を脱がすと、それで額を殴りつけた。突き出たおでこに、たちまちコブが盛り上ってくる。

口惜しいのだが、相手が刑事では殴り返すわけにも行かず、翌日の明け方、父親が呼び出されて放免になった平塚は、自分も警察官になっていつか見返してやろうと決意する。翌十四年二月、彼は本当に、警視庁警察練習所に入った。

振出しは鳥居坂警察署の新堀町交番勤務である。十七年の春、看守係を経て、刑事係刑事に取り立てられた。そのころ、刑事係に刑事と名のつくものは、彼を含めて四人であった。

刑事には、毎月、成績に応じて八円、七円、六円と三段階の手当が支給される。新入りの平塚は六円で、それが癪にさわって仕方ない。一年のあいだ、都内の古物商を歩き回って、七十一人を刑務所に送り込んだ。

十八年の一月、平塚は捜査一課の仲間入りをする。堀の場合は、本人の意志というより、一つの偶然が働いてそうなったのだが、平塚は、自分でそこへ至る道を切り拓いたというべきなのであろう。

「堀さん、いったい、あんた自身は、小原をどう思ってるんだ?」

説明が終った先輩に向って、平塚は不躾な質問を放った。

穏やかな性格の堀は、それを咎めるどころか、伏目がちに答える。

「私には密輸で儲けた二十万円というのが、どうもひっかかるんだが」

「あんたの調べたアリバイは？」

「たしかに連続した足が福島にはあるんだが、上野から四時間足らずの場所なので、犯行がまったく不可能だというわけでもない」

とたんに、平塚が言葉を荒げた。

「それじゃ、なぜホシにしなかったんだ。ホシにならないと思ったから打ち切ったんだろう？　あんたは、いまごろ適当なことを言い出して、同じカマの飯を食ってる仲間に、また苦しみを味わわせようというのかい？」

堀はそれに答えない。

この部長刑事が積み上げて来た実績は「平塚の前に平塚なく、平塚の後に平塚なし」という陳腐な表現を、むしろ上回っている。

平塚八兵衛の名を一躍高めたのは、昭和二十三年一月二十六日に発生した帝銀事件であった。

捜査会議の席上、地取りに重点を置く捜査方針に反対意見を開陳し、上司の逆鱗に触れた平塚は、事件の本筋を追っていた二係からはずされて、応援の居木井為五郎警部補を長とする名刺捜査班に編入された。犯人が使った「厚生技官　松井蔚」の名刺を洗う地味な仕事である。

その線上に平沢貞通が浮かんで来た。身辺捜査にあたった平塚は、容疑者の長女から、事件直後、彼が大金を手にしていた事実を聞き込み、それが突破口となって、平沢逮捕に漕ぎつける。

平沢を北海道から本部へ連行した居木井と平塚は、旧軍人関係者の線を重視する幹部に「気違い」とののしられ、一週間の休養を言い渡された。体のいい謹慎である。

しかし、平沢は犯行を自供、真犯人と断定されて、居木井と平塚は警察官にとって最高の栄誉だとされている警察功労章を授けられた。

その後、平沢が供述をくつがえしたのは周知の通りだが、警察部内での平塚に対する評価は不変である。

彼は、小平事件、片岡仁左衛門一家殺し、下山事件、BOACスチュワーデス殺しなど、多くの難事件を手掛け、別名を「落しの八兵衛」という。容疑者を自白させる名人芸に、肩を並べるものはいない。

一種、職人の集まりである捜査一課には、階級や勤続年数を越えて、実績に敬意が払われる気風があり、平塚の行くところ、遮るものは少ないのである。

「小原は、常識的にいうと白なんだが」

やっと口を開いた堀が説明に入ろうとしたが、平塚は最後までいわせなかった。

「こんな犯罪をおかす悪党が、常識で割り切れるわけがないだろう。そんないい加減なことをいって、白紙のおれを迷わすのはやめてもらいたい」

平塚は、そこで武藤の方に向き直る。

「代理さん、こんな書類じゃ小原の取調べは出来ません。お返しします」

さすがに武藤は表情をかえた。

「平塚君、それはどういうことだ？」

「これまでの捜査にけちをつけるわけじゃないが、あやふやな態度で集めた資料を、受け売りでぶつけたところで、小原のような堅いホシには通じないということですよ」

「じゃ、どうしようというのだ？」

「一から、自分で捜査をやり直させてもらいます」

3

翌十四日、平塚は「直当《じか》り」の手初めに、墨田区向島の成田キヨ子を訪ねることとした。

ところが、その朝、彼と組むはずの相棒が、腹痛を理由に出てこない。平塚には、感じるものがあった。おそらく、先の見える彼のことだから、のぞみのない捜査に見切りをつけて、いち早く下りる気になったのであろう、と。

第二回目の捜査員が、たった一人を除いて、「小原は白」に傾いているのである。しかも、事件は発生から二年を経過している。

〈たいへんな重荷を背負わされてしまった。とても見込みはないな〉

というのが、平塚の本音であった。

だが、それは口に出せない。とりあえず石井慶治を相棒にして、捜査の第一歩を踏み出したのである。

寝間着姿のまま玄関を開いた保のかつての愛人は、来意を告げると、えらい権幕で怒り出した。

「何度同じことを聞きゃ気がすむのよ」

押し戻されそうとした平塚は、内側を向いて、敷居の上に坐り込んだ。観念したキヨ子は、玄関の上りはなに立って、質問に答え始めた。

ここでの収穫は、身代金が奪われた三十八年四月七日の午後、保が弟の満に三本指を立てて見せたという、あの話であった。

同じ日の未明、保がキヨ子に二十万円を渡した事実は堀からきかされているが、その他に保が三十万円も持っていたというのは、初耳である。

この分では、のぞみがあるかも知れない。そう思い直した平塚は、じかに保のアリバイにあたってみようと、福島行きを申し出た。いわれた武藤は困惑の表情を見せた。それも無理はない。

平塚がいうのは、つまり基礎捜査からの出直しであって、最低を見積っても、一カ月の日数をそれに要するであろう。一方、小原は、一両日中に前橋刑務所から警視庁へ移監される。重大事件の有力容疑者といっても、服役中の囚人を逮捕令状もなしに、一カ月にわたって留置するのは、穏当なやり方ではない。思いあぐねた武藤は、津田と一緒に、翌日、槙野刑事部長の意向をただした。そこで出された代案は、東京拘置所に容疑者の身柄を預ってもらうというものであった。

「長《ちょう》さん、そろそろ飯にしませんか?」

望月晶次が差し出す握り飯の包みに、平塚は目をやったが、手の方が伸びて行かない。

「元気がないですね」

「ああ」

福島へ向う直前になって、平塚の相棒に望月が指名された。

第二回目の捜査の際、彼はアリバイを調べに現地へ乗り込んでおり、案内役として適当であろうと、起用されたのである。それに、彼だけが保の黒を主張しているという点も、勘案されたのであろう。

四十年五月十七日、こうして二人は、常磐線の車中にいた。

「じゃあ、バナナだけでもどうですか？　何も腹に入れないんじゃ、身体にさわりますよ」

望月にすすめられて、バナナの皮をむく平塚は、二日前のことが胸のつかえになっていて、それさえも受けつける気分にない。

平塚が一課の刑事としてもっぱら薫陶を受けたのは、加藤勘蔵であった。

その先輩を、前々日、平塚は訪ねた。つい先ごろまで、一課の第一代理として吉展ちゃん事件の捜査の指揮をとっていた加藤は、春の異動で王子警察署長に転出したばかりである。

彼らの用語に従うと、妙なめぐり合わせで、先輩のケツを洗うことになった平塚は、落ち着かない気分で挨拶の言葉をのべた。果たして、加藤は浮かぬ顔で、こう切り出した。

「これで三度目だろう。もし、今度も白になったら、間違いなく人権問題だ。そうすれば、上の方にも迷惑がかかる。それをお前が、一人でやりたがってるというじゃないか？」

おそらく、捜査一課のだれかが平塚に掣肘《せいちゅう》を加えようとして、加藤に吹き込んだに違いない。

諫《いさ》め役として、平塚の師匠格にあたり、しかも、事件を手掛けて第一線を退いたばかりの加藤は、これ以上ない打ってつけの人物である。

仲間に嫌われているのは承知だが、加藤にまでそういうことをいわれたのでは、気が萎える。力が全身から抜けていく感じであった。

「冗談じゃないですよ。途中から引っ張り出されて、押しつけられたんじゃないですか」

加藤が親切で忠告してくれたのは、よくわかる。だが、話の筋道は違うのである。それ以上、弁明する気にもなれず、でも、さすがに悄然《しょうぜん》として警視庁へ戻って来た平塚は、他にすることもないので、捜査記録をぼんやりと繰った。

と、三本指の一件が、記録になってとどめてある。そればかりではない。満が保を犯人と名指しした愛宕警察署への届出が、ファイルされているではないか。

平塚は初めて接するこの情報に、目を見張った。だが、どれもこれも赤線で抹消されていて、結論は白なのである。

組織捜査の弱点は、こういうかたちであらわれてくる。かつてない大量動員でのぞんだ吉展誘拐事件の捜査本部は、そのため横の連携にいささか欠けるところがあって、膨大な書類のあいだに、これらを眠らせていたのである。

満更、見捨てたものではない。そう自分を鼓舞する平塚だが、いざ常磐線に乗り込むと、加藤の忠告が耳の奥によみがえって、お先まっ暗の旅に見えてくるのである。

石川に着いた二人は、地元の石川警察署に直行した。警察に縄張意識はつきもので、こういうとき、まっ先に「仁義」を切っておかないと、後々が面倒である。それに、何かと世話になることも多い。

彼らが着くより早く、本庁からの指令が待ち受けていた。保の実家の近くに吉展の死体を埋めた穴があるという情報が、彼の親戚から寄せられたので、その裏付をとれというのである。

石川署のジープに、三人の地元警察官も乗って、実家付近の捜索に出掛けた。野バラが生い茂る斜面を、かき分けて登って行ったが、それらしい跡は見当らない。夕方になって平塚は、独自の判断で捜索を打ち切った。山狩りは自分の仕事ではないというのである。

本庁に連絡をとると、捜索の続行を命令されたが、これには従わず、母畑温泉の宿に入って、捜査記録を広げた。

「福島のアリバイは、前にも念入りに調べさせた。三月二十七日から四月二日までの足は確実なんだ。いちおう、そういうことになっている。二年もたって、それをつぶす材料が出るかなあ」

といった加藤の言葉が、またよみがえってくる。別れ際には、激励してくれた先輩ではあるのだが。

第二回目の捜査の際の保の供述を要約すると、アリバイは次のようなことになる。

〔三月二十七日〕午後三時か四時ごろ、磐城石川駅に着いて、駅前で従兄に会い、バスで須釜口まで行き、当夜は千五沢部落の鈴木安蔵方の藁ぼっちに潜り込んで眠る。

〔三月二十八日〕午前六時ごろ、人目につかないように早起きして、竹藪に入って一日を過す。夜、雨が降って来たので、鈴木安蔵方の玉屋で焚火をして暖をとり、雨が上ったあと、前夜の藁ぼっちで眠る。

〔三月二十九日〕朝九時ごろ、眠っているところを安蔵の妻センに見つかり、安蔵に追い立てられた。仕方なく実家に向ったが、顔を出す気にならない。裏山の鐘撞堂《かねつき》にのぼって、日なたぼっこをしながら日中を過す。夜になって、実家の土蔵の落し鍵を木の枝であけ、凍み餅をとって食べる。元気になったので、義兄の大沢克巳方へ行ったが、訪ねそびれて、裏山の大城寺跡の石碑で野宿する。

〔三月三十日〕石碑のあたりで昼寝をしていたが、夜に入って寒さに耐え切れず、実家の木小屋に忍び込んで眠る。

〔三月三十一日〕夜が明けるのを待って、また鐘撞堂にのぼり、夜、帰京しようと湯郷戸部落まで下ったが、汽車の時間には遅いので、また鈴木安蔵方の藁ぼっちに潜り込む。

〔四月一日〕朝、人声で目をさますと、「やせ馬」(背負い子)をかついだ二、三人の男女が通りかかるところだったので、あわてて竹藪に隠れる。付近で製材の音がしていた。夜になって、藁ぼっちへ戻る。

〔四月二日〕藁ぼっちから竹藪へ入ろうとするところを、六十歳くらいの腰が曲った老婆に見られてしまう。深夜、石川駅まで歩く。

〔四月三日〕朝の九時ごろの汽車で石川を発ち、上野には午後一時ごろ着く。その足で王子の大沢秋芳を訪ねた。

三十八年十二月十二日、十四日、三十九年一月八日の三回にわたる供述は、日によって食い違いを示したが、最終的に保は、以上のようなアリバイを長さ三メートルの自筆の絵巻物にまとめた。

山、川から道路、人家に始まって、藁ぼっちの所在や城跡やらが、ことこまかに描かれており、そこへ持って来て、自分の行動をあらわす日時が、びっしり記入されている、という丹念なものである。

4

三十八年三月二十七日の午後、磐城石川駅に保がやって来たことは、従兄の証言によって裏付けられている。

平塚と望月は、四月二日のアリバイから洗い直すことにした。この日は、保の申し立てによると、彼の石川滞在の最終日にあたっている。そして、村越家に犯人から最初の脅迫電話がかかって来た日でもある。

保が腰の曲った老婆に見られたというのはその日の朝で、電話がかかったのは午後五時四十八分だから、石川にいて東京へ引き返す時間のゆとりがないわけではないが、事実が確認されれば、彼の供述にかなりの信憑性が認められるとはいえるだろう。

三十八年十二月二十六日から三日間にわたって行なわれた、堀・筑井両部長刑事、池谷・大浦両刑事による現地での捜査結果は、こうであった。

鈴木安蔵の母フクが、足の不自由な男をたしかに見ているが、正確な日付は記憶にない。しかし、家人は、「孫がいったん中断していた医者通いを始めた日」であると証言した。医師のカルテによると、四月二日に、家人のいう孫、実の治療を再開している。したがって、当日、保は石川にいたものと思料される――。

平塚はフクを一目見て、これが本人であろうかといぶかった。八十三歳の高齢だが、保のいうように腰など曲っていないのである。

「おばあちゃん、跛を見たというのは、どのあたりですか？」

「跛だか何だかわかんねんだけんど、おらが男を見たのはあそこんとこだ」

隠居所から立ち上ったフクは平塚を牛小屋の角へ案内して、農道を指し示した。

望月は平塚にいわれて、その農道をわざと足の不自由な格好で歩いた。だが、フクの位置から、歩行の不自然さを見分けることは出来なかった。その間、百二十メートルも離れているのである。かりに、フクの腰が曲っているとしても、保の位置から、それがわかるはずがない。

夕方、宿に引き揚げた二人は、保の絵巻物を広げた。それによると保とフクのあいだは、せいぜい五、六メートルの至近距離に描かれていて、供述と証言には大きな隔たりがある。

翌日、平塚と望月は、もう一度、フクの隠居所を訪ねた。保を見た日を、じっくり彼女に思い出させようというのである。

だが、八十歳を越える高齢者に、二年以上も前のごくありふれた日が、いきなり、たしかな日付として戻ってくる道理はない。

平塚は、あれこれと、質問の方向をかえた。何か一つでもいい、記憶のひっかかりがよみがえってくれれば、それを糸口に全体がほどけはじめるものなのである。

「ところで、おばあちゃん、そのとき、この家にはだれとだれがいました?」

「今日と同じで、だれもいね。おら一人だ」

「ほう、どうして?」

「いつもなら母屋で、嫁がかきまし（炊事）をやってんだけれど、あの日は孫を医者さ連れてって、おら留守番だもんで、牛っこ逃げ出すといげねから、牛小屋さ見回り行って、男を見たんだ」

安蔵とセンは、田んぼに出ている。そのありかをきいた二人は、田植えに忙しい夫婦を、畦道に敷いた筵《むしろ》へと呼び上げた。

フクのいう孫、つまり夫婦にとっての息子である実は、当時、十二指腸を患って通院していたが、痛みがとれたので医者通いをやめたところ、何日かたって、急に腹痛を訴え、泣き出した。あわてたセンが、フクに留守を頼んで医者へ連れて行った。夫婦から聞き出せたのは、それだけである。

二人は母畑中学校へ回った。授業中の実を平塚が呼び出す。思い立ったら休み時間まで待てない男なのである。

「三年前の春、医者へ通ってたそうだね？」

「はい」

「おかあさんとは何べん行った？」

「いっぺんしか行かね」

「急に腹が痛くなった日かい？」

「そうです」

「どうして痛み出したんだい？」

「前の晩、草餅を食い過ぎたから」

「いつ搗《つ》いたんだろうね。その草餅は」

「わかんね」

　そこで次の質問である。

「なんで、その日だけ、おかあさんと行ったの？」

「とうちゃん、忙しかったんだ」

「何して忙しかったんだい？」

「ヤスあんちゃん（長兄・保一）と、丸太をリヤカーで運んでたんだ」

　走るようにして平塚は、田んぼへ取って返す。

「鈴木さーん、草餅のことなんだが、ここらではいつ搗くんです？」

　畦道から怒鳴るように、突拍子もない質問を投げかける平塚へ、植え進む安蔵は、三月の節句だという答えを返して寄越した。

「あんたが丸太をリヤカーで引いたっていうのは、いつの日かね？」

「そんなら、移動製板の来た日だ。節句のあくる日ですよ」

　今度こそ本当に、平塚は走り出していた。旧暦の三月三日は、三月二十七日である。

　そういう計算に狂いはない。

大野医院にかけ込んでカルテを繰った。少年は二月三日から三月八日まで通院し、二十日間遠ざかったあと、三月二十八日と四月二日に診察を受けている。

平塚はその確認をとると、こう結論づけた。第二回目の捜査員は、実際には三月二十八日であった通院再開の日を、四月二日に取り違えたのであろう、と。

平塚と望月が東京を出て来た五月十七日に、保の身柄は東京拘置所へ移監された。一日も早く帰ってこいと、石川の二人へ矢の催促である。だが、平塚はそれを無視した。例の山狩りを平塚に一方的に拒絶されたあと、警視庁は三人の捜査班を現地へ送り込んで来たが、結局、空しく終った。同宿の彼らと平塚はもちろん別行動であった。

農家の朝は早い。毎朝六時に、注文の弁当を腰にした二人は、宿を出て行く。彼らの次の目標は、誘拐当日である三十八年三月三十一日のアリバイ潰しであった。この裏付には同年十二月六日から三日間石川に入った望月が、池谷刑事とともにあたっている。

その結果、鈴木安蔵方に近い雑貨商、鈴木ハナヨが、店の前を通る保を見掛けていることがわかった。しかし、それが三月三十日のことなのか、あるいは三十一日のことなのか、ハナヨの記憶が薄らいでいるため、決めかねたままに終った。

入れ替って、同月二十六日に乗り込んだ堀、筑井、大浦と、再度石川入りした池谷の四捜査員は、その日を三十一日であろうと推断した。

三十日にはハナヨの隣家、安田信太郎方で結婚の祝宴があり、夫の利行は朝からおよばれで入り浸っていた。そして、ハナヨが足の不自由な男を見たとき、家に夫はいた。

右の証言と結びつけて、三十一日の方をとったのである。

犯行当日の目撃者が福島で得られたというので、これが保を白だとする有力な根拠の一つに挙げられている。

「刑事さん、また跛のことを調べているんですか？　ご苦労さんですね」

ハナヨは平塚と望月を迎え入れて、茶をすすめた。

店の窓越しに、川一つを隔てた鈴木安蔵の家が見える。ここは玉川村南須釜字千五沢だが、川の向うは石川町湯郷戸字山鳥平である。保は、供述の中でそこも千五沢だとのべているが、行政区分は違うのである。

「おっしゃる通り、またそのときのことなんですがね」

「たしかに、跛の男が千鳥橋の方へ歩いて行くのを見たには見たんだけんど、いつのことか、前の刑事さんにきかれても、思い出せねえんです」

「どこから見たんです？」

「ここなんですがね」

ハナヨはガラス戸の内側に立って、そのときの格好をして見せた。

「ずっと、あの千鳥橋のそばを通り過ぎるまで見てたんですよ」

そこまで、ざっと百メートルはあるだろう。

「随分ながいこと見ていたんですね」

「なにね、前の日、向かいの安さんから、跛のことをきいたもんで、もういねくなったのかと思ったら、まだうろうろしてたでしょう。ゆんべはどこさ寝たんだべかと、それが気になって――」

ハナヨがいうには、こうである。

保を目撃する前の日の朝、バイクに乗った安蔵が店にやって来て、帽子とオーバーを貸してほしいと言い出した。

そういう季節でもないのにといぶかるハナヨに彼は、足のわるい男にいたずらをされて駐在所へ届けに行くのだが、警察に知らせるところを男に見られて仕返しでもされては困るから変装したいのだといった。

平塚と望月は、それを聞き出すと、また安蔵を田んぼに訪ねた。

「お忙しいところ、何度もすいません」

声をかけられた安蔵は、苗代の水の上澄で手の泥をすすいで、例の筵へ上って来た。

「ああ、そのことですか。あれはたしか、おっかあが伜を連れて医者へ行った日の昼だったんでねかと思うんだけど」

そうだとすれば三月二十八日のことである。センが玉屋をのぞくと、明らかに前の晩のものだと思われる、竹かごやら藁やらを焚火した跡があった。不用心だと思った安蔵は、夕方、南京錠を戸に取りつける。

その翌朝、牛に餌をやるため、北須川のほとりに積んだ藁ぼっちを取り崩しにセンが出て行くと、その中で男が眠っていた。彼女の知らせで安蔵が男を追っ払う。男は安蔵にバスの停留所をたずねて、上体を一歩ごとに右へ傾けながら立ち去った。

火を焚いたのは、この男に違いない。そう思った安蔵は、バイクに乗って駐在所へ向った。ところが、男が前方を歩いている。バス停は反対の方向なのである。

「跛を追い越して駐在さへえると、おらが告げ口したことがわかってしまうだろ。あとで何されっかわかったもんでねえから」

引き返した安蔵は、変装の道具を借りようと、ハナヨの店に立ち寄ったのである。

「長さん、駐在所の記録なら、前に来たとき、私が調べてあります。届けたのは三月二十九日ですよ」

望月が、手帳をたしかめて、平塚にそういった。

しかし、先輩部長刑事は彼の言葉に耳をかそうとせず、コートの内側に風をはらんで駐在所への道を急ぐ。

届出は望月のいった通り、三月二十九日と記録されていた。

ハナヨが保を目撃したのは、安蔵が彼を追い立てた次の日だから、三月三十日である。これで、保が主張する三月三十一日についてのアリバイは、完全に崩れた。

そこで初めて平塚は、後輩に話しかけた。

「望月君、野郎の足は三十日までしかないよ。堀長たちはどこに目をつけて歩《ある》ってたんだろうな」

保の足を三十日と三十一日のいずれかに絞り切れなかった望月としても、ちょっぴり耳が痛い。

しかし、平塚の聞き込みに随いていて、舌を巻く思いであった。

一点一画をゆるがせにしないというのは、こうした態度を指すのであろう。彼の「落し」が美事に決まるのは、たしかに裏付けられた事実を、容疑者へ次々にぶつけて行くからなのであって、声を荒げることでも、猫撫で声で囁きかけることでもないのである。

安蔵からの収穫は、他にもあった。男にまた潜り込まれないために、二十九日の朝、川のほとりの藁ぼっちを片付けてしまったという。

保の申し立てによると、三月三十一日、四月一日の夜も、藁ぼっちで寝ていたことになっている。なかった藁ぼっちで、寝られるはずはない。

こうして、保の申し立てたアリバイは、次々に打ち破られて行った。

5

意気揚々と引き揚げて来た平塚は、即時、強制捜査に踏み切るよう意見を具申した。

小原保に営利誘拐罪の逮捕状を執行、身柄を東京拘置所から警視庁へ移して、取調べに入ろうというものである。

新しく入手出来た有力な情報を前にして、しかし、首脳陣は慎重に構えるのであった。それらの情報は、たしかに、保の犯行を暗示しているが、直接、事件に結びつく物証ではない。いわゆる状況証拠ばかりである。

服役中の保を逮捕状なしで東京拘置所へ移監するにあたって、法務省筋に難色を示すものがなかったわけではない。

監獄法の第一条第二項に「拘置監ニハ懲役、禁錮又ハ拘留ニ処セラレタル者ヲ一時拘禁スルコトヲ得」とあるから、適法ではある。だが、それをいうのであれば警視庁は自分のところの留置場を使えばよいのである。第三項は次のように規定している。

「警察官署ニ附属スル留置場ハ之ヲ監獄ニ代用スルコトヲ得但懲役又ハ禁錮ニ処セラレタル者ヲ一月以上継続シテ拘禁スルコトヲ得ス」

正攻法は、営利誘拐の逮捕状を突きつけて保の身柄を警視庁へ移すことである。それが出来ないのは、保を犯人だとする確信を当局が持っていないということになる。その意味で、拘置所への移監は抜け道であった。

成行を見守っている新聞記者の中には、大方が保を白と見做している捜査一課の空気を反映して、警視庁がとった姑息な手段に、人権侵害のにおいを嗅いでいるものも少なくなかった。

もし、当局が強制捜査へと一歩を進めて、保の三度目の取調べを行ない、それで自供を引き出すことが出来なかったとき、彼らによって代表される正論はわき立つであろう。首脳陣としては、慎重にならざるを得ないのである。

だからといって、あてもなしに保を東京拘置所に預ってもらっておくわけにも行かない。警視庁へ引っ張ってくるにせよ、前橋刑務所へ戻してしまうにせよ、早急に決断を迫られていた。

五月二十三日、槙野勇刑事部長は、小原保の白、黒に最終的な決着をつけるため、その捜査にあたった新旧幹部を麴町の半蔵門会館に集めて検討会を開く。

旧捜査陣からは小山田正義前捜査第一課長（第六方面部長）、加藤勘蔵前第一代理、佐久間俊雄前第一係長（浅草署刑事官）、臼倉誠五郎前第六係長（捜査三課長代理）らが、新捜査陣からは津田武徳捜査第一課長、武藤三男第一代理、田中清二第三係長らが出席した。

この検討会のねらいは、もう一つ、別のところにもあった。

前の捜査陣のあいだで、「またぞろ小原をやって、何になるのだ」といった批判の声が強く、内部の意志統一をはかるためにも、三回目の捜査に取組む根拠を示さなければならなかったのである。

席上、武藤が、三月三十一日と四月二日の福島におけるアリバイが崩れたことを報告した。しかし、旧幹部たちは、これに耳をかそうとはしなかった。

「そいつはおかしいぜ。前の捜査員だって、三度も現地へ飛んで、足を確認しているんだ。二年たったいまより、当時の方が、捜査に新鮮味があるはずだよ」

「そのときだって、参考人の記憶を呼び起こすのに、えらく苦労したんだ。二年後の証言に、どれだけの信憑性があるのか。そこのところが問題だな」

彼らは、まだ、平塚が理詰めにアリバイを突き崩して行った過程を知らない。旧幹部からの反論は活発であった。彼らが自分の部下たちの捜査を信頼するのは当然である。

足の不自由な保には犯行が無理であろうという意見が出された。

品川自動車横での犯人と捜査員たちのすれ違いは、ほんの二、三分間のことである。保が素早く逃げ去るのは不可能であろうとの見解が、そこにつけ加えられる。

かりに保を犯人だとした場合、共犯がいなければならないが、その線がまったく出て来ていないではないか、という発言もあった。

保を二度もポリグラフ（嘘発見器）にかけたが、密輸の点には反応を示したものの、誘拐については無反応であった、という判定結果を引いて、彼を白だと言い切るものもいた。

このようにして、保を黒であるとする新幹部は、白を主張する旧幹部に圧倒されたのである。

結論は六月四日の二回目の検討会に持ち越された。これには幹部だけではなく、新旧の捜査陣がすべて参集を命じられた。だが、ここでも、新旧の議論は平行線をたどり、緊迫した場面が続いた。

平塚が保の所持金について説明をしたときである。

「その、弟に自慢して見せたという金は、キヨ子に渡した二十万円の一部じゃないのかね。われわれも随分、洗ったのだが、小原からそれ以上の金は出なかったよ」

と旧幹部が異議をさしはさんだ。

「いや、キヨ子は二十万円を、そっくり自分の袋に入れていたんです。だから、三十万円は別口なんですよ」

平塚は、確信を持って続けた。

「二十万円については、三十八年五月二十八日に上野に本人が届け出て、供述しているじゃありませんか。三十万円のことだって、そのときにわかっていなければならないはずです」

　勢いの赴くところ、第一回の捜査の批判へつながって行く。その指揮をとった佐久間俊雄警部としては、聞き逃すことが出来ない。

「とんでもない。当時、キヨ子は口が堅くて、散々てこずらされたんだ。二十万円の件も、しつこく調べた末に、やっとわかったんだよ」

　平塚は、それをきいて、こう言い放った。

「佐久間さん、やっといわせたのかどうかは知らないが、キヨ子が申告しているのは事実でしょう。私は事実についていっているんです。やっといわせるか、簡単にいわせるかは、刑事の技術上の問題にしか過ぎません」

　現場付近で足の不自由な男を見たという目撃者が得られていないとする反論については、新しい捜査陣の石井慶治部長刑事が立って、痛いところをついた。

「だいたい、身代金を奪われたとき、張込みについた人たちが真相を報告していないから、そういう疑問が出てくるんです。あんな張込みじゃ、跛の姿を見られるわけがありませんよ」

　白か黒かをめぐって、議論はまじわるところがない。槙野刑事部長は、興奮気味の検討会を打ち切った。

強制捜査は認められず、別件逮捕もいけないということになって、平塚は不満であった。これを武藤がなだめ、その武藤を津田が支えた。だれよりも苦しい立場にいたのは、津田であった。

首脳陣の慎重論と内部からの批判は、この新任の捜査一課長に重い負担となった。そして、心労のあまり、ついに眼底出血を起こすのである。

だが、彼は、新しい捜査陣に心中の悩みをあらわさず、もっぱら激励を送り続けた。

「私は君たちの捜査能力を信じています。小原に少しでも不審な点がある以上、徹底してやってみて下さい。問題が起きたときには、私が責任をとります。そのために私がいるわけなんですから」

それからの三週間、新捜査陣は目標をキヨ子に絞って、強制捜査に踏み切るに足る資料を掘り起こすことに全力を挙げた。何といっても、犯行当時、保と生活をともにしていた彼女が、もっとも身近な存在なのである。

度重なる警視庁への呼び出しに、彼女の新しい愛人である堀が、怒鳴りこんでくる一幕もあった。

「てめえら、人のかかあを何度引っ張り出しゃ気がすむんだ。前のことは前のことで、いまのおれたちには、関係ねえじゃねえか」

ダンプカーのハンドルをにぎる彼は、勇み肌なのである。

そうしたとき、出番は年輩者の中野政雄部長刑事に回った。中野は平塚より先輩で、彼と双璧だといわれる名刑事である。その中野が、いきり立つ堀を日比谷公園へ連れ出しては、穏やかになだめるのであった。

キヨ子の心が保から離れたのは、彼が最初の別件逮捕による取調べをのがれて、上野署を釈放になった後である。それまでの彼女の供述が、保をかばう方向に向いていたことは否定出来ない。旧捜査陣が散々てこずらされたというのは、実際のことであった。

新しい捜査陣に、保と別れた彼女は隠すべき何物もなかった。そして、決定的な事実が彼女の口から語られたのである。

身代金が奪われたのは、三十八年四月七日の午前一時三十数分だが、従来のキヨ子の供述によると、三月二十七日いらい姿を消していた保が、四月三日にいったん顔をだして、また出ていってしまったあと、再び清香へ戻って来たのは、四月七日の午前一時ごろだとされていた。これでは、平塚でも保を犯人だとはいえない。

当夜の状況をたずねられたキヨ子は、それまで口にしたことのない、一人の客の名前を挙げた。荒川区南千住五丁目のアパートに住む小林幸男がそれである。

二十五歳のこの塗装工は、後にこうのべている。

四月六日の夜十一時ごろ、清香の近所にある弁天湯に入浴に行き、その帰りに小原が来ているかどうかと思って、清香に顔を出しました。

小原に頼んであった腕時計がどうなったかとたずねるために行ったのです。

そしてママさんに、

「オーさんは、ぼくの時計を持って来てくれたか」

とたずねますと、ママは、

「オーさんはまだ帰ってこない。まあ掛けなよ」

といいました。私も根が酒好きなので、ついそのまま腰を下してのんでしまいました。

そのため、ついつい遅くまでのんでしまい、午前二時まで清香でのんでしまったのです。

この午前二時という時間を記憶しているのは、その晩、相当遅くまでのんだと思ったので、私はママに、

「ママさん、何時になる」

ときいたところ、ママは腕時計を見て、

「二時だ」

と答えたので、私は、

「それでは帰る」

といって帰ったので、記憶があるわけです。

そのときはまだオーさんは行方不明でありました。それはママさんが、真剣にオーさんがいなくなったことを心配していたので、間違いないと思います。

小林は几帳面な性格で、どんなに遅くなっても、寝る前に日記をつけることにしている。任意提出されたその日記は、実に克明なものであった。

当日の記述は、次の通りである。

四月六日（ハレ）￥７０００（勘￥２０００、￥５０００）
現場。午前中、家で看板製作。午後、太田塗料看板塗替（ケレン含み）Ｐ５・３０マデ。Ｐ６・３０家に着く。Ｐ７・００綾子くる。ｈＧ三の輪（l）Ｐ。
１０・３０ｋｇl、Ｐ１１・００フロに行く。清香Ｐ２・００マデ。ｋｇネル。

随所に暗号が用いられ、しかも平仮名と片仮名の混り書きで、捜査員は判読に苦しんだ。

簡単に察しのついたのは、「ｈＧ」である。小林は、この綾子という女性と、頻繁に「ｈＧ」をともにしていることが、日記にあらわれているからである。

ｈはＨＯＴＥＬ、そしてＧはＧＯもしくはＧＯＩＮＧの頭文字であるに違いない。その後に続くPは、四日後のところに「Pの30出る」とあるので、たぶん、パチンコを指すのであろう。だが、lとか、llとか、TFZとか、ついにわからずじまいに終ったものが多い。

とはいっても、それらの判読は個人的興味に属する事柄であって、清香に午前二時まで小林がいて、その時間まで保が戻っていなかったことが証明されれば、十分である。彼の克明な日記は、はからずも、その役割を演じたのであった。

6

新しい捜査陣の批判の的としてさらされたかたちの堀隆次は、白説を主張していたわけではない。保留の名簿の中から小原保を三回目の捜査の俎上《そじょう》にのせたのは、彼を長とする四人の専従捜査班なのである。

堀は保の供述に疑わしいものを感じながら、その壁を破ることが出来なかった。かえって迷わされてしまったのも事実である。ミスはたしかにおかした。

しかし、保への疑惑を捨て切ったのではない。だからこそ、三度目の捜査を武藤に進言したのである。

堀は平塚と対照的に、自己主張の少ない人間であり、そのために「堀長」、「堀長」と下僚や新聞記者に慕われているが、上司の意見に反してまで自分を押し通すことが出来ない。

アンケートにあらわれているように、堀の保に対する見方は白と黒が五分五分であった。だが、大勢が白へ傾いて行くと、彼の内側に残る黒い部分は、強い意見となってあらわれにくい。それが彼の性格なのである。

堀の苦衷は、武藤に対する専従捜査班長辞退の申出が物語っている。

「代理さん、前の捜査員にわるいような気がするので、私は下していただきます」

武藤は彼を慰留した。

「私が命令しているんだ。気にしないでやりたまえ」

眼窩《がんか》が窪んでしまった堀を勇気づける武藤も、四キロ痩せていた。

優柔不断に見えた堀が、保を犯人だと確信するときがやってくる。

五月二十二日の深夜である。帰宅した堀を文化放送報道部の記者が待ち受けていた。社会班キャップ伊藤登が保のインタビューに成功したとき、行動をともにしていた滝昌弘である。彼は、二年間、暖め続けていた録音テープを堀に差し出した。

一課が三たび保に狙いをつけている。滝は、堀が保をどう見ているのか、その胸の内を叩こうと、外部には出したことのないテープを持参したのであった。

そのときの私の驚きは、すこしオーバーに表現すれば、まさに跳び上らんばかりのものでした。私は、そのとき「この小原の声は、あの脅迫電話にそっくりではないか」「まるっきり違わないぞ」という自信を得ました。私は早速そのテープを同僚の三人の刑事にきかせたところ、三人とも私と同じように強い自信を得ました。また、警視庁で、幹部をまじえた会議の席上きかせたところ、小原の捜査に疑問を持っていた捜査員も「犯人と違う」とは一言も申しませんでした。それまで声が似ていないからといっていた刑事さえ「自分たちがいままでいっていたことが、こわくなった」といい出す始末でした。

これは文化放送の社報（四十年七月三十日付）に堀が寄せた文章の一部である。堀の裏打によって自信を深めた文化放送は、二年越し、発表の機会をうかがっていたこのスクープを、五月二十八日の「ニュース・パレード」で電波にのせた。堀ら捜査員も加わって、村越家の人々はラジオの前に集まった。豊子は同じ社報に、次のように書いている。

正直にいって、私たちはあの瞬間まで、小原に対して半信半疑の気持でした。ところがどうでしょう。あの放送で小原の声をきいたとき、あまりにも犯人の声に似ているのにびっくりしました。親戚からも「あの声はぴったりだ」と電話がかかって来たほどで、そのとき私たちは小原が犯人に間違いないと確信しました。（中略）伊藤記者が報告した「小原は跛とは思えぬ速さで逃げまわった」という点で、これによって私たちは、小原は足が不具であるから犯行はできないという先入観はまったく打ち消され、足が悪くてもできるんだなという確信を深めました。

文化放送のテープはコピーとなって、脅迫電話の録音とともに、東京外国語大学物理研究室の秋山和儀助手のもとへ持ち込まれた。日本で声紋の研究を手掛けている唯一の専門家が秋山であり、その鑑定に二つはゆだねられたのである。

声の科学的分析は、第二次大戦中のドイツ戦線で始まった。敵の移動を無線電話の盗聴によって知ろうとした米陸軍が、研究をベル・テレホン・カンパニーに依頼したのがそもそもである。声の主を、一人一人特定出来れば、その跡を追うことによって、敵勢力の動態を把握出来るという発想に基づいている。ベルの研究報告書がまとめられて発表されたのは、一九六〇年（昭和三十五年）だから、もちろん第二次大戦には間に合わなかった。しかし、その後も研究は続けられ、千六百七十六件の分析数で誤差率ゼロの好成績を挙げて、ＦＢＩの犯罪捜査に採り入れられた。現在、ヴォイス・プリント（声紋）は、指紋と並んで、アメリカでは有力な手掛かりとされているのである。

秋山がこの研究にヒントを得て、日本言語学会で「日本語の母音における個人差の研究」を発表したのは昭和三十六年、二十六歳のときであった。

彼は、学生たちの語学修得の必要上から、個人差を取り除く作業に取組んでいたのである。

日本語の母音、たとえば「ア」は、外国語と違って一つしかないといわれているが、実際には、若い人の場合、四種類の「ア」をむらなく使っている。

それが年齢を加えるに従って割合をかえて行き、ほぼ五十代では、どれか一つの「ア」に統一される。したがって、母音には個人差が出てくるのである。だからといって、同種類の「ア」が、人をかえても、同じにあらわれるというのではない。

声紋は、また別の次元の話であって、録音テープからはなるべくたくさんの母音を切り取り、これを全オクターブ周波数分析器にかける。その結果は、縦を音量（ヴォリューム）、横を周波数（サイクル）とするサウンド・スペクトル・グラフに記録されるが、いくら鼻をつまんだり、声の調子をかえてみたりしたところで、描き出される山脈型の図形は人によって一定である。

歌舞伎の声帯模写に片岡鶴八という人物がいる。秋山の存在をききつけたTBSが、彼の声色と、松緑の実物のテープを研究所に持ち込んで来た。あらわれた両者の図形は、似ても似つかぬものであった。

警視庁による秋山への鑑定依頼は、保のものが初めてではない。前年の夏、牛込警察署の管内で電話による脅迫事件があった。捜査の結果、三人の容疑者が浮かび上った。

警察はAが犯人であろうと見込みをつけ、被害者はBを名指しした。三人の声を脅迫電話のそれと比較した秋山は、A、Bを白とし、Cを同一人物であろうと結論づけた。その後の捜査で、AとBにはアリバイが確認されて、二人の無実は証明された。

そういう実績を踏まえて、警視庁はふたたび秋山の手をわずらわすことになったのである。

六月二十六日、秋山は中間報告をまとめた。脅迫電話の声は個性が固定せず、数種の同一母音を使っているところから、その主は三十歳前後であろうといい、「脅迫電話の声が小原保のものである可能性が考えられるほど良く似た同声色であると判定出来る」とするものであった。

同一人物でない場合には断定が可能だが、保の場合には分析件数が学問的に十分ではないため、それを避けたのである。しかし、非常に強い類似性を秋山は認めたことになる。

二年前、保が上野署に逮捕されたとき、取調べに出向いた本部の池谷豊明刑事に対して彼は「おれは犯人じゃない。その証拠に、犯人のことで放送局に協力しているではないか」と口走った。

これで文化放送に録音テープがあることを知った池谷は、その旨を本部に報告した。しかし、幹部はそれを黙殺し、取調べに答える保の声の印象から、脅迫電話の主とは別人であるとの判定を導き出したのであった。

二年の歳月をはさんで、保を取巻く状況は、白から黒へと転回しはじめていた。

自　供

1

東京拘置所での保の取調べが始まったのは、移監から三十七日後の四十年六月二十三日である。だが、それにはいくつかの制約がもうけられていた。

その第一は任意の取調べだということである。

回を重ねた検討会で、次々に出される旧捜査陣の反論に接した槙野刑事部長は、エリート警察官僚にふさわしく元々が慎重な人柄であるところへ持って来て、いっそう用心深くなっていた。

部内で忖度《そんたく》されている彼の心境は、あてのない捜査に踏み出して失敗を招き、世論の指弾を受けるよりは、保を前橋刑務所へ返して、この一件に幕引きしたがっているというものであった。

その部長に食い下ったのは、武藤を筆頭とする新捜査陣の熱意に押された津田であった。そして、やっと任意取調べに漕ぎつけたのである。しかし、そのための日数は、十日間と限られた。その結果によって、強制捜査にするかどうかを決定するという。自供を得られなかった場合、保に関する捜査は打切られて、永久に日の目を見ることはない。裏を返せばそういう可能性もあった。

武藤は取調べ班の中心に、迷わず平塚を指名し、他の人選は彼に任せた。

午前九時、右足をひきずりながら、東京拘置所三階南側の二号調室に保が姿をあらわした。鉄格子の窓が二つ開いている、白壁の二坪ほどの狭い部屋である。その中央に置かれた机の前にいったん直立した保は、次に深々と頭を下げた。

「ご苦労さまです」

取調べの初日ということで、田中清二警部が型通りの経歴調べから始める。

「姓名は？」

「小原保です」

「生年月日は？」

「昭和八年一月二十六日」

「本籍地」

「福島県石川郡石川町母畑字法昌段〇〇〇〇番地」

平塚が補佐役に選んだのは、石井慶治、小橋豊通の両部長刑事である。三人とも、保とは初対面であった。二回目の捜査で保を取調べた望月は、堀とともに、隣の部屋に控えている。

保を自供へ追い込んで行くには、彼に緊張をしいる新しいメンバーで向かうのが効果的であろうという平塚の判断で、人選は決まったのである。

外はすっかり夏であった。室内には扇風機一つない。青い詰襟の作業服を着た保は、汗の一粒も見せなかった。平塚の開襟シャツの背中は、ぐっしょり濡れている。

田中と交替した平塚は窓を背にして坐った。その右に小橋、左に石井、そして正面が保である。石井は六尺豊かな巨漢で、柔道二段である。

昭和三十年七月十五日、ボードビリアン、トニー谷の長男正美（六歳）が、小学校の帰りに誘拐される事件があった。

同月二十一日、東京の渋谷駅前に身代金四十万円を受取りにやって来た犯人を逮捕したのが、この石井であった。彼はいわゆる豪傑肌で、逸話には事欠かない。

ある事件の解決が近いというので、一課の係長宅に中堅幹部が四人ほど集まって、酒を飲み始めた。それをかぎつけた石井は、係長宅へ出掛けて行く。上り込むなり、石井は怒鳴った。

「てめえら、ろくな仕事もしねえくせに、酒なんかくらいやがって」

次の瞬間には、酒席になっていた部屋の障子を、ばらばらに打壊す乱暴狼籍である。

そうしておいて石井は平塚に電話をかけた。

「この野郎ども許しておけねえ。兄貴、どうしたものだろうか」

剛気の平塚も、これには弱った。まるで、自分がけしかけたみたいである。飲酒を非難する本人が泥酔しているのだから、この場のことは話にならない。

結局、翌朝早く、ミカン箱をかついだ石井が係長宅へ謝罪に行き、一件はそれでおさまるのだが、酔って電車をとめたり、上司を橋から川へ投げ込もうとしたりで、その方面での問題は絶えない。

しかし、仕事はだれにも負けないくらい熱心である。三歳年下の平塚を「兄貴」と呼んで立てているのも、一途《いちず》な石井が、仕事に対する評価を何よりも上においていることのあらわれなのである。

第一日目の調べは午後に入った。

「小原、君は沢田時計屋から預った時計を、勝手に処分したそうだが、どう処分したのかね？」

「おれは知らねえ」

机をぐるりと回って行った平塚が、保の耳元に口を寄せた。

「おい、豆腐屋に時計のことをきいているんじゃないんだ。時計職人に時計のことをきいているんだぞ。知らないはずはあるまい」

いわれた保は、とっさに目の前の湯呑茶碗を右手でつかんだ。

「何っ！　この野郎！」

えらい形相で、それを平塚に投げつけようとする。石井が、立上った保を押えつけた。

「小原、知らないことは知らないでいい。しかし、知っていることまで知らないでは通らないぞ」

そういう平塚に、保は、自分の坐っていた椅子を抱え上げ、勢いよく降り下すのである。あわてた石井が横から保に当身をくらわせ、間一髪の差で平塚を守った。

身長一メートル五十七センチの平塚は、こういうこともあろうかと、補佐役の一人に石井を指名した。背丈こそないが、保の上半身は逞しく発達していて、体格だけでいうと、平塚には威圧感が不足している。

何しろ相手は、答に窮すると天井に飛びついて猿の真似をするという保である。石井の体力は、この場に欠かせないものであった。

保の威嚇攻撃は、夕方にもう一度あった。彼の目をのぞき込んだ平塚に固めた拳で殴りかかり、石井に利腕をとられたのがそれである。

調べ慣れした保は、立上りに機先を制して、同時に、相手の能力を瀬踏みしようという作戦のようであった。

そういうはったりに驚く平塚ではなかったが、ききしにまさる保の強情さに、取調べの難航を予感させられた。


保との対決は、二日目で黙秘の壁に突き当った。

朝、入ってくるなり頭痛を訴えた保は、質問が核心に触れようとすると、押し黙った。半眼を開いているのだが、まばたきをするだけで、眼球をかすかにも動かそうとはしない。午前中、彼の完全黙秘は二時間以上も続いた。

昼食をはさんで午後の取調べが再開されてからも、保の閉ざされた口は、いっこうに開かれない。石井が平塚にかわった。

「何をごねてんだい?」

右手を頭の上にかざして、猿の真似をして見せた。と、保は思わず吹き出した。

「今日の昼食は何だった?」

「飯と味噌汁だ。変りばえしないよ」

「そうかい。たまには、うどんやそばもあるんだろ?」

「そんなものはないよ」

こういう会話には、機嫌よく乗ってくる保なのだが、本筋へ戻すともういけない。

夕方になると、つと立上った保が、平塚の背後に回った。

「小原、何をするんだ！」

平塚がそういったときには、もう、呼びリンを押していた。取調べ終了の合図だと思った看守がやって来て、保を連れ去る。

「それじゃ、また明日」

保の人を食った挨拶に、残された三人は呆然とするのである。


取調べは三日目に入った。平塚は、〈これが警視庁地階の調室であったら〉と、つい、ぐちの一つもこぼしたい心境である。

参議院議員選挙の投票日が翌々週の日曜日に迫っていて、街頭を流し歩く宣伝カーの呼びかける声が、開け放った窓から無遠慮に飛び込んでくる。一つが遠ざかると、別の一つがやってくるといった塩梅《あんばい》で、緊張しかけた雰囲気が、すぐに乱されるのである。

取調べは午前九時に始まり、十一時半から午前零時半までと、四時半から五時半までの二回、昼食と夕食のために中断される。

それでなくても肝腎なことを喋りたがらない保が、食事の四、五十分前になると、どの種の質問にも答えなくなる。前日も前々日もそうであった。二号調室の裏側が収容所のための炊事場になっていて、配膳の物音が保に時計代りの役目をつとめる格好になっている。

彼にしてみれば、それを目処に、残された時間を粘り切ればすむのである。平塚たちには、いかにも都合がわるい。その合間には、調室前の廊下を収容者たちが往来し、足音や話声で、室内がしばしばかき回される。

内と外の騒音が、盛り上りかかった緊迫感をそぎ、平塚たちを悩ませて、保を助けた。

この日、津田が東京拘置所へ激励にあらわれた。隣室で調べの状況に耳をこらす津田へ、待機組の堀が冷たいジュースを運んだ。

「堀君、隣の部屋では戦争がたけなわではないですか。戦争の最中にジュースなんか飲んではいられませんよ」

温顔の津田は、そういって、グラスには手をつけなかった。

津田が三人を励まして帰って行ったあと、彼らはその話を別の刑事からきいた。

だが、彼らは、刑事部長室に呼ばれた一課長が、保に対する取調べの打切りについて意見をたびたび求められていることは知らなかった。槙野の腹はその方向に固まりかけていて、津田の眼底出血は快方へ向かう兆をまだ見せていなかった。

2

四日目を迎えた平塚は、二十万円の出所に質問を集中した。保は二日目の調べで、池袋に住んでいる男からウォルサムの腕時計二十個を預り、それを売った代金を横領したのだと答えている。

「その男は、君が王子の時計店に勤めていたときから、もう三年も池袋に住んでいることになるね。そうだろう？」

「うん」

「よし、それなら、警視庁の全警官を動員して、池袋にそんな男が住んでいるかどうか調べるぞ。いいか？」

「……………」

「君が一昨日いったことに間違いないと言張るなら、われわれは、それを確めるために、どんな手段も選ばない。もし、そんな男が実在したら、連れて来て、君の好きな対決をさせてやろう。どうだ、それでも本当だというのか？」

「……………」

数分間沈黙を守っていた保は、ぼそっと、ききとれないくらいの呟きをもらした。

「嘘だ」

「何っ、嘘だ？　じゃあ、いったいどういう金なんだ？」

「池袋の男のことは嘘だが、ウォルサムで儲けたことは本当だ」

「それじゃ、本当のことをいえ」

「……」

また黙りこくった保は、ややあってからいった。

「いま話す覚悟は出来ていない。話せば刑が長くなる。しかし、死んでもいわないということじゃない。決心がついたら話すよ」

これは、保が四日目にして初めて吐いた弱音であった。

頑強な否認にあって、平塚は残された時間を気遣いながら、あせりに近いものを感じていた。二人きりになったとき、仲のよい石井を怒鳴りつけたこともある。

「慶さん、やる気があるのか、ないのか！　ないんだったら、とっとと帰ってくれ！」

豪気で明朗な石井が、午前中はいいのだが、午後になると元気をなくす。それが平塚のたかぶった神経にさわるのである。石井は知らなかったが、そのとき、肝臓ガンに冒されていた。

事件解決後、病床を訪れた津田が表彰状を読み上げ、警察功績章を手渡したとき、彼は一言もいわずに泣き続けた。そして、四十一年八月十八日に逝く。

トニー谷の長男が誘拐されたときには、一週間、家をあけた。給料日にも戻らないので妻キワは、隣家から借金した記憶がある。

「おれは頭が禿げているのに、警視庁へ行けばお茶汲刑事だ」というのが口癖で、朝は小田急線鶴川駅を午前六時二十分発の電車で出掛け、夜は午前一時四分着の終電車で帰ってくるのが、普段のきまりであった。

「いい事件」にぶつかると、家庭を顧みないところがあった。捜査がうまく行ったときには、ラジオの音楽に合わせて踊って見せた。

東京拘置所の石井には、一年後に訪れる最期が予知出来るわけもない。

「兄貴、すまない」

言葉少なに詫びるばかりである。

あせる平塚の目に、保は、ただふてぶてしく映った。自供に追込めなかったら、彼は引責辞職する覚悟でいる。つまりは、職を賭しているということになる。

しかし、保はもっと重いものを、調べに賭けていた。それは、自身の生命である。

保には、戦うべき相手が、最低、二人いた。一人は目の前にする平塚であり、残るのは、自殺の誘惑を囁きかけてくる、もう一人の自分である。装われた無表情の下に、そうした心の動きが揺れているのを、平塚は見抜いていない。

私が前橋刑務所から東京拘置所に移監される際、三度目の調べなので、ある程度有力な証拠でも出たのではないかと考え、良心の呵責にも責められていたので、「今度こそは本当のことをいわなければならないか」と、だいぶ考えて参りました。

しかし、親兄弟のことも考えると、疑いは残されてもいいから自殺してしまおうと考えるようになったのです。

それで本年六月二十三日から刑事さんの調べが始まってからは、毎晩のように看守さんから睡眠薬をもらい、これを貯めることにしました。

事実、私は良心の呵責などで眠れなかったのですが、自殺まで考えている私としては、ぐっすり寝ようなどという気はなく、自殺をする目的でもらった薬なのです。

睡眠薬では大量に飲まなければ死ねないでしょうし、体力的にも相当衰弱させておいた方がよいと考え、食事も半分程度しかとらないようにしておりました。

そこで睡眠薬を貯める方法ですが、次のようにしておりました。

私の受取った薬は全部粉末ですが、アスピリンのような、さらさらしたようなものではないので、水分を加えれば練り固めることが出来ると考えました。

それで、まず、薬をもらうと唾を一回飲み込んでおき、粉末を舌の下に落し込みます。

そして、舌で粉末を押えておき、水を飲みますと、薬だけ舌の下に残ります。看守さんが見ると、いかにも飲んだような状態に見えるわけです。

看守さんが房を離れてから、薬を雑誌の上に取出します。これには唾液も混って、べったりしますから、少し山盛になった状態で翌朝まで置くと、適当な堅さに固まりますので、それを房のドア下方についている四角い食器口の枠の下側に、指で下側からすり込むようにしてくっつけておきました。

このようにして貯めた睡眠薬を、一気に飲み込もうとしました。しかし、自殺はどうしても死にきれないだろうと思い、人間本来の姿に立返ろうと決心したのが本年七月二日でした。

それで同日の調べが終ってから、その一部を便所の中へ捨てました。四、五回分はあったのではないかと思います。

また、この捨てた分は、食器口の枠の下にばかりはりつけていては重くなり、ドアの開閉の際、床に落ちてもまずいと思い、最初の四、五日分くらいを枠下からとってちり紙に包み、ふんどしの紐のところにはさみこんで持っていたものです。

従って、その後に枠下にはりつけた薬は残っているはずです。拘置所に行ってよく調査してもらいたいと思います。

右は四十年七月六日、東京地検横山精一郎検事が警視庁で録取した保の調書の一部である。

この中で、保が「人間本来の姿に立返ろうと決心した」という七月二日は、十日間の期限つきで許された任意取調べの最終日にあたっている。騒音の中での調べは、目新しい供述を引出すことが出来ずに、同夜、打切られた。

平塚は、翌日から始まるであろう警視庁での保との対決にすべてを傾けようと、石井、小橋を引き連れて、警視庁へ戻って来た。

気落ちしていないといったら嘘になる。だが、平塚の掌中には、相手にまだ見せていない「勝負札」が隠されている。任意取調べでは、三回目の捜査によってつかんだ新しい事実を保にぶつけるなというのが、武藤の指示であった。それは、平塚にまだ機会が残されていることを意味している。

つくりごとをのべ立てる保に、平塚は何度、自分の足で得た事実を叩きつけようと、口に出しかけたかわからない。それを抑えたのは、もっと効果的な場が与えられると信じていたからである。

「代理さん、小原からきくだけのことはききました。あとは、落すだけです。すぐに野郎をぱくって、ガラをここへ移して下さい」

平塚を迎えた武藤は、意外なことをいった。

「ご苦労だった。ところでそのことなんだが、明日、刑事部長が検討会を開いて決断を下すというんだよ」

「話が違うじゃありませんか。いまさら検討会だなんて、そんな必要がどこにあるんです？」

「うん……。課長からも、私からも、強制捜査をお願いしたんだが……」

3

七月三日正午、捜査陣は半蔵門会館に集合した。

心なしか堅い表情の槙野刑事部長が挨拶に立った。

「今日は知っての通り、小原の捜査方針を決定する会議である。私は諸君の意見を十分にきいたうえで判断するから、率直な考えをのべてもらいたい」

武藤は、二日前、強制捜査を願い出たときの槙野の言葉を反芻していた。

「武藤君、指揮者というのは孤独なものだね」

部下の考えはいろいろなかたちでのべられるだろう。だが、判断を下すとき、彼は独りである。

「世間はいま、われわれの一挙手一投足に注目している。もし強制捜査に失敗したら、もうやり直しは許されない。それだけに万全の備えが必要なんだ」

そういった槙野には、明らかに苦悩の色が見て取れた。

「まず、小原の取調べにあたったものからきこう。平塚君、君の考えはどうか」

長机をはさんで、平塚は槙野の真正面に陣取っていた。

前夜、武藤は彼にこういった。

「君たちの期待通りに事が運べなくて申しわけない。明日の検討会では君たちの意見が大きな比重を占めるだろう。意のあるところを十分に主張してくれ」

指名された平塚は、槙野の目を見据えて、はっきり答えた。

「部長さん、小原は絶対にホシです。昨日までの取調べで、いっそう確信を持ちました。このうえは、一刻も早く強制捜査に踏切って下さい」

「石井、小橋はどうか」

二人も同意見である。

「よし」

平塚にふたたび槙野の質問が向けられた。

「君には、かならず小原を落すという自信があるのか」

これには即答が出来ない。

隣から平瀬敏夫刑事部参事官が補足した。

「強制捜査に踏切ったとして、勾留期間は長くて二十日間しかない。その間に小原を落せると思うかね？」

平瀬は捜査理論の第一人者といわれている。彼は首脳陣の危惧を、そういうかたちで代弁したのであろう。平塚には、おおよその察しがついた。えらい人の腹はもう固まっているのだな、と。

六月二十九日付の朝日新聞朝刊は、社会面のトップに〈苦悩する捜査陣／東京拘置所内の小原取調べ／〃人権のカベ〃に直面／新しい真実でぬまま〉の見出しを掲げて、任意取調べに疑義を表明した。

記事は「長期間、この状態の調べを続けることは、人権尊重の立場から、妥当かどうか、かなり疑問がある」といい「監獄法の諸規定の趣旨や建前を総合して考えると、違法性の問題も出てくるのではないか、とする見方も法律専門家の間にでている」点に留意し、さらに強制捜査については「シロ、クロがつかない場合、この事件の重要性と性格からして、小原が永久に社会的生命を失う結果にもなりかねず、人権をふみにじるおそれが大きい」とする首脳陣の苦慮を紹介している。

その末尾につけられた、刑法学者である植松正一橋大学教授の談話は、次のようにいう。

「警視庁の調室へ移さなければ調べも十分に進まないというからには、何かうしろめたい、暗いカゲのようなものを感じさせないだろうか」

客観報道主義を標榜する日本の新聞は、社内の意見を記事中に盛り込もうとするとき、社外の著名人にそれを代弁させるのが通例である。だから、これも、事件を担当する朝日新聞記者の見解だと見て間違いない。

もっとも社会的影響力が強いとされている朝日のこうした報道が、警視庁首脳陣の心理に、かなりの効果を及ぼしているであろうことは否定出来ない。記事のニュアンスとして、朝日は、保を黒とは見ていないようである。

これとは対照的に、保に関する容疑を、早くから連日のように強く打ち出して来たのは毎日新聞であった。捜査の本筋を的確にフォローしていたのは、とりも直さず毎日の記者だったということになる。彼らにとっての最大関心事は、いつ保が自供するかであって、この点では警視庁首脳陣と趣を異にしていた。

平瀬の質問に、平塚はこう答えた。

「小原はホシなのです。ホシであるかぎり、落せないはずはありません」

幹部の意向を察していながら、この部長刑事は一歩も退かない。

「しかし、小原は過去二年間、どうにもならなかった男です。私が二十日間でかならず落すといったら嘘になるでしょう」

一息ついた平塚は、ここで声の調子を上げた。

「自分としては、十分な時間をいただきたいとしか申し上げられません。まず、別件逮捕して下さい。その後、本件逮捕に切り替えれば、相当の期間、取調べられます。時間さえもらえるなら、かならず落してごらんに入れましょう」

平瀬はそれを認めない。

「いまとなって別件逮捕は出来ない。本件逮捕するには、小原が持っていた金と身代金を結びつけるかけ橋が一本欲しいところだ。それがかからないようじゃ、取調べの続行は無理だな」

かっときた平塚は、語調をかえた。

「折角ここまで来たのに、前橋へ返しちまうとは何事だ。小原の人権、小原の人権というが、吉展ちゃんの人権はどうなるんだい？」

話しているうちに、われを忘れたのであろう。平塚はとんでもない科白を吐いた。

「いいか、耳の穴をかっぽじって、よくきけ」

いわれた平瀬は、顔面を蒼白にした。

「平塚君、いまの言葉は私が預っておく」

と槙野が中に入らなかったら、会議がどのような展開を見せていたか、予想もつかない。

平静に返った平塚は、槙野の前に身代金奪取の現場見取図を広げた。

「あなたは身代金を奪われたときの状況を、よくご存知ないと思うんです。当時の捜査員が、きっと真相を報告していないのでしょう。五十万円を奪われた直後に捜査員は品川自動車へ到着したかのようにいわれていますが、たとえ犯人が誰でも、その姿を目撃出来ないほど遅れて到着しているんです」

そこまでいうと、平塚は会場の一隅を指さした。

「大和田君、君はあのとき現場にいたんだから、よく知っているはずだ。ここへ来て部長さんに説明しろ」

後に平塚は、そのときの心境をサンケイ新聞社会部の佐々木嘉信にこう語っている。

その意図ってのはな、幹部はいつでも出来上ったもの（捜査報告書）ばかりいただいてる。つまり、机上と現場はピタリ一致していねえってことだ。

そうだろう、幹部には張込みのデカがつかまった話なんか伝わってねえ。完璧な布陣だってことになって報告されたわけよ。おれが組織捜査が嫌いだってのは、現場の意見がまっすぐ上に届かねえで、途中でひん曲って伝わることが多いからだよ、組織ってのは。

ついでにいっちまえば、組織にのっかると肝腎のホシ（犯人）を追うのを忘れて、肩のホシ（階級）ばっかり増やすことを考えるのさ。デカが肩のホシを追うようになったら、おしまいさ。この気持、わかるだろう。

4

検討会は実質的に平瀬がしめくくった。

「とにかく、われわれに残された手掛かりは声しかないのだ。もう一度、小原の声を録音しなおして、犯人の声と一緒にＦＢＩへ送ろうではないか」

秋山からの中間報告を受けた平瀬は、ただちにＦＢＩと連絡をとり、声紋の鑑定を引受けてもらえるかどうかを打診した。折返し、急げば一週間以内に結果を出せるとの回答を得た。平瀬は科学捜査の一端をひらくためにも、ＦＢＩの好意に甘えようとしたのである。

検討会の前日、警視庁は東京拘置所でとった保の声の録音テープを収録しなおすためにＮＨＫの技術研究所に持ち込んだところ、雑音が多く混っていて、鑑定の素材になりにくいのではないかとの意見が出された。

そこで平瀬は、秋山から最新鋭の録音機とテープを借り受けることとし、保の声の再録を命じたのであった。

検討会の席を立った平塚、石井、小橋、望月の四人が東京拘置所へ着いたのは、その日の午後四時過ぎであった。

二号調室に保を引出した平塚は、石井と小橋を左右に、彼と向い合った。望月は隣室で録音機にとりついている。依頼を受けた秋山は、あらかじめ調室にマイクロホンをセットし、コードを隣室に引き入れた。ワイヤレスだと、雑音を避けられないのである。

「小原、暑いな」

「うん」

取り止めのない会話が続く。午後八時を回った。そのとき、すでにラジオ、テレビは「小原保の強制捜査見送り」をニュースとして流し終っていた。

「君は四月三日に福島から帰って来て、清香に姿を見せる七日まで、何をしていたんだね?」

「まあ、野宿みたいなことだな」

「ろくでなしというわけか」

「いや、これでいいこともしてるんだよ」

「いいことって?」

「福島から帰った三日の日に、王子の親戚のとこへ行ったんだが、近所でボヤがあったんだ。おれはバケツに水を汲んで、二階の物干台に上って、そいつを消し止めたんだ。本当なら表彰ものだろう?」

「へえ、そんなことがあったのかい?」

「ボヤで消し止めたからいいようなもんだけど、いつだったかおれが電車の上から見た日暮里の大火事みたいになったらたいへんだったろうな」

平塚の記憶装置が、にわかに動き始めた。

〈二日午後二時五十九分、荒川区日暮里二の〇〇〇、寝具製造業、瑞光商会＝杉浦孝社長（三六）＝の作業場兼倉庫から出火、折から十メートルを越える北西風にあおられ、さらに同社倉庫にあったゴムに引火したため火の手が広がり（中略）四時五十分に延焼防止するまでに三つの現場で計三十三むね五九四〇平方メートルを全半焼した〉（三十八年四月三日付毎日新聞朝刊）

平塚は、吉展ちゃん事件の担当をいいつけられてすぐ、村越家に聞き込みに行った。このとき、すぎは「最初の脅迫電話がかかったのは、日暮里の大火をテレビのニュースでやっている最中だった」といった。

保の供述によると、帰京は四月三日である。だが、彼はその前日に東京にいたことになる。平塚は無言のまま、隣室へ立って行った。

「望月君、どのくらい録音した？」

「四本半です」

「よし、もう十分だ」

そういうと電話で本庁の田中清二係長を呼び出した。

「録音はとりました。これからやつを、ちょいと絞めてみたいんですがね。どうでしょう？」

「ちょっと待ってくれ」

田中が武藤と相談している声がきこえてくる。

「平塚君、君に任せるよ。好きなようにやってくれ」

調室に戻った平塚は、自分の椅子にはつかず、小橋を立たせて、その椅子を保の左脇に引きつけた。

「おい、小原、だまってきいてりゃ、いつまで嘘を言い通すつもりだ。いいか、よくきけよ。おれが、お前のお袋さんや、血を分けた兄弟からきいてきた話を全部喋ってやる。お前のいうことが本当か、肉親のいうことが本当か、性根をすえて返事しろ！」

身体を乗り出し、突き出た額を保の鼻先へ持って行って、平塚は一気に勝負に出たのである。

「あのおでこを見たとき、これで犯人はつかまると思った」とすぎがいう、強気の固まりのような額に脂が浮いている。

事態の急変に保は青ざめた。それに負けず劣らず驚いたのが、石井と小橋であった。

平塚がいわれたのは、雑談を録音にとることだけである。それが、突如、物凄い勢いでぶちかましを始めた。二人は、平塚が発狂したのではないかと思った。

「お前は、実家の土蔵に忍び込んで、吊るしてあったしみ餅をとって食糧にしたといったな。あの年は米が不作で、しみ餅はつくらなかったとお前の義姉《ねえ》さんがいってるんだ。ないしみ餅を、どうやったら食えるんだい」

「………」

「まだある。土蔵の引戸に鍵がかかっていてあかねえから、木の枝を使ってこじあけたといったろう。ご丁寧に、鍵の絵まで描いて見せやがって。いいか。お前の実家の土蔵はな、三十六年に藁屋根を瓦葺きにかえてから、重みで引戸がゆがんで、落し鍵が下の穴に入らなくなってるんだ。かからねえ鍵をどうしてこじあけなきゃならねえのか、わけをしっかりいってみろ」

「………」

「千五沢の部落で腰曲りの婆さんに見られたといったな。オレがこの目で見届けたが、その婆さんは腰なんか曲っちゃいねえ。腰が曲ってるのは、あわれなお前のお袋さんだ。おれが帰るとき、山道を追い掛けて来て、何ていったと思う？　私はあんな悪いことをする子供を育てたおぼえはない。もし保が犯人だったら、何とも申しわけない。刑事さん、勘弁してくれ。そういって、お前のお袋さんは山道に手をついて頭を下げたんだぞ。

こういうふうにな。しっかり目をあけてあわれな姿を見ないかい？」

床の上に、平塚ははいつくばって、保をにらみ上げるのである。

「鈴木安蔵さんの藁ぼっちだって、お前のでたらめだ。三月二十九日にお前を見つけた安蔵さんは、藁ぼっちを全部片付けたんだ。ない藁ぼっちに、どうやって寝たのか、いまおれがお前のお袋さんをやって見せたように、お前もここでおれにやって見せろ」

平塚が声をあげるたびに、汗のしずくが床に落ちる。膝の上で握りしめた保の両の拳が、小刻みに震え始めた。

「お前は四月三日まで福島にいたというけど、おれの調べじゃ、三月三十日までしかいねえ。お前がいうのが嘘か、おれのいうのが嘘か、はっきりさせようじゃないか。なあ、小原」

保の震えは、拳から腕を伝って、肩先へと上って行った。望月が見ていると、首筋のあたりが、たちまち鳥肌にかわった。

沈黙のあと、保の口が微かに動いた。だが、言葉は聞き取れない。

「なんだ。はっきりいえっ」

「嘘だ」

やっと絞り出した、かすれ声であった。

「どっちが嘘なんだ？」

「おれの方が嘘だ」

「さっき、日暮里の火事を見たといっただろう。あれは四月二日のことなんだぞ。四月三日に帰って来たというのも嘘か？」

保の顔から、すっかり血の気が引いている。

「おれのいうことは嘘か？」

下を向いたまま、保は答えた。

「おれがいって来たことが嘘だ」

平塚は畳み込むように、金の出所をついた。上野警察署の留置場で同房者に依頼して、長兄義成に偽の証言をしてもらうよう工作したこと。弟満に大口を叩いて取組み合いの喧嘩になった一件。過去に保にはぶっつけられなかった新しい事実が、次々と並べられた。

「小原、これでもまだ、お前の持っていた金は事件に関係ないというのか？」

「……」

時刻は十一時になろうとしている。看守が再三のぞきにくるが、保はいつもと違って、椅子を離れようとはしない。

「どうなんだ、小原」

保は何かを喋ろうとしているのだが、身体の震えで思うにまかせない様子である。

しばらくの沈黙のあと、彼は、ぽつりといった。

「おれ、毎日、自殺を考えていたんだ」

「それはどういうことだ？」

「明日になったら話します」

その手で何度逃げられたかわからない。平塚は迫る。

「お前は、いつも、明日話す、明後日話す、ばかりじゃないか。話さなければならないことを話すのに、明日も明後日もないだろう？　事件に関係あるのかどうか、いまここで話せ。関係あるのか、ないのかっ！」

震えながら保は、小さいが、はっきりした声で答えた。

「関係……あります」

「どう関係あるんだ？」

「あの金は、吉展ちゃんのお母さんからとったものです」

平塚が、保の気のかわらないうちにと、調書にそれを書き込む。だが、彼の懸念は無用であった。十日間、調書への署名と拇印をむずかっていた保だが、素直に応じたのである。

不規則な足音を深夜の廊下に響かせて保が去って行ったとき、平塚の汗はズボンまでぐっしょり濡らしていて、それは、生乾きの洗濯物の重さを感じさせた。平塚は時計を見た。十一時十三分であった。彼は、津田の自宅の電話番号をダイヤルした。

「おう、平塚君か？　いまどこにいる？」

「拘置所です」

「君は……まだやっていたのか？　苦労をかけるな」

「課長、まだ一部自供ですが、小原が落ちましたよ。見通しはつきました。ご安心下さい」

「………」

津田の声は跡切れた。かわって、すすり上げる気配が受話器の奥にあった。

5

翌朝、警視庁に出た平塚は、津田からの電話で、牛込分駐所へくるようにいわれた。

「足がないし、だいいち、忙しくって行けません」

平塚は向っ腹を立てていた。

日曜日にあたっていたその日、各紙の朝刊は一斉に任意捜査の打切りを伝えていた。

約束では、日曜日まで打切り宣言はしないということになっていたのである。

最後の最後まで、小原保を犯人と見て拘置所の動きをマークしていた毎日新聞も〈米国に声の鑑定依頼／小原取調べ、一時打切り〉と報じていた。

前夜七時、槙野刑事部長が公式に打切りを宣言した以上、これを黙殺することは出来ない。三段見出しという地味な扱いが、スクープにいちばん近くいた毎日の記者たちの未練と無念を、わずかにあらわしていた。だが、読者にそれが伝わったかどうかは疑問である。

いったんはごてた平塚も、津田にいわれたのでは無下にも断れず、結果的には牛込分駐所へ出向いた。そこには、記者たちの目を避けた槙野と平瀬が彼を待ち受けていた。

平塚が取出した調書の写しは、ごく短いものであった。

「私が吉展ちゃんを誘拐して殺しました」

というだけのものである。

「これから令状をとって、拘置所にガラ受けに行きます」

槙野はまだ不安げであった。

「本当に大丈夫か？　平塚君」

東京地裁は参議院選挙の投票日で、選挙違反の逮捕状請求が重なり、日曜日には見られない繁忙ぶりであった。

若い横山検事が移監指揮書を書いた。これがあれば、逮捕状が届く前に、保の身柄を警視庁へ移すことが可能である。横山と、彼の車に便乗した平塚、石井、小橋が巣鴨へ向った。

拘置所で彼らを待っていた保は、「ご苦労さんです」と、百八十度に頭を下げた。手回品は大きな袋にまとめられて、そのかたわらにあった。

「いったい、これ、どういう意味ですか?」

不逞な男を想像していたらしい少壮検事は、保の最敬礼に戸惑った様子であった。

「奴は、もう観念したんでしょう」

と平塚は答えた。

「小原、この書類を見ろ」

午後六時五十分、警視庁地階の調室で保と向かい合った平塚は、机の上に二つの風呂敷包みを、どすんと置いた。保の心変りを、書類の厚みで思い止まらせようという腹である。

「弁護士はどうする?」

「必要ありません」

「弁護士を選ぶ権利があるんだぞ」

「そうですか。……あとで考えます」

保は、平塚が横山にいった通り、すっかり観念していたのである。手続を踏んで弁解録取書をとった。平塚の手は震え続けて、とうとう、いつもの字体にはならなかった。

保は、吉展の殺害を自供、遺体の隠し場所を略図に書いた。それによると、三ノ輪橋に近い寺の墓地にある「池田家之墓」の唐櫃《かろうど》であった。

捜査員が現地へ飛んだ。朝の任意捜査打切り宣言のニュースに続いて、小原保犯行自供の報道に接した人々は、物見高い群衆となって、遺体捜索が行なわれている真正寺を取囲んだ。その整理のため、機動隊が出動する騒ぎになった。

深夜の十一時、現地から平塚へ電話が入った。

「ホトケさんが見つかりません」

あわてた平塚は、地階の留置場へ通じる階段をかけ下った。保の根も葉もない自供にのせられて醜態をさらす自分の姿が、かけ下る平塚の脳裡をちらとかすめた。

正式に逮捕状を執行したあと、くわしい供述は翌日以降の取調べに譲ることにして、保は早くに留置場へ入れられている。

「おれのホシをもういっぺん出してくれ」

かけあう平塚に看守は応じない。規則に反するというのである。

「何をこの野郎。おれが出せといってるんだ。早く出せ」

出て来た保は、平塚の顔を認めると、いきなり土下座した。

「お願いだ。ホトケの話はしないでくれ」

彼は、まるで、変り果てた遺骸を前にしているかのように、目をつぶり、顔をそむけるのである。

「おい、とぼけるな。ホトケさんはどこへやったんだ。この期に及んで、まだいい加減なことをいう気か！」

床にうずくまって身を固くしていた保は、ほっとしたように起き上った。

「えっ？　ホトケがいない？　だれか持って行ってしまったんだ」

その驚くさまに、作為があるとは思えない。

平塚は、もう一度、寺の位置を確認して、石井と二人で現場へ向かった。寺が寺違いだったのである。未明に近く、真正寺の並びにある円通寺の「池田家之墓」で吉展の遺体が見つかった。

三回目の捜査を通じて、終始、辛い立場に置かれ続けた堀に、最後の役目が待ち受けていた。彼は、そのときのことを、次のように書いている。

正直にいって、二年三カ月にもわたる捜査の進展によって、私はすでに村越家のだれかれとも、親戚以上の親しみを持ち合う仲になっていた。

だれが、どんな物のいい方をするか、どんなときに泣くか、どんな考え方を持つか、そのすべてがソラで解るほどである。ことに母親の豊子さんは、なにごとでも私に相談してくれた。もう豊子さんの目の色を見ただけで、なにをいおうとしているかが、解るぐらいになっていた。

それだからこそ、本部は私にこの役目をいいつけたのである。まったく適任である。いや、適任を通り越して、こういうのを残酷というのだろう。

しかし、私も警察官である。この役目は果たさなければならない。いや、私がやらなければ、だれがやるのか。私は思い切ってダイヤルを回した。警視庁を離れた公衆電話からである。雨が降っていて、それがよけいに私の心を暗くした。（中略）

女の人たちの泣く声が、電話の向うから爆発的に聞えてきた。

村越家に私が着いたときは、母親の豊子さんは気を失って倒れていた。言葉もないのだ。（中略）いつも気丈で冷静なおばあちゃんが、畳に泣き伏して顔を上げようとしない。

（中略）

やがて自分の任務を思い出した私は、豊子さんを家に残すと、おばあさん、父親、伯父さんの三人を車に乗せ、雨の中を円通寺に急いだ。寺はいっぱいの人だかりである。報道陣の中をかきわけるようにして、私は三人を案内した。

その瞬間でさえ、私の心の中には、

「もし、ここに、なにかの間違いで吉展ちゃんの死体がなかったら、どんなにこの家族は救われるだろうか」

という、とてつもない願いすら湧いていたのである。

死体はすでに白骨化しているとのことだったが、セーターはほとんどかたちを残していたし、ことに赤い色の毛糸がそのまま残り、妙に鮮やかな印象さえ与えたのである。おでこのところもはっきりしていて、なんだか、生きているままで寝ているようにさえ見えた。

「うちの子に間違いありません」

と答えたのは、やっぱり父親だった。

遺書

1

千葉県東金市福俵に土偶短歌会というのがある。主宰者である森川邇朗《じろう》は、昭和四十五年に制定された財団法人結核予防会の第一回療養文芸賞を受けた。

会社勤めをしていた森川が右肺の結核で千城園（現国立千葉東病院）に入院したのは三十六年七月である。

そのとき、彼は五十歳になっていて、家族のこと、職場のことを考えると、ゆっくり療養していられない心境であった。入院後、間もなく、父が逝った。心労が死期を早めたのであろう。辛さが、さらに加わった。

中学校時代に親しんだ短歌づくりをふたたび始めたのは、そういう状況の下である。あせりと悩みが間断なく襲ってくる安静時間を、創作への精神集中で切り抜けられはしないかと思い立ったのがきっかけであった。

かろがろと療者の我れに退職を
　慫慂の電話に声すら出でず

こういう極限に立たされて、短歌は森川の闘病の支えとなる。彼は療養者に呼びかけて短歌会を主宰、四十一年、これを主体に『土偶』を発刊した。いらい、毎月一日の発行を休んだことはなく、療養者には無料配布というユニークな活動を続けている。

四十四年六月のことであった。夕方、勤めから帰った森川は、郵便物を前にした。一日の疲れを忘れさせてくれる、何より楽しい時間である。彼はその中に、便りを受けるのは初めてだが、何度か目にしたことのある差出人の名前を認めた。

前略、突然私のような者からの便りにさぞおどろきの事と存じます。いく度かためらい、幾度か思いあぐねた末、どうしても向学の心押えがたく、身の程も省り見ずこの便りを差しあげた次第であります。

実は私は、東京拘置所に在監中の一収容者ですが、二年程前から短歌に興味を覚え、現在まで続けて参りましたが、何しろ限られた中でのことで、歌材も乏しく、その上小学校もろくに行っていない無学者のことで、このところ、少々行きづまりを感じて悩んで居りましたところ、去る四十二年六月号、短歌研究誌上にて、御会の広告「療養者と其の関係者の歌を創ろうとする集り」との掲示を拝見致し、療養者の方々とは其の環境は違いますが、生死、生命に対する考え方、閉ざされた中での作歌と云う点で、共通したものがあるのではないかと思い、若し、そのような方々の作品を読ませて頂けたら、何か得るところも多いのではないかと思い、恥をしのんでお願いにおよんだ次第です。

この短歌研究には、会費百円、見本、切手二十五円とありましたが、年月も経って居りますので、当然会費も値上げになって居ると思いますが、若し私のようなものにも購読させて頂けるかどうか、又規約などお報らせ頂ければ幸甚です。尚旧号見本代として切手六十円同封致しました。宜敷くお願い致します。

小原拝

四十四年六月七日

読み進むうちに、記憶をよみがえらせた森川は、愕然とした。事件も、その主役も、彼には遠いものだったからである。だが、読み終ったとき、彼の胸の中に、熱いものが流れ始めていた。

自分にも、死の宣告を受けたにひとしい、辛く、苦しく、耐えがたい病舎での日々があった。苦しいときにはその苦しみを、悲しいときにはその悲しみを、彼にも詠ませてやりたい。明日にも処刑が訪れかねない生命の極みにいて、きっと真実の叫びを詠み続けるであろう。

そう考えた森川は、次の編集会議に小原保の入会についてはかった。

土偶短歌会の多数は、女性によって占められている。その比率を反映する編集会議は、いたいけな幼児の生命をもっとも卑劣な手段で奪った死刑囚を、自分たちの仲間に加えることに反対であった。

迷った森川は会の顧問格である中西悟堂に相談する。その結果、会員には「小原保」の名を伏せて、誌面を彼にも与えるということになった。

前略、先日のお願いを早速お聞き届け下さいまして有りがとう御座居ました。（中略）私のような者をも仲間として、心良く迎えて下さるとの事、また、会費其の他、誠に行き届いたお言葉、文面にあふるる御温情を賜わり、唯々ありがたく、嬉しく、余りの感激に其の夜は眠れぬ程でした。

今日頂きました「土偶」も早速拝読させて頂きましたが、期待違わぬ作品ぞろいに、唯々感ぷく致しました。

私達は、自から招いた運命によってこのような環境にある訳で、その悲しみや苦しみもおのずと異なりますが、「土偶」の多くの方々は、自からは何の罪もなく、其れにも拘わらず、病いに臥し、老人ホームに余生を送る悲しみの作品は、とてもとても涙なしでは読めぬ感動的な真にせまるものが感じられます。

これまでに多くの人々の歌を読ませて頂きましたが、この「土偶」の作品ほど強烈な感動を覚えた事はかつて有りませんでした。

特に四月号の土橋様の「再訪」の一連は実に見事な、人間愛に満ち満ちた作品で、溢るる涙はとめどなく、魂をゆさぶられるような感動を受けました。死期を知る一老人を見舞うその情景を眼前に見る思いでした。中でも「そら事をいふは許さず死期を知る君にしあれば衣着せず云ふ」

などは、死期を知る者にとって、千言のそら事よりも、衣を着せない一言が、どんなにか嬉しく、親しく感じたことでしょう。

死期を知って、好きな数の子を、体に毒にても召せと進むる思いやりには誠に感ぷくさせられました。

とにかく私は、「土偶」によって、真実の歌、生命の歌を読ませて頂きました。(中略)会費の件ですが、せっかく御親切なお言葉を頂きましたが、私のような者が、これ程の御親切をお受けして良いのかどうか、少々心苦しく存じますので、どうか御遠慮なく

申して下さるようお願い致したく存じます。（後略）

敬具

四十四年六月十七日夜九時

保が短歌を詠み始めたのは、その一年半前である。木村捨録の主宰する『林間』の同人に加えられて、添削指導を受けて来た。

四十四年八月号から『土偶』に登場を許されることになった保は、『林間』への気兼ねから、ペンネームの使用を申し出た。これは編集会議の意向にも適うものであった。

六月二十六日付の手紙に、保はこう書いて寄越した。

（前略）本名ではなく「福島誠一」の名でお願い致します。「福島」は私の古里の県名で「誠一」は、何事も誠意第一の「誠一」です。今日から人生の再出発、歌の初心に帰って勉強して参り度いと存じます。（後略）

八月号を手にした会員たちは、いやでも、死刑囚が自分たちの仲間に加わったことを知った。

友もまた悔ひに醒めしか壁一重
　隣りて同じみ経誦しゐる

朝あさを籠の小鳥と起き競べ
　誦経しづかに処刑待つ日々

踏みしめて登り行くとき十三の
　きだはし軋まむ罪の重きに

医学へのためと大義な名を借りて
　刑死後の処理願ひいでたり

そのころはすでに亡からむ二年後と
　この囚屋の移転決りぬ

掲載された「福島誠一」の作品は、右に挙げたものを含め、全部で十首であった。
その詠人が、小原保であることは、編集委員のあいだの秘密として封じ込め、会員には明かさないよう申し合わせがなされた。

2

警視庁に身柄を移されてからの保は、それまでの頑強な否認が信じられなくなるほど、素直であった。彼は犯行について、何一つ隠そうとはしなかった。

望月には、取調べが終って東京拘置所へ送り届けた日の保が忘れられない。車の中で、彼は深々と頭を下げた。

「たいへんお世話になりました」

そして、こういった。

「今日みたいに晴れ晴れとした気持は、生まれて初めてです」

保は、幼児のような、澄み切った目をしていた。

二度目の逮捕のとき、調室で保と対決した望月は、半眼の黙秘にあって、何度、怒鳴りつけてやりたいと思ったかわからない。

〈この野郎、魚屋の前の干物のような、どんよりした目をしやがって〉

自供を始めるまでの保は、彼が接した中で「いちばん悪い奴」であった。だが、いったん落ちたあとの彼は、まるで別人であった。

調べの途中で、こんなことを保はいった。

「もし、今度も人間に生まれて来たら、刑事になって社会正義のために尽くしたい」

刑事云々はともかくも、保は自供のときから死刑を覚悟していたのである。

国選弁護人を割り振られた小松不二雄弁護士も、初めて保と面会したときに、それを感じた。

「君、実際にはやりもしないことを、警察に自白させられたのだったら、いまここで、はっきりそういいなさい。私は君の弁護を引き受けるのだから、本当のことを知っておきたいんだ」

という小松弁護士に対して、保は、しっかりした口調で答えた。

「いいえ、私はやりました。全部、私がやったんです」

自白に至る道程で、平塚が保を拷問したという噂が、新聞記者のあいだに流れたのは事実である。それは、保の身体に傷が残らないよう、頭からバケツの水を浴びせかけたというものである。任意取調べの期限ぎりぎりで、急転直下、保の自白を平塚は引き出した。そうした劇的ともいえる幕切れが、噂の根拠として囁かれたりした。

四十年七月六日、保は横山検事に対し、次のように述べている。

今度、前橋刑務所から東京拘置所に移監されるについては、今度こそ正直にいおうという気持になりました。
また場合によっては、自殺しようという気持もありました。
それというのも、この事件で三度まで調べられることになりますし、良心の呵責に責め立てられて、苦しくてならなかったからです。
その結果、刑事さんたちから説得もされましたし、どうせ自殺して死ぬ前に、一時でもいいから人間本来の姿になって死にたい、自殺のようないい加減な死に方をしたのでは死にきれないのではないかといった心から詫びる気持が出て、正直に申し上げる気になったものです。（中略）
最初のうち数日は私も反抗的態度で刑事さんからたしなめられるようなことはありましたが、刑事さん方の暴行とか脅迫めいたことによって自白したというものでは絶対ありません。（中略）
私は意地張というか、他人からいためつけられるようなことをされると、それに反抗し、それに立ち向って行く自信のある男で、刑事さんたちに暴行とか脅迫とかいったものをやられて自白するような男ではありません。

営利誘拐、殺人、死体遺棄、恐喝の罪名で起訴された保の初公判は、四十年十月二十日に東京地方裁判所で開かれた。保はこれにのぞむ心境を、小松弁護士に託して、次のように述べた。

私は人間社会において最高の罪を犯したのですから、最高の刑罰を受けることは当然と心得ていますし、自供以前にすでに覚悟致しておりました。とにかくこの事件は、山よりも重く、海よりも深い罪でありますので、到底、私の今生《こんじょう》においては償い切れないほどの罪であると考えておりますが、釈尊の教えによれば、どのような悪人でも改心して信仰することによって成仏出来、またこの世に生まれてくることが出来るという経典の一節がありますので、今世において償い切れないところはまた来世と、七度この世に生まれ来て償いが出来るように、朝に夕に、吉展ちゃんの冥福を祈りながら信仰に励んでおります。

先日、兄の弘二が面会に来てくれて、自分の犯した罪の償いとして最高の刑を受けるようにといっておりました。いわれるまでもなく、もとよりその覚悟でおりますし、裁判長に対しても、ぜひ、そのようにお願いするつもりです。また、それによって、今後このような忌しい事件の絶対に起こらないよう、社会の人々にお願い致したいのです。

兄弘二は、お前は大罪を犯してしまったが、私の他六名の兄弟が皆手を取合って、世の中のために少しでも良いことをして、私の犯した罪の万分の一の償いをしようとみんなで誓い合ったといっておりました。

私は過去を悔い改めて、罪の裁きを受け刑に服せる心境になれたことが、本当にうれしく思います。

また被害者の家族の方々には、忘れようとしても忘れられないことではありますが、どうかその悲しみを乗越えて、元気でお過し下さるようお願い致します。

三十八年三月三十一日、金策をあきらめた保は、午前中の列車で磐城石川を発った。その車中で、子供を誘拐して身代金を奪おうと考え始める。ヒントになったのは、三ノ輪の映画館で見た『天国と地獄』（黒沢明監督）の予告編であった。

上野駅に帰りついた保は、不忍池をめぐりながら、しだいに犯行の決意を固めて行く。彼の脳裡に、入谷南公園が浮かんだ。まだ一カ月にもならない。浅草へ遊びに行った帰途、たまたまそこを通りかかった保は、子供たちの遊びに興じる姿を見た。気がついたときは、自然に、入谷南公園へと足を向けていた。

公衆便所の手洗場にいた吉展に目をつけたのは、この幼児の服装が裕福な家庭を想像させたからである。

「おじちゃんの家に行って直して上げよう」

保がそういうと、水鉄砲を手にした吉展は、ためらいも見せずについて来た。

公園西側の道路を北へ向う保は、吉展の手を引こうとはしなかった。自分の身体の特徴を考え、人目につくのをおそれたのである。それでも吉展は、前になり後になって、保のそばを離れなかった。

地下鉄日比谷線の三ノ輪駅に近く東盛公園というのがある。そこへ入って行った保は石のベンチに腰を下し、かたわらの吉展の扱いについて三十分ほど思案した。

いまから考えると、あのときは、本当に鬼のような頭になっていたのでしょうか。吉展ちゃんが邪魔になり、身代金を確実にとるためにも、同人を殺してしまった方がよいと考えました。

確かに吉展ちゃんは悪態をついたわけでもなければ、私のいうままに信じてついて来たのですし、どうしても殺さなければならないような理由はなかったのかも知れませんが、借金に追い回されて、どうしても金が欲しかった私としては、自分のことだけを考えて、こんな大それたことをやろうと決心してしまいました。

公園を出たときには、夕闇があたりに立ちこめていて、数メートル先の人の顔が判別出来ない暗さになっていたという。保は、おそらく、公園で夜のくるのを待っていたのであろう。吉展を連れて行った先は、南千住の東京スタジアムであった。その途中、保は小判焼とキャラメルを吉展に買い与えている。殺害の場所として、スタジアムはあまりにも広く、とりとめがなかった。

躊躇《ちゅうちょ》している彼に、吉展がいった。

「おじさん、おうちに帰ろうよ」

「うん、帰ろうか」

戻りかかったとき、保は、何度か行ったことのあるバー「ルビアン」の向いの、円通寺の墓地を思い出した。寺の入口を入って左側の家に人の気配がなかった。暗いのに、電灯がついていないのである。

「ここがおじちゃんの家なんだけど、まだ、だれも帰って来てないようだから、裏へ行って待っていよう」

保はそういって、先に墓地へ足を踏み入れた。吉展はこわがる様子も見せずに、後に従った。

池田家之墓の前に腰を下した保は、吉展をオーバーにくるんでやった。

私は、

「もう少したてば戸も開くし、そうしたら水鉄砲も直して、(家へ) 送ってやるからね」と吉展ちゃんの首を私の左腕にもたれかけさせ、私と向い合いにして、その両足を私の両脇腹にまたがらせるような状態で抱いてやりました。

吉展ちゃんは、だいぶ歩いたので疲れたのでしょうか、同処に行って約二十分くらいもしたころに寝つきました。

ぐっすり眠っている吉展を地面に仰向けに置いた保は、犯行に着手する。

私がしていた蛇皮のバンドをはずして寝ている吉展ちゃんの首に一巻きし、喉仏の辺でバンドを交叉させ、両端を強く引いて絞めております。ただ、私の気持としては、しっくりと絞めきらないような感じがしたので、その後、さらに両手で首の両側から強く絞めております。

吉展ちゃんは鼻からほんのわずか血を出しておりましたので、私はそれを手で拭いております。

3

保の判決公判は、四十一年三月十七日、東京地方裁判所刑事二十六部高橋幹男裁判長係りで開かれ、求刑通り死刑が言渡された。

最前列の傍聴席で判決に聞き入っていた繁雄は、新聞記者に感想を求められて、言葉少なに語った。

「当然な判決だと思います。子を持つ親として、だれもがそう思うのではないでしょうか。こうした無残な事件がふたたび起こらないように念じています」

審理は十二回にわたって行なわれた。終始素直な態度で犯行を認め、極刑を自らのぞむ保に関して、弁護側は、もっぱら情状酌量を訴えるしかなかった。

保は負債に責め立てられていたが、犯罪として刑事責任を負わされるほどのものではなかった。それにもかかわらず、本人はこの「稀薄な事情」に追いつめられたものと錯覚していた。

これは、営利誘拐、殺人という重大な犯行の動機としては不十分であって、基本的には、保が正常の精神状態を維持していなかったことに基づくものである、というのが、弁護側の主張の第一点であった。

また、保は、吉展を入谷南公園から連れ出したあとで、その名前や、住いが公園の近くであることなどを聞き知ったのであり、場合によっては吉展を自宅へ帰すことも考え、判断に迷いながら無計画のままに、長時間、しかも人目につく街頭をともに歩いたのだから、犯行は計画に基づくものではなく、むしろ偶発的行動である、というのが、第二点であった。

この事件は、保の自白がなければ、吉展の遺体の発見もおぼつかなかったわけで、その場合、物証といえるものは何一つ得られないまま、迷宮入りしたことになる。そういう状況を保は知っていて、すべてを自白した。これは、本人の改悛の情が顕著であることを示すものである、というのが、第三点であった。

これらの諸点について高橋裁判長は、判決理由（要旨）を次のように述べた。

被告の精神状態については、近親者に欠陥のあるものがいることや、被告が犯行当時、心身ともにかなり疲労していたことが認められるが、精神鑑定の結果（注・普通の精神状態の範疇に属するものである）と犯行が冷静緻密であることを総合すると、心神耗弱《こうじゃく》だったとは認められない。

被告は自分の乱れた生活によって生じた十数万円の負債を返すため、まじめに努力することもなく、誘拐による身代金獲得を計画したもので、犯行の動機に同情の余地はない。また終始、被告のいうままになり、最後には被告に抱かれて眠っていた吉展ちゃんを、自分の犯行を安全、容易にするために殺害した行為は残忍無慈悲で、凶悪な強盗殺人事件にも比すべき非人間的な犯罪である。

身代金をとる方法も執拗狡猾で、そのために犯行数日後に吉展ちゃんの死体から、靴などをはがして来た行為は、被告の非情な性格を示している。

吉展ちゃんが五歳足らずで無残に殺害され、くち果てるまで遺棄されていたことはまことに不憫である。

さらに二年余の心痛ののち、愛児が殺されたことを知った両親らの心情も察するに余りがある。またこの事件が社会に与えた影響、ことに親に対して与えた不安と恐怖はきわめて大きい。

被告が深く反省、悔悟していることは認められるが、犯行は余りにも非道で、その結果の重大さを考えると罪責を軽減する理由にならない。

高橋裁判長に「ありがとうございました」と、やっと聞きとれるくらいの声で礼を述べた保は、丁寧に一礼して退廷した。

本人は潔く刑に服する覚悟でいたが、三月三十日、小松弁護士は「被告が深く反省している事情を認めながら、あえて死刑に処するのは、被告のあやまちを改め、善導するという刑罰の目的を逸脱するばかりでなく、死刑制度の乱用であり、残酷な刑罰を禁止した憲法の精神に反する」として、本人を説得、東京高等裁判所に控訴の手続をとった。

しかし、控訴審は、同年九月二十日の初公判から二カ月余、わずか三回目というスピード裁判で、同年十一月二十九日、控訴を棄却、保の死刑は確定した。

刑架より堕ちたる我れに息のある

不思議さ気づき夢は醒めたり
負ひ死にし罪の重さをまざまざと
曝さむ首のむらさきの痕
（44・9月号）

刑の執行を待つ保が縋《すが》るのは、キヨ子を通じて入信したが、信仰を深めるまでに至らず、いったんはそこから離れ、警視庁での自白の後、ふたたび信仰に立ち戻った日蓮正宗と、この短歌の道であった。

保が犯行の一切を述べ終った時期に相当する四十年七月二十一日、母トヨが東京都江戸川区内の弘二宅で、ひっそりと息を引き取った。七十五歳であった。

石川には、彼女の死が、首吊り自殺として伝わっているが、その事実はない。郷里の人々の白い目に耐え切れなくなったこの老母は、東京へ身を隠し、病死したのである。

葬儀が終ってから、人々は噂した。小原家は保の犯行にかかわる証拠の品々をトヨの棺とともに、土饅頭の下にほうむったのだと。どこまでも口さがない、石川の人々であった。トヨの死を知らされた保は、ぽつんと、一言だけいった。

「その方が、しあわせかも知れません」

亡き母の呼ばふ声かと思はるる
　秋をしみじみ鳴く虫の音は　（44・11月号）

保が獄中から『土偶』に寄せた短歌は、一回の休詠もなく、三百七十八首にのぼった。このうち、母を詠んだものは右に挙げたほかに数首だけで、他の肉親を詠んだものも、面会に来た兄を迎えたときの十首ばかりを数えるに過ぎない。郷里も、ほんの二、三首にしかあらわれないのである。保にとっては、肉親も故郷も、心を動かされる対象ではなかったということであろうか。

おどおどと仲間外れの足萎への
　鳩も来よこよわが蒔く餌に　（45・3月号）

獄中の友は、物言わぬ鳥たちであった。

幾たりの主を喪ひ我れの掌に
　遊ぶ小鳥の次は誰が掌に　（44・10月号）

彼は獄中にいて、広く社会問題にも目を見開いて行く。

国を守る以外の武力核安保の
影に怯ゆる世上は暗し　（45・8月号）

われも亦農の子ゆゑに稲を焼く
公害記事に義憤覚ゆる　（46・1月号）

成育期の保に、もし、人並の条件が与えられていたら、もっと違った人生がひらけていたのではなかったか。

晩成と云はれし手相刑の死の
近きに思ふ愚かさもあり　（46・5月号）

このころになると、彼は自分に迫っている刑死を、澄明な心境で見据えることが出来るようになっていた。

濯ぎたる肌着の白く吹かれつつ
予告なき死に備へて乾く
（46・5月号）

4

四十七年の正月の三日、森川は保からの手紙を受け取った。そこには、いつもの検印がない。彼は、思わず息をのんだ。

年の瀬もいよいよ押しつまり何かと心忙しき折りに、突然、このようなお便りを差上げて申し訳ありませんが、実は明日霊山に参ることになりましたので、一言お別れを申上げ度くペンを執りました。

思えば二年数ヶ月前、縁あって「土偶」の仲間に加えて頂いたのですが、私のような者をも心温かく迎えて下さり、今日までご指導頂きました訳ですが、その間先生をはじめ「土偶」のみなさんの心温まる励ましによって、心たのしく歌の勉強が出来ましたことは、何よりの幸せでした。

明日、最期を迎えるに当り、自分でもおどろくほどの平静をたもって居りますが、これも一重に先生をはじめ「土偶」のみなさんの温かいお心に触れて、人間としての心を取戻すことが出来たからこそで、心からお礼を申し上げる次第です。

二月号への歌稿もそろそろ始めねばと思って居た矢先でしたので、間に合わないのが残念ですがこれでお別れ致します。(中略)

それでは、先生を初め「土偶」の皆さん、さようなら。

「土偶」の発展をお祈りしつつ

小原保拝

森川先生へ

東京拘置所から宮城刑務所へ移されて刑の執行を待っていた保は、四十六年十二月二十三日の朝、死刑台へのぼったのである。満三十九年にわずかだけ及ばない生涯であった。

別れの手紙には、次のような辞世の歌が、八首添えられていた。

明日の死を前にひたすら打ちつづく
　鼓動を指に聴きつつ眠る

ほめられしことも嬉しく六年の
　祈りの甲斐を見たるつひの日

世をあとにいま逝くわれに花びらを
　降らすか門の若き枇杷の木

その年の十二月二十七日、森川は東金市の最福寺で保の一周忌をいとなんだ。このとき彼が私費で世に出した保の歌集『十三の階段』が、参会者に配られた。
森川は後記に、次のように書いている。

〈如何に凶悪無惨な性格を持つた人間でも、その人の心掛如何によつては、かくの如く生まれて来たままの善良さに立戻ることの出来るものを、人が人の罪を裁き処刑することの矛盾が、被害者が加害者の処刑を当然と考へる封建時代の仇討意識に繋る思想の恐ろしさなどが、私の脳裡を次々と掠めてやまなかつた〉

へ　詫びとしてこの外あらず冥福を炎の如く声に祈るなり

斯く詠ふことは、実は自らの傷口を抉ることで容易に成し得るものではない。どのやうに悔ゆればとて、改めればとて、その消えぬ罪の重さを自覚したなかからこそ詠ひ得たものであり、すでに浄化された彼の心をこの歌から私は読みとつたのである。

世のためのたつた一つの角膜の
献納願ひ祈るがに書く
おびただしき煙は吐けどわが過去は
焼きては呉れぬゴミ焼却炉

人間本来の素直さに立ち直つた歌である。読んで心が清められる思ひである。抽出したい秀歌は限りなくあるが、それは読者の判断にお任せする〉

だが、森川は、保の三百七十八首の中から十首を選ぶことになった。講談社から刊行予定の『昭和万葉集』に、会員の作品の推薦を依頼されたからである。ちなみに、土偶短歌会八十人のうち、『昭和万葉集』に歌が送られたものは十二人であった。

その刊行は、来年か再来年か未定だが、編集委員の選に入れば、「福島誠一」は昭和を代表する歌人の一人として、名を残すことになる。

処刑の日、平塚は係長警部として府中警察署の三億円事件特別捜査本部にいた。その彼に宮城刑務所の佐藤と名乗る看守が、電話で保の遺言を伝えて来た。

「真人間になって死んで行きます」

一日、平塚は保の墓参りに出掛けた。生家の裏山に「小原家之墓」はある。だが、保が眠るのは、そのかたわらの、土盛りの下であった。

花と線香を上げて、胸をつかれた平塚は、手を合わせることを忘れていた。そして、短く叫んだ。

「落したのはおれだけど、裁いたのはおれじゃない」

（完）

参考文献

『吉展ちゃん事件』小池英男（東都書房）
『一万三千人の容疑者』堀隆次（集英社）
『刑事一代』佐々木嘉信（日新報道）
『八兵衛捕物帖』比留間英一（毎日新聞社）

文庫版のためのあとがき

オート三輪が街を走っていたころだから、二十年以上も前のことである。朝、自宅のそばのバス停に立っていて、交通事故を目撃した。向かい側の酒屋の店先から飛び出した幼児が、オート三輪にはねられて即死したのである。

そのとき私は新聞記者になって日が浅く、いわゆるサツ回りをしており、比較的遠方にあたる自分の担当地域に向かおうとしていたのだが、現場に居合わせたことであるから、成り行きを短い原稿にまとめて社へ電話で送った。

その日はニュースが少なかったのであろう。さして特異でもないこの事故を全紙が夕刊で扱った。ところが、私の記事を除くすべてに共通する間違いがあった。幼児をはねたのが小型トラックにすりかわっていたのである。

おかげで私の記事は、社内で回覧される記事審査日報の俎上にあげられ、一紙だけオート三輪とあるのはどうしたことか、と、暗に誤報呼ばわりされる始末であった。

他紙が揃って間違ったのは、地域のサツ回りたちが記者クラブにいて、地元警察の広報責任者であった次長の誤った発表を鵜呑みにしたからである。彼らが現場を踏んで独自に取材していれば、こういうことになるはずがない。

新聞の事件報道は、右の事例が示すように、通常、その中身を警察の情報に全面的に近く負っている。その傾向は、当時から改まるどころか、深まるばかりのようである。

もっとも、すべての事件記者がいつも警察の発表を鵜呑みにしているというのではない。大きな事件が持ち上がると、警視庁詰めの担当記者などは、個々別々に、常日頃開拓しておいたニュース・ソースへ夜討ち、朝駆けを怠らず、涙ぐましい努力を続ける。

しかし、そのニュース・ソースというのは捜査当局の人びとであり、これまた情報を警察に負っている点ではかわりがない。

こうして見ると、事件記者の日常は警察との密着というかたちで捉えられるであろう。

もちろん、それにはそれなりの理由がある。

記者に特種意識はつきもので、事件報道におけるスクープの最たるものは、他紙に先んじて犯人を特定することであるとされて来た。そのためには、犯人を追う捜査員たちをマークするのが何よりの早道である。

それが当然なされるべき取材活動の主要部分を占めていることはいうまでもないが、そこから生じる弊害を見落とすわけには行かない。

最も気に掛かるのは、記者が犯人当てに熱中して捜査員と密接な接触を重ねるうち、本来の使命を見失ってしまうことである。

姿を見せぬ犯人にじりじりと迫る捜査員の執念は、獲物を追うハンターの粘りに通じ合う。そして、それは彼の職分といささかも矛盾しない。「法と秩序」を背にする捜査員にとって、犯罪は取りも直さず憎むべき反社会的行為であり、その実行者は草の根を分けても仕留めなければならない敵なのである。

しかしながら、記者までもが捜査員と同じ感覚を身につけてしまうのは、どういうものであろうか。

その一つの表れが、犯人逮捕を伝える際の見出しに用いられる「解決」の活字である。なるほど、犯人が挙がれば、捜査本部は一件落着とばかり祝杯を上げて解散する。しかし、それは社会全般に通じる解決を意味しはしない。

私は十六年間の新聞社勤めの大半を社会部記者として過ごした。そして、その歳月は、犯罪の二文字で片付けられる多くが、社会の暗部に根ざした病理現象であり、犯罪者というのは、しばしば社会的弱者と同義語であることを私に教えた。

もとより新聞は「法と秩序」を否定するものではないが、記者に与えられた役割は、捜査員の職務とはおのずから別物である。

「鹿を追う猟師山を見ず」のたとえは平凡に過ぎようが、かつての私を含めて、事件報道にたずさわる記者たちにそのきらいがあったことを否めない。

社会が多様化すればするほど、問題の所在も複雑、多岐にわたる。こういう時代にこそ、もっぱら官の側から得た情報を5Ws&1H（when, where, who, what, why, how）の定型にあてはめて送り出すだけでなく、事件をより広い視野でトータルに捉え、そこにからまる問題を深く掘り下げ、社会全般にわたる関心事として受け手に渡す作業が、記者の一人一人に求められているはずである。

とはいっても、それは容易なわざではない。矛盾した言い方になるが、新聞は間断なくやってくる締め切りという時間的制約と、厖大な量のニュースを限りある紙面におさめなければならないというスペースからくる制約の中で製作されている。

私はそうしたきびしい制約にがんじがらめにされていて、燃焼し切れない思いがつのる一方であった。

それやこれやで、結局、フリーの道を選ぶのだが、再出発にあたって自分に課した宿題が、時間にとらわれずに納得が行くまで取材を尽くし、そうして得たファクトをたっぷりしたスペースの中で丹念に積み上げて、一つの事件の全体像を描いてみたい、ということであった。

しかし、フリーにはフリーなりの制約があって、私の方法論を実地に移す機会はなかなかやってこなかった。

退社から五年を経た昭和五十一年の春に、文藝春秋編集部の中井勝氏との出会いがなかったら、この作品は生まれていない。別の何かはあったとしても。

中井氏は吉展ちゃん事件の捜査陣の中枢にいた元警視庁幹部と親交があって、紆余曲折をたどった捜査の経緯にくわしく、その作品化をいわば宿題として温めていた。そして、別の部署から文藝春秋編集部へ移ったのをしおにそれを果たそうと思い立ち、私の意向を打診したのである。

吉展ちゃん事件と聞かされて、私には即座に感応するところがあった。

小原保は私と同じ昭和八年の生まれである。育った土地も環境も異にするが、あの暗く異常だった時代を分け合っている。

世代論がすべてに通用するとは限らないにしても、このことは事件の背景を理解する上でかならず役立つであろう。

それに私は昭和三十三年から三十四年にかけて、小原の犯行の舞台となった一帯をサツ回りとして歩いており、警察用語でいう土地鑑には事欠かない。その関係で事件発生当初、被害者宅周辺の聞き込みなど応援取材をいいつかって、現場の緊迫した空気を肌で知っている。

中井氏によってもたらされた機会は、またとないものと思えた。

アメリカのノンフィクション作家のように、一つの作品の完成に数カ年を費すなどは、到底望めないことである。私に許容された時間は、取材と執筆を合わせて、一年三カ月であった。欲をいえば切りはないが、私に提供された紙幅ともども、現実に望み得る最高に近い贅沢であったと考えている。

出来上がったものを手放すとき心許なく、これは習作と自分に言い聞かせたが、文藝春秋の誌上に三回（昭和五十二年六・七・八月号）にわたって掲載されると、その年の文藝春秋読者賞をちょうだいし、さらには講談社出版文化賞までいただくことになった。

賞などというものを自分の上に意識したことはただの一度もなかっただけに、喜びより狼狽が先に立った。正直なところ、作品の出来については、いま以て自信を持てずにいる。

その上で一言を許されるなら、事件にトータルに迫ろうとする姿勢を評価していただいたのではなかったかと思う。

吉展ちゃん事件を警視庁担当記者として手掛けたかつての同僚が「あの事件を自分ほど知っている人間はないと思い込んでいたが、実に知らないことだらけだったことを教えられた」と読後感を寄せてくれたのは、彼の立場が立場だっただけに、うれしい励ましであった。

また、これをもとにテレビ化された二時間番組が放映されたあと、担当のプロデューサーと監督が村越家に挨拶に出向いた際、遺族が「私たちは被害者の憎しみでしか事件を見てこなかったが、これで犯人の側にもかわいそうな事情があったことを理解出来た」という趣旨の感想を述べられたと聞き、原作者としてたいへんありがたく、やっと救われた気持になった。

取材を始めるにあたって遺族の了解を求めにあがったのを皮切りに、村越家には前後三回お邪魔し、最終的に協力をいただいたが、年来のマスコミ不信を口にされ、それがずっと私の心にのしかかっていたからである。

小原保の遺族にはとうとう会えずじまいであった。取材拒否は残されたものの当然の心情であろう。

私も人の子であってみれば、拒絶されて帰る何度目かの法昌段の山道で独り行き暮れたときのように、何と因果な仕事を、と思いがちである。

事件にトータルに迫る、と口ではいっても、取材の行く手に待ち受ける障碍はそれこそ数限りなく、逃げ出したい気持に襲われることもしばしばであったが、その姿勢だけは辛うじて貫いたつもりである。

事実とのあいだの緊張関係を保ち続けるのは息苦しい。しかし、それなくしてノンフィクションは成立し得ないからである。

最後になったが、きわめて不幸なかたちで人生を終わった二人の冥福を改めて祈りたい。

昭和五十五年十一月　神楽坂で

本田靖春

解説　東北人の悲しき血

佐野眞一

時代というものをどうしようもなく烙印された名前がある。

私にとって小原保という名前は、東京オリンピックの開催を翌年に控え、あの何もかもが泡立つような時代の裏側にぴったり張りついて忘れようにも忘れられない名前となっている。

やはり脳裏にこびりついて離れない名前となった、村越吉展という四歳の幼児を営利目的で誘拐し、殺害した「吉展ちゃん事件」が起きたとき、私は事件現場から隅田川を一本隔てただけの〝川向こう〟の学校に通う高校生だった。

大きな鉄の橋を渡ると、くすんだ山谷のドヤ街が広がっていた。うずくまるような街区には、仕事にあぶれ昼間から酒を飲んで赤ら顔をした労務者たちが、いつもたむろしていた。

そこに隣接する南千住、三ノ輪界隈は、もう、東北の貧しい村から吹き寄せられ、その日暮らしの下積み生活を送る小原保が棲息する世界だった。

下町の商店街には、当時人気双子歌手だったザ・ピーナッツが、誘拐犯人に訴えて歌う「返しておくれ」という社会派ソングが、ひっきりなしに流れていた。

ふつうなら聞き流してしまうはずのそんな歌が、いまでも耳に残っているのは、この事件が私が住む世界といわば地つづきのところで起こったことを、どこかで強く意識していたからに違いない。

公開捜査のため、ラジオから繰り返し流される福島訛りの犯人の声も、恐怖とともに、よく覚えている。犯人が身代金を受け取る場所として、村越家に指定した品川自動車を「すながわ自動車」と発音したことも、この本を読んで鮮やかによみがえってきた。

そのねっとりとからみつくような声を聞く度《たび》、かすかな戦慄を感じた。私の父親も、福島の寒村に生まれ、下町の商店に〝労働力〟として漂着した人間だった。

小原保は、隅田川をはさんだ東京下町の〝隣人〟という以上に、どこか血をわけあった近親者にも似た、どこまでもまとわりついてくるような不気味な存在感があった。

いまさらいうまでもないが、『誘拐』は、戦後ノンフィクションを代表する傑作である。文章にはいささかのゆるみもなく、緊張感が最後の最後まで漲《みなぎ》っている。

客観的な評価だけでそういうわけではない。『誘拐』は、私のなかに流れる東北人の血を久々に覚醒させ、身内の奥底から痺れがやってくるように揺さぶられた。

かわいいさかりの幼児を誘拐して絞殺し、借金返済と遊興費捻出のため、たった五十万円の身代金を奪う。鬼畜にも劣る所業である。だが、本田氏はそれを残忍な事件として描く安易な方法は選ばない。

事件発生から約二年後に逮捕され、死刑となった小原保に注がれる本田氏のまなざしは、限りなくやさしい。

小原は福島の片田舎の開拓部落に生まれ、赤貧洗うがごとき環境で育った。子どもの頃のあかぎれが元で骨髄炎を患い、その後遺症から片足をひきずるハンディも負っている。

近親には、癲癇《てんかん》持ちや聾唖《ろうあ》者など先天的障害者ばかりが生まれた。幼い保の耳に入ってくるのは、「あの家には悪い血が流れている」という、閉鎖性と排他性をむきだしにした口さがない評判ばかりだった。

小原は「悪い血」が淀んだその故郷から、耳と目をふさぐようにして逃げ出し、東北線の終着駅の上野駅に降り立つ。

時あたかも東京オリンピックの直前である。高速道路や地下鉄の建設が急ピッチで進められ、東北の貧農たちが大挙して東京に出稼ぎにやってくる高度経済成長のまっただなかだった。

しかし、小卒の学歴しかなく、肉体的ハンディがある小原には、短期間で大金が稼げる工事現場は無縁だった。本田氏と同じ昭和八（一九三三）年生まれのこの男は、上野駅に近いアメ横の時計屋のしがない修理工として賃稼ぎする都市最底辺労働者の道を選ぶしかなかった。

『誘拐』で読むべきは、高度経済成長が謳いあげたバラ色の夢の裏側に付着したディテール世界の物悲しさである。中古の腕時計、質流れの時計バンド、借金返済の形にとられる高級腕時計のラドー……。

誘拐現場となった公園には、夜泣きそばの売り子が所在なくベンチに腰掛け、故郷に戻った小原は、生家にはなぜか足が向けられず藁ぼっちのなかで夜を明かす。

それらはすべて、高度成長の光がまったく差さない陰画世界の、さらに暗い彩りとなっている。これまで、世間から完全に置いてけ堀にされたそうした影の部分に目をこらした作家がいただろうか。

それらの小道具を効果的に使った点描が、高度成長の恩恵に浴することなく、故郷を追い立てられ、都会の片隅に吹き溜まって生きてきた小原の内面をあざやかにあぶりだしている。

小原を自白に追い込んだベテラン刑事の平塚八兵衛に仮託して述べた次の述懐に、本田氏がこの作品にこめた自信のほどが垣間見える。

〈彼の「落し」が美事に決まるのは、たしかに裏付けられた事実を、容疑者へ次々にぶつけて行くからなのであって、声を荒げることでも、猫撫で声で囁きかけることでもないのである〉

取材によってあがってきた事実をもって、すべてを語らしめる。小原の足跡をひたむきに追う本田氏の筆は、ノンフィクションの王道を行って、ベテラン刑事の足取りに似ている。

この作品を読む者は、小原の犯行の無慈悲さに戦慄する前に、小原のような誰からも忘れられた人間に何ひとつ手を差し伸べてこなかったこの国の政治の無策さに、あらためて激しい怒りを覚えることだろう。

『誘拐』は、わが国の事件ノンフィクションの金字塔という評価にとどまらない。これは、高度経済成長という未曾有の時代状況に遭遇し、自らクラッシュして果てた東北人の悲しい血の物語である。

この作品は、『文藝春秋』一九七七年六月号〜八月号に連載されたのち、一九七七年九月、文藝春秋より単行本が刊行され、一九八一年三月同社より文庫化されました。また、二〇〇一年一二月、旬報社刊『本田靖春集1』に収録されました。

なお、本書のなかには今日の人道的見地から不適切な語句がありますが、差別を意図して用いているのではなく、また著者が故人であるため原文通りとしました。

また、著作権継承者の了解を得て、本文中の住所表示の一部詳細を伏せ〇印で表記したところがあることを、お断わりします。

新版 思考の整理学　外山滋比古
「東大・京大で1番読まれた本」で知られる〈知のバイブル〉の増補改訂版。２００９年の東京大学での講義を新収録し読みやすい活字になりました。

質問力　齋藤孝
コミュニケーション上達の秘訣は質問力にあり！これさえ磨けば、初対面の人からも深い話が引き出せる。話題の本の、待望の文庫化。（斎藤兆史）

整体入門　野口晴哉
日本の東洋医学を代表する著者による初心者向け野口整体のポイント。体の偏りを正す基本の「活元運動」から目的別の運動まで。（伊藤桂一）

命売ります　三島由紀夫
自殺に失敗し、「命売ります。お好きな目的にお使い下さい」という突飛な広告を出した男のもとに、現われたのは？（種村季弘）

こちらあみ子　今村夏子
あみ子の純粋な行動が周囲の人々を否応なく変えていく。第26回太宰治賞、第24回三島由紀夫賞受賞作。書き下ろし「チズさん」収録。（町田康／穂村弘）

ベルリンは晴れているか　深緑野分
終戦直後のベルリンで恩人の不審死を知ったアウグステは彼の甥に訃報を届けに陽気な泥棒と旅立つ。歴史ミステリの傑作が遂に文庫化！（酒寄進一）

向田邦子ベスト・エッセイ　向田邦子　向田和子編
いまも人々に読み継がれている向田邦子。その随筆の中から、家族、食、生き物、こだわりの品、旅、仕事、私……、といったテーマで選ぶ。（角田光代）

倚りかからず　茨木のり子
もはや／いかなる権威にも倚りかかりたくはない……話題の単行本に3篇の詩を加え、高瀬省三氏の絵を添えて贈る決定版詩集。（山根基世）

るきさん　高野文子
のんびりしていてマイペース、だけどどっかヘンテコな、るきさんの日常生活って？　独特な色使いが光るオールカラー。ポケットに一冊どうぞ。

劇画 ヒットラー　水木しげる
ドイツ民衆を熱狂させた独裁者アドルフ・ヒットラーとはどんな人間だったのか。ヒットラー誕生からその死まで、骨太な筆致で描く伝記漫画。

日本の村・海をひらいた人々　宮本常一
民俗学者宮本常一が、日本の山村と海、それぞれに暮らす人々の、生活の知恵と工夫をまとめた貴重な記録。フィールドワークの原点。（松山巖）

広島第二県女二年西組　関千枝子
8月6日、級友たちは勤労動員先で被爆した。突然に逝った39名それぞれの足跡をたどり、彼女らの生を鮮やかに切り取った鎮魂の書。（山中恒）

誘拐　本田靖春
戦後最大の誘拐事件。残された被害者家族の絶望、犯人を生んだ貧困、刑事達の執念を描くノンフィクションの金字塔！（佐野眞一）

責任 ラバウルの将軍今村均　角田房子
ラバウルの軍司令官・今村均。軍部内の複雑な関係、戦地、そして戦犯としての服役。戦争の時代を生きた人間の苦悩を描き出す。（保阪正康）

田中清玄自伝　田中清玄　大須賀瑞夫
戦前は武装共産党の指導者、戦後は国際石油戦争に関わるなど、激動の昭和を侍の末裔として多彩な人脈を操りながら駆け抜けた男の「夢と真実」。

戦場体験者　保阪正康
終戦から70年が過ぎ、戦地を体験した人々が少なくなる中、戦場の記録と記憶をどう受け継ぎ歴史に刻んでゆくのか。力作ノンフィクション。（清水潔）

東京の戦争　吉村昭
東京初空襲の米軍機に遭遇した話、寄席に通った話。少年の目に映った戦時下・戦後の庶民生活を活き活きと描く珠玉の回想記。（小林信彦）

私たちはどこから来て、どこへ行くのか　森達也
自称「圧倒的文系」の著者が、第一線の科学者に「いのち」の根源を尋ねて回る。科学者たちの真摯な応答に息を呑む、傑作科学ノンフィクション。

富岡日記　和田英
ついに世界遺産登録。明治政府の威信を懸けた官営模範器械製糸場たる富岡製糸場。その工女となった「武士の娘」の貴重な記録。（斎藤美奈子／今井幹夫）

ブルースだってただの唄　藤本和子
アメリカで黒人女性はどのように差別と闘い、生きてきたか。名翻訳者が女性達のもとへ出かけ、耳をすまして聞く。新たに一篇を増補。（斎藤真理子）

アフガニスタンの診療所から　中村哲

戦争、宗教対立、難民。アフガニスタン、パキスタンでハンセン病治療、農村医療に力を尽くす医師と支援団体の活動。（阿部謹也）

アイヌの世界に生きる　茅辺かのう

アイヌの養母に育てられた開拓農民の子が大切に覚えてきた、言葉、暮らし。明治末から昭和の時代をアイヌの人々と生き抜いてきた軌跡。（本田優子）

本土の人間は知らないが、沖縄の人はみんな知っていること　矢部宏治

普天間、辺野古、嘉手納など沖縄の全米軍基地を探訪し、この島に隠された謎に迫る痛快無比なデビュー作。カラー写真と地図満載。（白井聡）

女と刀　中村きい子

明治時代の鹿児島で士族の家に生まれ、男尊女卑や家の厳しい規律など逆境の中で、独立して生き抜いた一人の女性の物語。（鶴見俊輔・斎藤真理子）

新編 おんなの戦後史　もろさわようこ　河原千春編

フェミニズムの必読書！　女性史先駆者の代表作。古代から現代までの女性の地位の変遷を、底辺の視点から描く。（斎藤真理子）

被差別部落の伝承と生活　柴田道子

半世紀前に五十余の被差別部落、百人を超える人々から行った聞き書き集。暮らしや民俗、差別との闘い。語りに込められた人々の思いとは。（横田雄一）

証言集　関東大震災の直後　朝鮮人と日本人　西崎雅夫編

大震災の直後に多発した朝鮮人への暴行・殺害。芥川龍之介、竹久夢二、折口信夫ら文化人、子供や市井の人々が残した貴重な記録を集大成する。

遺言　石牟礼道子　志村ふくみ

未曾有の大災害の後、言葉を交わしあうことを強く望んだ作家と染織家。新しいよみがえりを祈って紡いだ次世代へのメッセージ。（志村洋子／志村昌司）

独居老人スタイル　都築響一

〈高齢者の一人暮し＝惨めな晩年？〉いわれなき偏見をぶっ壊す16人の大先輩たちのマイクロ・ニルヴァーナ。話題のノンフィクション待望の文庫化。

へろへろ　鹿子裕文

最期まで自分らしく生きる。そんな場がないのなら、自分たちで作ろう。知恵と笑顔で困難を乗り越え、新しい老人介護施設を作った人々の話。（田尻久子）

ちくま文庫

誘拐《ゆうかい》

二〇〇五年十月　十　日　第一刷発行
二〇二五年六月二十五日　第十六刷発行

著　者　本田靖春（ほんだ・やすはる）

発行者　増田健史
発行所　株式会社　筑摩書房
東京都台東区蔵前二―五―三　〒一一一―八七五五
電話番号　〇三―五六八七―二六〇一（代表）
装幀者　安野光雅
印刷所　星野精版印刷株式会社
製本所　株式会社積信堂

ISBN978-4-480-42154-8 C0136